fL 文学馆　林贤治 主编

温斯堡小镇

〔美〕舍伍德·安德森 著　张芸 译

SPM 南方传媒｜花城出版社

中国·广州

图书在版编目（CIP）数据

温斯堡小镇 / （美）舍伍德·安德森著 ; 张芸译
. -- 广州 ：花城出版社，2021.1（2023.10重印）
（文学馆 / 林贤治主编）
ISBN 978-7-5360-8785-9

Ⅰ. ①温… Ⅱ. ①舍… ②张… Ⅲ. ①短篇小说-小
说集-美国-现代 Ⅳ. ①I712.45

中国版本图书馆CIP数据核字(2018)第282625号

出 版 人：张 懿
责任编辑：张 旬　梁宝星
技术编辑：凌春梅
装帧设计：林露茜
制作总监：蒋 波
发行总监：田峰峥

书　　名　温斯堡小镇
　　　　　WENSIBAO XIAOZHEN
出版发行　花城出版社
　　　　　（广州市环市东路水荫路11号）
经　　销　全国新华书店
印　　刷　北京通州皇家印刷厂
　　　　　（北京市通州区张家湾镇皇木场村）
开　　本　880 毫米×1230 毫米　32 开
印　　张　8.5　2插页
字　　数　162,000 字
版　　次　2021 年1 月第1 版　2023 年10月第2 次印刷
定　　价　49.80 元

如发现印装质量问题，请直接与印刷厂联系调换。
购书热线：020 - 37604658　37602954
花城出版社网站：http://www.fcph.com.cn

舍伍德·安德森

Dear Dreiser Hausman

One incident about the
writing of this book will
amuse you. The murder of
Jim Gibson was written
at the back of a little boot-
legging place in Mobile
Alabama while some sailors,
at a nearby table discussed
the divinity of Christ

Sherwood Anderson

舍伍德·安德森手迹

译序

张芸

　　《温斯堡小镇》（英文原名*Winesburg, Ohio*）是美国著名作家舍伍德·安德森的成名之作。本书著于1915年至1916年之间，于1919年出版。"温斯堡"是一个虚拟的小镇，作者根据童年时代故乡的回忆，塑造出温斯堡镇上各种不同的"畸形"然而值得人们理解和同情的人物，通过对这些人物的心理、生活和命运的描绘，为读者展现了十九世纪末期美国中西部乡村小镇的一道风景。这部小说在写作的风格、内容和手法方面，有着对传统小说的大胆突破，对当时的年轻作家具有深刻的影响；也为舍伍德·安德森在美国文学史上奠定了不朽的地位。小说出版以后引起美国文坛的轰动，被誉为美国本土小说的一部巨著，至今仍深得广大读者喜爱，影响经久不衰。

　　其实，在世界各地，《温斯堡小镇》同样有着深远的影响。以色列著名作家奥兹在书中便说到，这部小说使他的

"创作之手得到了自由"。他写道："舍伍德·安德森的小说把我离开耶路撒冷时就已经抛弃的东西，或者我整个童年时代一直脚踏、但从未劳神弯腰触摸的大地重新带回给我。"

舍伍德·安德森生于1867年，父亲是一家马具店的老板，家里有七个兄弟姊妹，排行第三。在安德森出世的俄亥俄州的Cadem小镇，父亲以善讲故事闻名，但也因为常常忘情于讲叙他在国内战争的故事而疏忽了生意，继而导致家境衰落，在安德森4岁时，携家搬到俄亥俄州的另外一个小镇克莱德（Clyde）。但是老安德森在那里的生意也不景气，很快就关闭了门面，开始为客人刷油漆供养一家。安德森后来回忆，年幼时帮他父亲替人刷房子，但父亲只顾着讲故事而不管别的，舍伍德将手中的油漆刷子一甩，拂袖而去，发誓再也不要为他的父亲干活。舍伍德的母亲是一位洗衣妇，为了补贴家用，接了邻居的脏衣服到家里来洗熨，之后将衣服装在小篮子里，让孩子们分送回客人的家里。她因操劳过度，加上患了肺结核病，于1895年去世，死时才43岁。舍伍德非常同情他的母亲，为了帮助维持家庭生活，从14岁起就开始打零工，因为他不管什么杂活都干，得了一个绰号"打工仔"。母亲去世后一年，年轻的安德森便离开了家乡，到芝加哥一个仓库里工作。他在那里很不愉快，1899年参军到了古巴，参加"美国-西班牙战争"。在给他的长兄的一封信上，他写道，"我宁肯在古巴得上了黄热病，也不要再在芝加哥的冰冻库里工作"。

安德森从古巴退役回家后的那个夏天，在家乡小镇外的农村做一名雇农，彷徨在人生的起跑线上。在长兄的鼓励下，他到附近一所预科学校读完了高中的课程，拿到了高中文凭，之后由学校推荐，到芝加哥的一所广告公司工作，正是在广告公司里，安德森发现了自己的写作才能。那年安德森24岁。1907年，在安德森到了芝加哥七年之后，他带着他年轻的家庭来到俄亥俄州的伊利里亚（Elyria）小镇，在那里开办了一间靠邮件卖广告、生产屋顶油漆的工厂。

1912年在安德森的生命中，是一个重要的转折点。那年的11月27日，安德森突然失踪了四天，他对秘书说了一句他觉得脚冷，走了出去，便再也没有回来。他抛下了妻子，三个儿子，家，工厂，不见了踪影。四天之后，有人在克利夫兰一条街上发现了他在不停地徘徊游荡，蓬头垢面，衣衫不整。他被当成精神病患者送进医院，在医院期间，身体很快恢复正常。后来他曾说这是他故意演的一出戏，谁知道呢？安德森喜欢在生活中扮演戏剧性夸张的角色。他在广告公司做事时，常常穿着大花的衬衫，一只耳朵戴着一枚大大的耳环。对他的同事，他说自己是"世界上最伟大的尚未出版作品的作家"。也许他是短暂的精神失常，或是为了制造新闻，或是为了给自己摆脱责任而自导自演的一出戏，但可以确认的一点，是从这时开始，他走上了一条新的生活道路。他宣布在这场人生危机中，他"找到了自我"。从医院出来，他回到了芝加哥，虽然还是重操旧业，在广告公司写广告，但已有意识地、勤奋地进行创作，并与在芝加哥的"芝加哥文艺复兴"的诗人作家如卡尔·桑布格、戴尔等人联系密切。从1916年发表的第一部小说《温迪·麦法森的儿子》起，他每年发表一部小说，但这些小说并未引起出版界的注意，一直到1919年发表的第四部小说《温斯堡小镇》，才轰动了美国的整个文坛。小说不仅深受读者喜爱，也得到文学评论界的充分肯定和赞誉，使他成为当时美国最令人关注的作家之一。

《温斯堡小镇》给读者一种耳目一新的感觉，与读传统小说全然不同，仿佛踏入一道全新的风景。首先，它的形式十分特别。一般的小说是以一个或几个主人公为故事的线索，但《温斯堡小镇》却是由二十来个短篇组成的，每个短篇都是一个独立的故事，除了利弗大夫和伊丽莎白·维拉德两人出现在两个故事里，所有短篇中的人物都只是出现一次，以后再也不会见到他们。唯一例外的是乔治·维拉德。虽然他不是主角，但从书的首篇故事"手"中亮相，到结束"离别出发"的一场谢幕离去，在书中却以配角的身份多次出现。是他把这些短篇中的人物串接起来，因为他年轻、单纯、好奇，勇于探险，于是成了人们倾诉的对象和希望的象征。在一群受到环境隔阂的人群之中，这位年轻的报社记者是他们与外界联系和沟通的纽带。《温斯堡小镇》就像是一个圆圈，读者从"手"的故事里开始认识乔治，然后看了二十来个肖像素描，最后又回到了乔治的故事里。从作者对乔治所接触的人物的描述，对他们的生活的描述，我们观察到了他的逐渐成长和成熟的过程。确实，在所有这些畸形人当中，他是唯一一个正常的人，因为他敢于行动，敢于冲破社会环境造成的隔阂，当他离开温斯堡，坐在火车上从车窗往外望，"温斯堡小镇已经在视线之外了，他在那里过往的生活，也成为了描绘他生命中梦想的一道背景"。读者读到此处，怎能不为乔治身后的"背景"而喟叹，为他踏上旅途，寻求生命的梦想击掌叫好呢！

《温斯堡小镇》的另一个特点，是它对于书中人物的心理描写。比起传统小说，它没有什么对话，也没有太多的情节，而更多的，是作者带着读者走进书中人物的内心，观察他们的生活、忍受和挣扎。表面，往往是一个掩盖了内心的假象，与内在的实质形成鲜明的对照。书中最畸形的一个人物沃什·威廉斯像一个巨型的猴类动物那样的丑陋，但他也曾经英俊和温柔过，与他前妻那名流绅士的家庭比较，他才是真正值得人尊敬的。露易丝·本特利在外表看来是冷冰冰的，有时候歇斯底里。她年幼时也渴望得到爱的温情，但她注定永远快乐不起来，因为她父亲想要的是一个男孩子，而不是女孩子。伊丽莎白·维拉德是一个不安于现状的女人，但她起先是将爱与性混淆在一起，后来又将爱与婚姻混淆在一起，把自己困在了失望和悔恨的囚牢里。读过"冒险"的读者，都不会忘记爱丽丝这个年轻女子在孤独中的痛苦与无奈，在过了十一年平淡的生活之后，在一个下着大雨的夜里，她终于冒险了，赤裸着身体投奔向屋外的一个行人。具有讽刺意味的是，那行人是一个耳朵已经背了的老头子，对于她的疾呼全然听不到，对于她投奔的原委也懵然不知。还有什么比一个女子在雨中裸奔更忘我、更彻底，又还有什么比一个聋子沉默的回应更令人痛心失望呢？

安德森生长在美国中西部的一个小镇子里，接受过的只是最基本的学校教育，他使用的是简单直白的日常用语。小说行文是平和的，带着一点忧伤，故事中有一些意象和比喻常常重复出现，譬如手、窗户、裸体、房间等。故事也带着虚缈朦胧的色彩，就像描述爱情："爱情就像是一缕清风，在漆黑的夜里吹拂着树下的青草，你千万不要去给爱情下一个明确的定义，它不过是生命中一个具有神圣意义的偶遇罢了。如果你想试着让它变得明确清楚，想对它有把握；如果你想生活在大树的下面，以为那里有着温柔的晚风在吹拂，那么你将很快得到充满失望的炎热漫长的白昼，在那被亲吻热情烧灼的柔软的双唇上，留下过往的马车落下的粒粒尘灰。"《温斯堡小镇》有些故事是以格言做结束语的："在这世上，每一个人都是耶稣基督，他们全被钉在十字架上。""在这个世上，许多人必须在孤独中活着，也在孤独中死去，即使在温斯堡也不例外。"这些警句这样有力，这样沉重，在一个个故事的末尾，它们就像敲响了一记铜钟，让人深深地震撼。安德森是一位善于讲故事的高手，他的故事像散文般的抒情，寓言般的深刻，着意要把读者带进一个虚幻然而真实的世界。

由于安德森生长在一个普通人的家庭，由此有着十分强烈的社会意识。毫无疑问，人是社会环境的产物，温斯堡这些人的畸形，正缘于他们所处的那个社会的畸形。从他们的生活悲剧里，我们看到了宗教狂的结局，看到了人们对于他们所不理解的同性恋的迫害，看到了社会对于女性的歧视。在温斯堡这样一个畸形的小镇子里，人们被生活扭曲，甚至变态，但仍然是值得同情的、可爱的。安德森的故事让我们看到了社会的复杂性、局限性和破坏性，他以极大的同情心和理解力去描述这些畸形人的命运，可以说这是一部极具人性的小说。

　　《温斯堡小镇》将内容与形式融涵一体，无论是人性的深度，还是风格的独异，都使它在美国文学史上独占一席。在出版了《温斯堡小镇》之后，他在二十年代和三十年代还发表了包括《林中之死》《蛋的胜利》等小说集、散文集、诗歌，以及剧本，但除了几个短篇小说之外，都没有《温斯堡小镇》的深度和广度，缺乏它所具有的魅力和影响。他后来在广告公司辞职，专业从事写作，搬到东部纽约。他在美国南方路易斯安那州的新奥尔良住过一段时间，其间热情指导过许多新作家，包括当时还是年轻作家的海明威和威廉·福克纳，在文坛传为佳话。从南方回来以后，安德森在维吉尼亚州的一个小村镇里买了一个农场，在那里自己盖了房子，定居在美国东部。1941年，他在巴拿马旅游，在游轮上不小心吞下插在马蒂尼鸡尾酒杯上的橄榄里的一根牙签，引起了肠膜炎，几天后辞世。享年64岁。

7

2018.8.4　休斯敦

目录 contents

1

畸人篇

　　书的作者是位老人，他蓄着雪白的胡须，要爬上自己的床很有些困难。在他住的屋子里，窗户很高，而他早晨醒来又想要瞧瞧外面的树。他找来一个木匠，要把床抬高，改建在和窗户平行的水平线上。

　　为了这事，两人还紧锣密鼓，好好地准备了一番。木匠是个参加过内战的老兵，他走进作家的房间，要商量怎样去做个台架，以便将床升到一定的高度。房间里到处都搁着些雪茄，木匠边说着话，边拿一支雪茄在抽着。

　　刚开始时两人还在谈论如何将床升高，说着说着就扯到其他的话题上去了。老兵聊起了内战那一段历史，实际上，是作家故意把他引到这个题目上来的。木匠曾经被抓起来当过俘虏，关在安德逊威尔的一个监狱里，在战争中还失去了自己的亲兄弟。他的兄弟是饿死的，木匠一提起他来，便唏嘘不已，眼泪流得满脸都是。他跟那位老作家一样，也留着一脸白胡子，啜泣的时候嘴唇皱了起来，唇上的胡须不停地上下抖动着。老人叼着雪茄哭泣着的样子看上去的确有些滑稽可笑。为作家抬高床铺的事已经被忘得一干二净了，后来的修缮工程，全是照着木匠的想法去做的。到了晚上，年过六旬的作家只好借助着凳子，爬到床上去睡觉。

　　作家侧着身子，纹丝不动，静静地在床上躺着。好多年了，心脏的问题一直在困扰着他，因为烟抽得厉害，他身体患着心律不齐的症状。他总在想，或许有天他会突然死去呢？每当上床睡觉时，他便免不了产生这个念头。不过，这个念头倒没有使他害怕，相反，对于他倒是有种特殊的影响力，具体原因是什么，他也很难说得清楚。他在床上躺着，这个念头让他感到了自己的生命力，一股从未有过的旺盛的生命力。他一动不动地躺着，虽然身体这部躯壳已经变得衰老了，没有太多的用处，可在他的体内仍然蕴藏着一个完全年轻的东西。他就像是个怀着身孕的女人，所不同的是，在他的腹腔里怀着的不是婴儿，而是一个青年。哦，不，不是的，其实也不是一个青年，而是一个女子，一个年轻的女子，她就像一名骑士，全身上下穿戴着一副盔甲。不过，您也知道，当这位老作家躺在他那高高的床上听着自己心跳的时候，我们竟还要刻意去描述他身体的里面怀着的是一个什么东西，那不是很可笑，也很荒诞么？其实真正重要的，是要知道这位作家，或者在作家体内的那个青年人，在那一刻钟里他心里所想的究竟是什么。

　　老作家就像这世上其他所有人那样，在漫长的人生岁月里积累了不少经验，有过许许多多的感悟。他也曾经英俊潇洒过，不少女孩子爱恋过他。除此以外，他还认识过一些人，而且是相当数目的一些人，他认识那些人的方式是从很近的距离，以一种极为亲密的态度去接近和理解他们的。那是一种十分特殊的认识人的方式，与一般人不太一样，至少在作家的眼里看来是这样，这个想法让他感到些许的欣慰。当然，我们又何必去和一位老作家争论他脑子里的想法呢？

老作家躺在床上，做了一个不是梦的梦。他这时虽然已经睡意蒙眬，神志却还清醒着，看到眼前晃过了许许多多的人影。他猜想，准是他身体里面的那个难以形容的年轻的东西在驱赶着长长的一队列的人，从他的眼前走过。

您瞧，这里最令人感兴趣的，是从作家眼前走过的那些人的形状。他们全都是畸形的。不管是男人还是女人，凡是作家以前认识的人，全都成了畸形人。

那些畸形人也并不全都是可怕的。他们有的很滑稽，看上去令人觉得可笑，但也有的几乎可以说得上是漂亮的。其中有一个，那是一个形状完全被扭曲了的女子，她那畸形的体态尤其使作家感到痛苦。她走过之后，老人像只呜咽着的小狗似的呻吟了一下。如果您当时在他的房间，大概会以为老人正在做着一个噩梦，或者因为消化不良，肚子正在难受着呢。

那些畸形人在老人的眼前列队而行，走了约有一小时的光景。过后，虽然对于老人是件极为痛苦的事，他还是从床上爬了下来，开始了他的写作。在那些畸形人的中间，有一个在他的心里留下了很深的印象，他要把那畸形描述出来。

作家伏案疾书，工作了一个小时。末了，他写成了一本书，并为这本书起了一个书名，叫作《畸人篇》。这本书后来一直未能得以出版，不过我是曾经见过这本书的，而且它在我的记忆里留下了不可磨灭的印象。那本书的内容贯穿了一个主题，其意旨十分奇异，读过以后，一直留存在我的心里。正是因为我记住了它，才使得后来对于许多不同的人和事我都有一个清晰的了解，而要在以前，那是根本不可能做到的。那本书的主题相当宏大，也十分深刻，不过如果我可以用简单的语言去讲一讲，大概可以这样去描述：

还在很早很早以前，那时这个世界才刚刚开始形成，人们虽然有着各种各样的见解，但其实并没有真理这个东西。真理是人创造出来的。每一个真理都是一组模糊不清的思维的组合。这个世界的每个角落都存在着真理，所有真理都是美好的。

在他的书里，老人将千百种真理详细地列举了出来。在此恕我不一一尽述。简要说来，有贞操的真理，激情的真理，富裕和贫困的真理，勤俭和挥霍的真理，粗心大意和遗弃放纵的真理。有成百上千的真理，所有真理都是美丽的。

然后有人走来了。每个人来了以后都带走一个真理。他们中间有的人比较强壮，带走了成打的真理。

正是那些真理把人变畸形的。老人对此自有他一套深奥的理论。他的理论是这样的：那些人中间不管是谁，只要他将某个真理据为己有，把它当作他的真理，把它作为人生的座右铭，从那一瞬间开始，他就成为一个畸形人了，而他所遵循的真理这时也成了虚假和荒谬。

您可以在这儿读一读，亲眼看看这位毕其一生兢兢业业地写作，挥笔成书的老人是如何用了上百页的篇章来讲叙这个事情的。这个主题在他的心里变得那样庞大，他自己也冒着变成一个畸形人的危险，而他之所以得以幸免，也是因了同样的一个原因，那就是他没有将这本书拿去出版。是他的身体里面的那个年轻的东西救了他。

至于那个来为作家修理床铺的木匠，我之所以提起了他，是因为他也和其他所谓芸芸众生的普通人一样，在作家的书里，成为所有畸形人当中那最可接近、最可被人理解的、最可爱的人之一。

手

　　在俄亥俄州温斯堡小镇的郊外，一位矮小肥胖的老人正在一间木屋的旧阳台上焦急地徘徊着。木屋坐落在一片溪谷的边沿，屋子对面是一块长长的田地，地里原来撒了苜蓿种子的，现在却长出了厚厚的一片黄芥末野草。田野的对面，一辆马车正在路上走着，车上载满了摘草莓的年轻姑娘和小伙子，收工了回家。他们在车上嬉笑打闹着，有个穿着蓝色衬衫的男孩从马车上跳下来，拽着身后的一个女孩子想把她也拉下来。女孩子尖叫着使劲挣扎，要摆脱他。路面被小伙子的鞋底蹭起一团团尘土，尘土飘浮起来，轻掩在徐徐落下的夕阳上。长长的田野那头传来一个女孩子般的细嗓子："喂，温格·比德尔鲍姆，梳梳你的头发去吧，头发掉到你的眼睛里去啦！"那喊声朝老人命令着。老人已经谢顶了，他用两只带着神经质的小手抚摸了一下白净光滑的前额，那样子，就像是在梳理着一头蓬乱的浓发似的。

　　温格·比德尔鲍姆在温斯堡已经住了二十年。不过，他在这二十年里一直是胆战心惊地活着，被一群幽魂般的疑虑困扰，从来也没感觉自己是这小镇的一员。在温斯堡镇子那么多的居民里面，也只有一个人和他有一点来往，和他有一种像是友谊般的关系。他就是乔治·维拉德，维拉德新旅店老板的儿子。乔治是温斯堡镇子里《鹰报》的记者，有时他晚上出来散步，会沿着公路走到温格·比德尔鲍姆的小木屋这儿来。现在老人在阳台上坐立不安，左右徘徊，两只手紧张地挥舞，就是在盼望着乔治·维拉德的出现，希望他会来和他一道打发这个夜晚。那辆载草莓工的马车才刚走远，老人马上从屋子里走出来，踏过杂草丛生的田地，爬过铁路围栏走到公路上，眼睛沿着公路朝着镇子的方向急切地眺望。他在公路上站着，搓着双手，远近地打量着公路。过了一会忽然又感到一阵恐惧，拔腿跑起来，过一会才放慢了脚步，走回自己的小屋。

二十年来，温格·比德尔鲍姆一直是镇子里一个神秘的人物。他只是在乔治·维拉德的面前才不那样谨小慎微，也只是在乔治的面前，他隐藏在疑虑海底的阴暗自我才敢于站出来，看一眼这个世界。当那个年轻记者和他在一起，他大白天在美茵主街上走着也不感到害怕，也敢在自己屋前那破旧的阳台上徘徊和大声说话。这时，他颤抖的低嗓音会变得高亢和严厉起来，佝偻的腰板也挺直了。他扭扭身体，就像被渔人在小溪里放生了的小鱼摆动了一下尾鳍，这个向来沉默寡言的人滔滔不绝地讲起话来，极力寻找着语言描述他在沉默中积蓄了多年的想法。

温格·比德尔鲍姆常常是用他的手来讲话的。他的手指总在不停地比画着，要不就千方百计地要藏在衣兜里，或是藏在身背后。只是在他要说话的时候，他那纤长、富于表达力的手指才像一把语言机器上的扳手，突然伸了出来。

温格·比德尔鲍姆的故事，实际上是一个关于手的故事。正是他那双不停在转换着的手给了他"温格"这个名字。他的两只手极像关在笼子里的小鸟在不停地扑腾着的双翼，触发了镇上一位不知名的诗人的联想，给他起了"温格"——羽翼的意思——这个名字。可是，这双手的主人却是害怕它们的，老想把它们藏起来。每当看到在田里一起劳动的雇农，或看到在身旁经过的马车上，那昏昏欲睡的车夫安静而缺乏表达力的手，他总免不了感到惊奇。

在和乔治·维拉德谈话的时候，温格·比德尔鲍姆总要攥紧他的拳头。他的拳头不是砸在家里的桌面上，就是砸在房子里的墙壁上。做了这个动作，才可以让他感到说话自然一点。有时他们两人在野地里散步，他忽然有要说话的冲动，就在附近找个树墩或篱墙上面的横木——总之，他一定要用手对着一个东西捶一下，讲话才可以流畅起来。

关于温格·比德尔鲍姆的那一双手的故事，是值得去写整整一本书的。要是带着同情心来讲这个故事，一定可以在很多默默无闻的小人物身上发掘出来一些美好奇特的品质。这本书必须是诗人才能完成的。不过，在温斯堡，那双手之所以引起大家注意，仅仅是因为它们做起事来的高效率而已。温格·比德尔鲍姆的那双手创造过一天摘一百四十卡托草莓的纪录。在他身上，最明显的特征是这一双手，也就是因为这双手，人们才知道他的。可是，这双手也将一个难以捉摸的畸形人变得更加畸形。使温斯堡为之骄傲的，有银行家怀特新盖的石头屋子，有卫斯理·摩尔在克利夫兰市秋季马赛中获奖的棕色种马托尼·提普，再有呢，就是温格·比德尔鲍姆的那双手。

有好多次乔治·维拉德都想问关于那双手的故事，有几次差点就抵挡不住那强烈的好奇心了。那双手的动作那样奇特，又总在找着机会要藏起来，不让人看见，他觉得一定是有缘故的，要不是出于对温格·比德尔鲍姆的尊重，他早就已经脱口而出，把埋在心里的疑问说出来了。

一次，乔治心里的疑问已经到了唇边。那是一个夏天的午后，两个人在田野里散步，走到长着青草的河堤上准备坐下来。整个下午温格·比德尔鲍姆的谈话都充满了激情。走到一道围栏的时候他停了下来，开始手指敲打栏杆。他的手指很有力，像一只大啄木鸟似的。他开始大声地责备乔治·维拉德，批评他容易受周围人的影响。"你在毁灭自己！"他提高了声音，"你喜欢独处，喜欢做梦，可你又害怕梦想。你听到镇里的人说什么就去模仿他们，想努力做他们做的事情。"

他们在一片绿草如茵的河堤上坐了下来。温格·比德尔鲍姆竭力再做一次努力，向乔治清楚地表达他的想法。他的嗓音变得柔和起来，流露出怀旧的情绪，满足地叹了口气，然后，梦呓般地、缓缓地开始讲起一个故事。

温格·比德尔鲍姆向乔治·维拉德描绘了一帧梦中的图画，在这幅图画里，人们生活在田园般的黄金时代里。在一片绿葱葱的田野上，一些衣着整洁的青年有的徒步，有的骑在马背上，成群结伴来到一个小花园，在一棵大树下围着一位老人坐了下来，聆听着老人的讲话。

温格·比德尔鲍姆很激动，头一次忘记了自己的手。他的双手在不经意间慢慢地抬了起来，放在了乔治·维拉德肩上。说话的时候，也带上和以往不同的大胆口吻。"你必须忘掉你以前学到的一切。"老人说，"你要开始梦想。从现在起，对四周的喧嚣声音你一定要堵上你的耳朵。"

温格·比德尔鲍姆停住话音，用闪耀着光芒的眼睛热情地、久久地注视着乔治·维拉德。然后，他再一次把手抬起来，开始轻轻地抚摩男孩的头发。紧接着，他的脸上突然布满了恐惧和惊慌。

他的身体抽搐了一下，从草地上跳起，把手插回裤兜的深处，泪水一下子涌进了他的眼眶。"我现在要回家了。我不能再和你谈了。"他神情紧张地说。

老人连头也不回就匆忙走了。他从小斜坡走下去穿过草地，把乔治·维拉德留在背后。乔治一个人坐在坡地上，既感到莫名其妙，也不免有点害怕，不知道发生了什么事情。他打了一个寒噤，从草地上站起来，沿着马路走回镇子。"唉，我不会去问关于他的那双手的故事啦。"他心里这么想着。刚才看见的那个男人惊恐的眼神，深深地触动了他，"准是出过什么事，不过，究竟是出过什么事，我不想去知道。他怕我，也怕其他所有人，一定和他那双手有关系的。"

乔治·维拉德的猜想是对的。那么，就让我们来简要地看看这个关于一双手的故事吧。或许我们在叙述这双手的故事的时候，会唤起哪位诗人的热情呢，那么，诗人就可以把这个被埋藏的奇异故事描述出来了。在那个故事里，老人的手是有着一定影响力的，就像是一面希望的旗帜，在风中飘扬。

年轻的时候，温格·比德尔鲍姆在宾夕法尼亚州一个小镇子的学校里担任教师。不过他那时的名字不叫温格·比德尔鲍姆。那时他的名字并不怎么悦耳，叫作阿道夫·迈尔。当他还是阿道夫·迈尔的时候，曾是那所学校里面所有男生都非常爱戴的一位教师。

为人师长，这是阿道夫·迈尔天生的特质。像他那样的人是十分少见的，他们也不太为人所理解。他们每一副言谈举止都那样的自然，那样的温柔，人们把那自然和温柔看作是个可爱的弱点。像他这样的人对托付给他们教育的男孩子的感情，和那些优秀女子对他们所爱的男人的感情相比，是完全相同，别无二样的。

不过，我们这样去形容，实在太简单化了，如果真的要在这里描述的话，还必须只能找一位诗人才行。在他教书的那所学校里，阿道夫·迈尔常常和那些男孩子在一起，他们有时一起散步，有时一起坐在教室前面的台阶上谈天，一直谈到暮色降落在台阶上，他们的谈话也消失在梦一般的幻境里。他的那双手是随意置放的，有时轻抚着男孩的肩头，有时抚摸着他们蓬乱的头发。他说话的声音很温柔，带着一种音乐感，声音里面充满了爱抚。对于他来说，他的声音，他的手，在肩头的轻抚，头发上的抚摩——这一切的一切，全是这位教师的努力，他通过指头的轻抚来表达自己，要把他的梦想全部灌输到年轻人的心里。他是那样的一种人，对于他们来说，生命的那股原始的力量是往四周散布，而不仅仅是集中在一个小点上的。在他那双手的亲切抚摸下，男孩们摆脱了心中的疑虑，不再感到彷徨，他们开始有了梦想。

可是，后来发生了一场悲剧。学校里面有个弱智的男生迷恋上了这位男教师，晚上在床上想象出各种不可启齿的事，早上起床后，把夜晚做的梦当作真事说给同学听。从他松弛的嘴巴里喷出了一条条荒诞和可恶的诬告。听到那些诬告以后，宾西维尼亚州的那个小镇整个地战栗起来了。人们原先对阿道夫·迈尔已经抱着一些猜疑，那些猜疑是令人羞耻的，但现在它们已不再是猜疑了，成了他们坚信的事实。

那个悲剧没有延续很久。那些吓得发抖的男孩子们被一个个地从床铺上拉起来，逐个地询问。"他用胳膊把我抱在他怀里。"一个男孩说。"他的手指总是在抚弄我的头发。"另一个男孩讲。

一天下午，镇子上一个名叫亨利·布兰佛特的人——他是一个酒吧的老板——来到了学校的大门口。他把阿道夫·迈尔叫了出来，在校园的空地上狠狠揍了一顿。他抡起拳头，用坚实的指关节一下一下狠狠地砸在那教师惊恐的脸上。他每砸一下，气愤的火焰就烧得愈旺一些。那些男孩吓得像一群被捅了巢穴的昆虫，尖声大叫着四处飞跑。"叫你把手放在我儿子的身上，你这个畜生！"那个酒吧的老板大声吼。后来他的手打累了，便在院子里用腿去踢那个教师。

阿道夫·迈尔是在一个夜晚被人从宾西维尼亚州的那个小镇子里赶出来的。那天晚上来的有十几个人，他们手里提着灯笼，走到他的屋子前面喝令他穿上衣服出来。当时天下着雨，来人中有一个手里还拿着一根绳子。他们原来打算要绞死这个教师的，后来见到他苍白瘦小，一副可怜的样子，动了恻隐之心，决定还是留他一条性命，放他走。后来，当他往黑暗中跑去的时候，那群人又后悔起自己的软弱，跑起来要追他，嘴里骂着粗话，朝他扔树枝和泥巴，直到他声嘶力竭地大声叫喊，愈跑愈快，最后消失在了黑暗的深处。

这二十年来，阿道夫·迈尔一直在温斯堡独居。他不过才四十岁罢了，看上去却已经像是六十五岁的样子。比德尔鲍姆这个名字，是他在仓促逃跑的途中经过俄亥俄东部一个货运站时，在一个杂货箱子上看到的，用了这个名字来当自己的姓氏。他有个婶婶住在温斯堡，是个以养鸡为生、长着满嘴黑牙的老太太。他和婶婶住在一起，直到她过世。在宾西维尼亚州的那起事件发生后，他病了足足一年，康复以后，开始在地里帮人打短工。他进出都小心翼翼的，总是竭力要把他的那双手藏起来。对于过去那段经历的起因，虽然他无法理解，但总觉得应当怪罪那双手，因为那双手是男孩子的父亲一遍遍反复提到的。"别把你的臭手伸出来！"酒吧老板在学校的院子里气愤地左蹦右跳时，他是那么嚷嚷的。

在峡谷旁的木屋阳台上，温格·比德尔鲍姆仍在继续徘徊着，直到太阳下了山，田野那头的公路也消失在了暗灰的影子里。他走进屋里，切了几片面包，把蜂蜜抹在面包上面。夜班火车隆隆驶过，一节节快车厢载走了当日采摘的新鲜草莓，夏夜又回到一片寂静中。他又回到阳台徘徊起来。

黑暗中，他看不见自己的手，它们已经安静了下来。这时他虽然仍然渴望那个男孩的出现——他对人类的爱，是通过他来传达的——那个渴望已成为他的一份孤独，一个期待。温格·比德尔鲍姆点燃了一盏油灯，把吃那份简单的晚餐时弄脏了的一两只盘子洗干净，然后，在通向阳台的纱窗门旁边摆好一张行军床，准备脱衣服睡觉。几片小小的面包屑掉在桌下干净的地板上，他提起油灯搁在一张小矮凳上，然后用手指拾起面包屑快速地送进嘴里。在桌下那一摊强烈的灯光里，那跪着的身影就像是一个在教堂布道的牧师，而那些局促不安、富于表现力的手指在灯光里上下不停地移动，就像一位虔诚的信徒在日复一日、年复一年地快速地数着念珠。

纸丸子

他是个留着白胡须的老头子，长着一个大鼻子和一双大手掌。还在很早以前，那时我们还不认识他，他那时是一位大夫，骑着一匹跑不快的白马，在温斯堡的街上挨家挨户地去探访病人。后来他娶了一个有钱人家的女孩，女孩的父亲死后给女孩留下了一个土地肥沃的大农场。那女孩不爱说话，高个子，暗色的皮肤，在很多人的眼里看来是个漂亮的姑娘。温斯堡镇子里所有人都觉得奇怪，不明白为什么她会嫁给那位大夫。结婚以后还不到一年她便死了。

大夫两只手上的指关节大得出奇，就像是一些涂了颜料的圆木球，核桃那么大，手掌合起来的时候，就像有条铁丝将那些圆球紧紧穿在一起。他抽的是一根玉米芯做的烟斗，妻子死了以后，一天到晚都在诊室的窗旁坐着。他的诊室除了布满了蜘蛛网，里面空空荡荡的，什么也没有，那扇窗户他也从来不去打开。一次，那是八月很热的一天，他想打开窗户，发现它早锈住了，打那以后，就把它彻底忘记了。

温斯堡也忘记了这位老人。不过，在利弗大夫的身上，还是可以找到优雅高尚的品质。诊所就在海夫纳街的巴黎干货店的楼上，他在诊所里不知疲劳地工作，不断地进行创造，然后将他的创造物毁掉。他砌起的是一座座真理的金字塔，砌好之后再将它们推倒，以便找到新的真理，重新砌起新的金字塔。

利弗大夫个子魁梧，身上的西装已经穿了十年。袖口的地方已经磨损，膝盖和袖肘的部位也开始穿了一些小窟窿。他每次来诊室以后都要在衣服外面再套上一件麻布大褂，那麻布大褂上镶着一个大口袋，他不停地塞进去一些小纸团。几个星期后，那些纸团变成了硬硬的纸丸子，口袋塞满以后，他就把它们拿出来，扔到地上。十年间他只有一个朋友，那朋友的名字叫约翰·西班牙，他有一个植树场，也是一个老头。老利弗大夫兴起的时候就从衣服口袋掏出一把纸丸子，开玩笑地朝植树场场主扔过去。"我要打败你，你这个爱唠叨、多愁善感的家伙。"他喊着的时候笑得浑身都在颤抖。

至于利弗大夫是怎样追上了那个高个子黑皮肤的女孩，她后来又怎么会嫁给了他，把她所有遗产都留给了他——那是个很奇异的故事。同时，那个故事也是甜美的，就像温斯堡的果园里那些大小不一的小苹果一样。到了秋天，走在果园里，脚底是被寒霜冻硬了的土地，果园的雇工早已把树上的苹果摘下来装箱运到了大城市，在那些放着书籍、杂志、家具的拥挤的公寓里被人们享用。这时果园里的苹果树上，只孤零零地挂着一些表皮粗糙、带着疤痕的苹果，是采苹果工人不要了留剩在树上的。这些苹果从外表看上去，就好像利弗大夫手上的大关节，可是，只消咬一口，就可以尝出来它们的味道是多么甜美了。苹果的皮上有块圆疤，甜汁都集中在那里。人们在冻硬了的地上，从一棵棵苹果树旁走过，把那些结着疤痕的苹果摘下来，塞满自己的衣服口袋。只有很少人才知道那些奇形怪状的苹果是多么甜美的。

女孩和利弗大夫是在一个夏天的午后开始恋爱的。那年他四十一岁，已经有了掷纸球的习惯。他往衣服口袋塞满小纸团，让那些纸团变成纸丸子，再把它们扔出去。这习惯是他坐在那匹迟钝的白马拉着的马车上，在乡村小道缓缓地走着的时候养成的。他在纸头上记录着他的心得——他最初的心得，还有那些心得的最后结论。

利弗大夫在他的头脑里总结出一个又一个心得。他根据其中一个心得开始建立起一个真理，这个真理在他的脑子里越长越大，直至可怕地遮盖了整个世界。然后它又慢慢地消失不见了，让位给另外一些小心得，让它们开始成长。

那高个子黑皮肤的姑娘最初来看利弗大夫，是因为她怀了身孕，心里在担忧。另外，她当时的处境也是和一连串的事件有关的。

她父母的去世，以及他们给她留下的那一大片肥沃土地的遗产，使她在身后跟着一长串的追求者。有两年时间，她几乎每晚都要接见求婚者，在那些人中间，除了两个人之外，其他的都没有什么区别，无非是一腔热情，表示爱慕，但是从他们的声音和注视她的眼神，就可以觉察出一种不那么自然的热切。那两个例外的人相互之间倒是很不一样，一

个是温斯堡一家珠宝商的儿子。小伙子身材瘦削，长着一双
白净的双手，总是没完没了地谈着贞操。他和她在一起时总
是离不开这个话题。另外一个长着黑头发，大耳朵，他总是
一言不发，但只要一有机会，就把她带到一个幽暗的地方，
然后就开始要吻她。

　　有好一段时间，高个子黑女孩都觉得自己会要嫁给那个
珠宝商的儿子。每次他絮絮不休地讲话时，她都在安静地
听，可后来她害怕了，开始觉得在那关于童真的说教背后，
实际上有着比其他人都更强烈的性欲。她有时觉得他在说话
的时候把她的身体捏在了他的掌心。在她的想象中，他正用
一双白皙的手把她的身体慢慢地翻转着，眼睛在盯着。晚上
她梦见他用牙齿咬她，鲜血从他的两腮滴下来。同样的梦她
做了三次，到后来，她真的怀孕了，不过是和那个不说话的
男子怀的。那个人在情动之际，真的在她的肩膀上咬了一
口，过了好多天齿痕仍然清晰可辨。

　　当高个子黑姑娘来看过利弗大夫后，似乎有个感觉，再
也不要离开他。那天早上她到他的诊所，还未开口说一个
字，他便好像已经知道了在她身上发生的一切。

　　当时大夫的诊室里还有一个女人，她是温斯堡一家书店
老板的太太。利弗大夫也和其他那些乡村大夫一样，为病人
提供拔牙的服务。那女人拿着一条手帕，捂着牙，痛苦地呻
吟着。她丈夫就在一旁，牙齿拔出来时两人都尖叫了一声，
鲜血流下来，淌在女人的白衣服上。不过高个子黑女孩并没
有注意到这一切。那对夫妇离开后，医生对她笑了一下。
"来，我带你乘马车到乡村走一走。"他说。

接下来的那几个星期，高个子黑女孩和大夫几乎每天都在一起，形影不离。那个最初把她带到他的生命里的那个状况，因为她后来得的一场病，也被解决了，不过那时她好像已经发现了那些奇形怪状的苹果竟然那样甜美，再也无法把注意力放在城里人吃的那些完好滚圆的苹果上。在认识利弗大夫的那年秋天她嫁给了他，隔年春天就死了。那年冬天，他将写在纸头上的所有的思想碎片一一读给她听。读完之后笑一笑，把纸头塞到口袋，准备日后再将它们揉成一个个小小的纸团。

母亲

乔治·维拉德的母亲伊丽莎白·维拉德是一个高个子女人，她的面容憔悴，脸上有一些出天花遗留下来的疤痕。她才不过四十五岁，可是因为得过一种怪症，已经失去了以往的生命活力。她成天无精打采地在那残旧杂乱的旅店里晃荡着，时而去检查一下褪了颜色的墙纸和旧地毯，体力稍好一点时，也干些女佣的活，就像换洗那些胖旅客过夜弄脏了的床单被褥什么的。她丈夫汤姆·维拉德外表很斯文，虽然瘦削却有一副宽阔的肩膀，黑色小胡须的尾梢往上翘着，走起路来操着军人般急促的步伐。他极力想要忘掉他的妻子，那个个子高高的、在廊道上迟缓走着的幽魂般的身影——他觉得对他是一个羞辱。他只要想起她，就免不了要生气，想骂脏话。这间旅店常年不盈利，一直处在倒闭的边缘，他希望能够甩手不干，干脆一走了事。在他看来，这座旧房子，连同那个和他一起住在这座旧房子里的女人，都是被命运击败了的，已经没有生命了的东西。这旅店曾经是他满怀希望要开始新生活的地方，可现在不过是个像样的旅店留下的幽灵罢了。有时他衣冠齐整，俨然一副商人模样在温斯堡的大街走着的时候，会忽然停下脚步转身往后看，好像害怕那旅店和女人的幽灵也会尾随着他，走到街上来似的。"该死的，这是什么样的生活啊！"他唾沫四溅地自言自语。

汤姆·维拉德对乡镇的政治抱着浓厚的热情，多年来，这个小镇子一直是共和党占绝对优势的大本营，可他一直是民主党的领袖人物。他对自己说，总有一天政治风头会转向，变得对他有利的，到了那时，他这些年来默默无闻的服务就会得到巨大的回报。他还梦想自己将来会成为国会议员，甚至成为州长。一次，在民主党的代表大会上，一个年轻代表站起来开始吹嘘起自己对民主党的忠诚和贡献，汤姆·维拉德听了脸上气得颜色发白。"你住嘴！"他发言的时候声音洪亮，朝四周狠狠地看了一眼，"你懂得什么叫贡献吗？你是一个什么人，不就是个乳臭未干的男孩吗！瞧瞧我在那里做的事吧！以前，在温斯堡当一个民主党员就和犯罪没什么两样，但我那时就已经是一个民主党员了。那时他们差不多是要拿枪把我们当猎物来瞄准的。"

在伊丽莎白和她的独子乔治之间，虽然没有用语言表达出来，但一直存在着一条很结实的同情的纽带，这条纽带的基础是她早已熄灭了的少女的梦想。往往儿子在跟前的时候她表现得很矜持胆小，可当他到镇子上忙碌记者的事务时她就走到他的房间，掩上房门在靠窗的一张旧厨桌旁跪下，半祈祷半命令地向天举行祈祷仪式。她渴望着在她的男孩身上重现她身上曾有过但早已被忘却了的东西。这就是她祈祷的目的。"即便我死了，也不会让你失败的。"她大声喊。她握紧拳头，全身战栗地表示决心，眼睛闪耀着光芒。"如果看到他成为像我这样一个没用的废物，我哪怕是死了，也还会回来的！"她对天发誓，"我请求上帝给我这个特权。我需要这个。我愿意为这个付出代价。上帝可以一拳把我击倒，什么样的打击我都可以承受，只要能允许让这孩子为咱俩做出一些表现。"她迟疑了一下，停下来望了望男孩房间的四周。"但也不要让他因为小聪明而成功。"她又含糊地补充了一句。

　　表面看来，乔治·维拉德和他的母亲之间的交流不过礼节罢了，没有更深的意义。她病的时候多半就在房间窗户的旁边坐着，他有时会在晚上来看望她。他们坐在窗户旁边沿着窗外一间小木屋的屋顶上面往外望，可以望见美茵街。转头从另外一扇窗户往外望，外面是一条经过美茵主街店铺后门的小巷子，小巷子一直通到阿布纳·格罗夫糕点店的后门。有时，当母子俩坐在窗旁的时候，一幅小镇的生活画面生动地出现在他们的眼前。在糕点店的后门，阿布纳·格罗夫出现了，他有时手里拿着一根棍子，有时拿着一个空奶瓶。有好长一段时间，在面包师和药剂师希尔威斯特·韦斯顿家的灰猫之间，进行着一场看看谁能够赢的一场角斗。男孩和他的母亲常常见那只灰猫从面包店的门口悄悄溜进去，不一会又跑出来了，面包师也挥着双臂咒骂着跟着跑出来。面包师的眼睛又小又红，黑色的头发和胡须上沾满了面粉。有时，虽然那猫已经跑掉了，面包师还是气得把树枝、碎玻璃片，甚至店里的工具到处乱扔一气，有一次还把西宁五金店后门的窗户也打破了。其实，那只灰猫当时就蹲在巷子里一堆装着烂纸和破瓶子的木桶后面，木桶上面飞着一群乌黑的苍蝇。一次，伊丽莎白·维拉德正一个人在房间里，看见面包师勃然大怒，发了半天没用的火以后，将头埋在两只白皙纤细的手里，忍不住哭出了声来。从那以后，她就再也没有朝小巷的方向望过一次了，也竭力要忘掉那个长着大胡子的男人和灰猫之间的角斗。他们之间的角斗就像是她自己生命的一场彩排，那样的生动，令人惊心动魄。

儿子晚上陪着母亲小坐的时候，房间里被静默笼罩着，两个人都感到有些尴尬。夜幕渐渐地降临，晚班火车已经驶进了车站。从窗户下面铺石板的人行道上传来行人走路的脚步声。随着夜班车的离开，火车站台的四周又沉浸在一片深沉的宁静之中。也许快递代理斯金纳·利森将他的拖车挪开了大概一个火车站台的距离。从美茵街那头传来一个男人的笑声。有谁在大声地敲响着快递办公室的门。乔治·维拉德站起来穿过房间，在黑暗中摸索着，寻找房间的门把手。他有时撞在一把椅子上，把椅子拉着蹭在地板上。病妇在窗旁懒懒地坐着，动也不动，可以看见那两只细长白皙的手还搭在椅子的扶手上。"去和那些男孩子玩吧，你在屋里待的时间太长啦。"她说，想尽量减轻一点告别时的尴尬。"我散散步去。"乔治·维拉德有点局促，不知道说什么才好，这样答了一句。

七月间有一个夜晚，伊丽莎白做了一次冒险的尝试。那时维拉德旅店的客人差不多都走光了，只剩下很少几个人，楼道只有一盏拧小了的煤油灯照着，整条走廊都被一片幽暗笼罩着。她已经病了好几天，但儿子一直没有过来探望，开始有点担心起来。内心的焦虑把她生命微弱的火苗吹着了，燃起一团火焰，她悄悄地从床上爬起，穿上衣服快步沿着走廊朝儿子的房间走去。她害怕得全身颤抖，边走边艰难地喘着气，一只手撑着墙壁平衡身体。就在她匆匆地往前走时，忽然感到这样做有点愚蠢。"他准是在忙他那些年轻人的事呢，"她对自己这样说道，"也许他现在开始带女孩出去散步了。"

这间旅店以前是她父亲经营的，虽然现在属于她，县政府登记的营业权也在她的名下，她却怕在旅店里被客人看见。这旅店实在太破旧不堪了，顾客也越来越少，她觉得自己也像这个旅店似的，残旧得不堪入目。她把旅店里不起眼的一个角落房间用作自己的卧房，精神好的时候，就去帮着叠叠床单，不过，她总是在客人都已经离开房间，到镇上与商人谈买卖去了以后，周围没人的时候才去干那些杂活。

母亲来到儿子的门外，跪在地面上仔细倾听，想捕捉一点从房间里传出来的声音。听见儿子的自言自语和来回走动的脚步声，她的嘴角浮上了一丝微笑。乔治·维拉德有一个和自己大声说话的习惯，每次母亲见了都有种奇怪的欣慰。她觉得他的这个习惯让两人之间的秘密纽带变得牢固。她对自己轻轻地说过上千遍了："他还在摸索，在寻找自己。"她是这么想的，"他不是个迟钝的傻子，也不是一个夸夸其谈的人。在他的身体里面有一个别人用肉眼见不到的东西，那东西在努力成长。那是个在我身上曾经有过，但我让它被扼杀了的东西。"

病妇在门外站起来，沿着幽暗的走廊朝自己房间走去。她担心万一房门突然打开，儿子出来撞见了她。一直走到另一条走廊的拐弯处才觉得距离够安全了，停下来用手撑起腰，稍稍喘了口气，把刚刚突如其来的那一阵晕眩虚脱的感觉缓解一下。儿子给她带来了快乐。那些常常烦扰着她的小小的害怕在她独卧病床的漫长时光里变成了巨人，但此刻它们全消失了。"回房间后就该睡了。"她感激地嗫嚅着。

但是伊丽莎白·维拉德没有回自己的房间，也没有入睡。当她还战栗地站在黑暗中的廊道上，儿子的房门突然开了，他的父亲汤姆·维拉德从里面走了出来。从门口射出的光影里可以看见他扶着门把手在和乔治说话，女人心中的一把怒火就是在听到他说的话以后点燃的。

汤姆·维拉德对儿子有着远大的期待。他一直都自诩成功人士，虽然他至今还从没有做成功过一件事情。只要他人不在维拉德新旅店，用不着担心见到妻子，马上就神气了，把自己吹嘘成镇子上的重要人物之一。他希望儿子成功，《温斯堡鹰报》的那个职位，就是他为男孩找的。此刻他的话音里充满了恳切，要在待人处事方面给儿子一些忠告。"告诉你，乔治，你得认真一点！"他严厉地说，"这事威尔·安德逊已经和我讲了三遍了。他说和你讲了几个钟头，你还是像个傻姑娘似的，什么都听不进去。你到底是怎么回事？"汤姆·维拉德和善地笑了一下。"唉，我想你可以改过来的。"他说，"我告诉威尔，你不笨，也不是个女人。你是汤姆·维拉德的儿子，你会打起精神来的，这点我不担心。你把事情解释清楚，我就都明白了。如果你当了报纸记者后使你开始有成为作家的想法，那是可以的，不过，我想你的脑袋要清醒过来才能成为作家，是吧？"

汤姆·维拉德走了。他匆匆地穿过走廊走下楼梯，回到了他的办公室。黑暗里，女人听见他和顾客聊天说笑的声音。顾客坐在办公室门旁的一把椅子上，在汤姆进来前原来打算在椅子上打个盹来消磨这个无聊的夜晚的。女人好像身上突然产生了一股神奇的力量，不再感到虚弱无力，她跨着大步，又走回到儿子房间的门口。在她的脑海里，有千万个思绪在奔涌着。她在房门前站着，听着里面传出来凳子蹭着地板，笔在纸上唰唰地使劲画着的声音。她回转身来又一次沿着走廊返回自己的房间。

温斯堡旅馆的老板娘此时在心里做了个明确的决定。她是一个被命运击败了的人。她在沉默中思考多年，默默的思考对于现实从来没有起过任何作用，但现在终于做出一个决定来了。"是时候了，"她告诉自己，"我必须行动起来。我的孩子在受到威胁，我得为他挡住。"最让她生气和无法平静的是见到汤姆·维拉德和儿子之间的那种心平气和的对话，好像他们两人之间有着什么默契似的。虽然这些年来她一直憎恶她丈夫，但其实憎恶的对象并不是他本人，他只不过是被她厌恶的那个东西中的一部分而已。可现在不同了，仅仅是凭着他在门口说的话，他就已经成为被她厌恶的那个东西的化身。在黑暗的房间里她把拳头捏紧，怒视了四周一下，然后走到墙边，从挂在钉子上的一只布口袋里取出一把缝纫剪刀，将它像匕首似的紧紧捏在手里。"我要捅死他，"她大声地说，"他既然已经选择了要为恶魔代言，我一定要杀死他不可。把他杀了，我的心死了，也就活不成了。这样一了百了，都解脱了。"

以前当伊丽莎白还是个女孩，还没有嫁给汤姆·维拉德的时候，她在温斯堡有很多绯闻。有阵子她梦想着要去当演员，故意和住在父亲旅店的男客人一起走在街上闲逛，打扮得花枝招展，惹人注目，还向他们急切地打听大城市的生活。有一次她穿着一套男装，骑脚踏车走过美茵街，让镇子上的人见到都大吃一惊。

她现在回头看从前那个高个子暗皮肤女孩，那时她脑子混乱，心总是定不下来，从她生活的两个特点就可以看出来。首先，她总在渴望生活上有一个变化，发生一件实实在在的大事把她的命运改变。她是受了这种情绪的影响才被舞台吸引的。那时她的梦想是要成为一个歌舞剧团的成员，周游世界各地，看到的都是新面孔，同时也把自身的一部分才能献给大家。有时到了晚上，这些想法让她的心情无法平静，就告诉给那些路经温斯堡，在父亲的旅店下榻的剧团成员听，但是一点用处也没有，那些人似乎根本不知道她说的什么。有时她把自己的那股热望清楚地表达出来了，得到的却是一阵哄笑。"现实不是那样的，"他们说，"现实就像这里的生活一样，沉闷得很，一点意思也没有。你找不到你要的东西的。"

可是，当她和那些途经温斯堡的男人散步，和后来汤姆·维拉德散步时的感觉倒是不一样的。他们好像可以理解她，同情她。在小镇街道幽暗的树荫下，当她的手被他们握紧了的时候，觉得一个从未得到表达机会的东西忽然从身上迸发出来，而且它也成为对方内心从未有机会表达的一部分。

除此以外，她还有另外一种表达内心不安的方式，每次用这种方式表达以后，她都感到短暂的释放和欢愉。她并不责怪那些和她散步的男子，后来也没有责怪汤姆·维拉德。那些过程都一样的，先是两人接吻，紧接着是一阵新鲜、野性情感的爆发，然后是一阵宁静，再有几声忏悔和几声抽泣，就什么都结束了。每次她低声哭着的时候把手放在那个男人的脸上，心里都是想着同一个事：他虽然个子高大，满脸胡须，感觉中他却好像突然变成了一个小男孩。她不明白为什么他没有哭泣。

在那个又老又旧的维拉德旅店角落的房间里，伊丽莎白把油灯点燃放在门边的梳妆台上。她突然想起一件事，转身走到壁橱取出一个小方盒，把盒子放在桌上。盒子里面装着化妆品，是之前被短期滞困在旅店的剧团演员留下的。伊丽莎白·维拉德要把自己打扮得漂亮一点。她的头发至今仍保持着乌黑的颜色，厚厚的，梳成一根长辫盘在头上。一个即将上演的场面在她想象里变得清晰了：在楼下旅馆办公室，那个在汤姆·维拉德面前站着质问他的人，将不是一个衣衫褴褛、幽灵般的人，而是一个没人想象到的令人吃惊的角色：她是个个子高挑、脸色深沉的女人，长长的浓发披在肩头，跨着大步走下楼。然后，手里握着一把罪恶的长剪刀，像崽子受到威胁时的母老虎似的蹑手蹑脚悄悄走近，突然出现在旅店办公室里那个吓得魂不附体的人面前。

伊丽莎白的喉咙咕噜了一声，将桌上的灯吹熄了。她在黑暗中站着，感到虚弱无力，全身都在颤抖。身上刚才出现的那股奇迹般的力量消失了，她用手扶着一个椅背，摇摇晃晃地从房间走过。她在这把椅子上不知坐过多少个冗长的日子，出神地望着窗外那铁屋顶后面的温斯堡美茵街。这时走廊突然传来一阵脚步声，然后乔治·维拉德推门走进了房间。他在母亲的身边坐下来。"我想离开这儿。"他说，"我也不知道去哪儿，不知道要干什么，就是想走得远远的，不在这儿待下去了。"

在椅子上坐着的妇人颤抖地等待着，她突然感到一股冲动。"我想你最好还是先醒醒吧，"她说，"你以为那才是出路吗？跑到大城市里去挣钱？你以为做个精明的生意人会更好一些吗？"等待中，她的身体还在颤抖着。

儿子摇了摇头。"我猜我大概没法让你理解，唉，说真的，我希望你能理解我。"他的语气很恳切，"我根本没法把我这个念头告诉给父亲知道。我也不想去试。我知道试是没有用处的。我也不知道我想要干什么。只是想走远点去观察观察，再思考一下自己下一步怎么办。"

一阵静默降落在母亲与儿子坐着的房间里。然后，就像其他那些夜晚似的，他们又感到有种局促不安的气氛。过了一会，儿子首先打破了沉寂。"我想如果要走的话，也还有一两年时间，不过我是一直在想着这个事的。"他边说，边站了起来，朝着房门走去，"爸爸说的有些话让我下了决心，我是非要离开这里不可的。"他摆弄了一下房门的手把。此刻，这房间里的寂静简直使那妇人再也无法忍受，听到儿子的这句话，多想高兴地欢呼起来，可是，她早已失去表达快乐的能力了。"我看你还是和那些男孩出去玩玩吧！

你关在屋里的时间太久啦。"她说了一句。"嗯，我想出去散会儿步。"儿子回答，然后笨拙地走出房间，关上了房门。

哲学家

帕斯佛大夫是个身材高大，嘴角稍稍往下斜的男人，他一年到头都穿着一件脏兮兮的白色马甲，马甲的口袋里露出几支斯托吉黑雪茄。他的嘴唇被金黄色的小胡须盖着，一排不整齐的牙齿已经发黑了，眼睛看上去有点异常，左边眼睛的眼皮有点抽扯着，眼皮往下奄拉再往上翻，就好像有个人在医生的脑袋里站着，拿着一根窗帘绳子上下拉扯着帘布似的。

帕斯佛大夫很喜欢乔治·维拉德这小伙子。他对乔治的欣赏是从乔治到《温斯堡鹰报》工作了一年以后开始的，他俩的友谊，也完全是大夫主动发起的。

有天下午接近傍晚的时候，《鹰报》的业主兼主编威尔·安德逊去光顾了汤姆·维利的酒吧。他是顺着小巷走去的，到了酒吧后从后门悄悄地溜了进去。进去以后，马上就要了一种金酒和苏打混和的饮料。威尔·安德逊是个耽于声色的人，四十五岁。在他想象中杜松子酒能帮他壮阳，保持青春。就像其他所有耽于声色的人一样，女人是他热衷谈论的一个题目，他和汤姆·维利交换着一些镇子上的琐事艳闻，不觉就已经聊了个把小时。酒店的老板是个宽肩膀的小矮个，他的手上长着一些十分奇特的胎记。那些颜色鲜红的胎记有时会在一些男人女人的脸上出现，但是汤姆·维利却是在手指和手背上有斑斑点点的印记。他站在酒吧的柜台后面和威尔·安德逊说话的时候，不停地搓着两只手，越是兴奋，手指上那红色胎记的颜色就越深，让那两只手看上去好像在鲜血里泡干以后褪了颜色一般。

正当威尔·安德逊站在酒吧，眼睛盯着那双颜色血红的手，聊着女人的时候，他的助手乔治·维拉德正坐在《温斯堡鹰报》的编辑室，听着帕斯佛大夫说话。

威尔·安德逊刚离开，帕斯佛大夫就出现了，可能他从他诊所窗户一直看着这边，看到编辑从小巷走了出去。他从正门走进来，给自己找了把椅子交叉着双腿坐下，点燃一支斯托吉雪茄，开始说话。他像是想说服男孩，无论做什么事都要有一个准则，保持一道底线，虽然那底线在哪儿，他自己也说不太清楚。

"如果你注意观察过，那你应该看得出来，我虽然自称是个大夫，但是没有几个病人。"他开始说，"这里面是有原因的。这不是个偶然发生的事，也不是因为我没有像别人那样懂医术。不，不是的，是我自己不要病人。你瞧，这原因不是从表面就可以看得出来的。这原因，还在于我的个性，而我的个性呢，如果你仔细想想，是经过了几次奇特的变化的。至于我为什么要讲给你听，我也不知道。也许我最好是一动不动地坐在这儿，这样的话，可能在你的眼里，我还更受尊重一些。是的，我想让你敬重我，这是个事实。我也不知道是为了什么。所以我在讲话。我这样说很可笑，是不是？"

有时大夫会打开他的话匣子，逢到那种场合，他就没完没了，滔滔不绝地讲起他的故事来。对于男孩来说，那些故事就像真的一样，而且也包含着许多深刻的意义。他开始对这个外表肥胖龌龊的人产生一股敬意，只要是哪个下午威尔·安德逊出去了，他就会兴致勃勃盼望着大夫的到来。

帕斯佛大夫来到温斯堡大约有五年了。他是从芝加哥搬来的，他到的那天喝醉了酒，为了一只木箱子和行李收发员艾伯特·艾利斯吵了起来，还打了一架，后来被送到了镇上的拘留所。他被放出来以后在美茵街租了一个房间，那房间就在美茵下街的一家补鞋店的二楼。他住下来以后就挂起了行医的招牌。不过，他没有几个病人，那屈指可数的几个来找他看病的，都是些付不起医药费的穷人，可他像是兜里装着很多钱，从来都用不着为了吃穿发愁。那个脏得无法形容的诊室也是他的住所，他睡觉的地方。到吃饭的时候，他就到火车站台对面的午餐厅。那午餐厅是比弗·卡特开的，在一间木房子里，到了夏天里面到处都飞着苍蝇。比弗·卡特身上戴的那条白围裙，比餐厅里面的地板还要更脏些。不过帕斯佛大夫对这些一点也不在意。他昂首阔步地走进餐厅，将两毛钱放在柜台上。"有什么吃的，给我拿来好了！"他说话的时候带着笑容，"把你那些卖不出去的菜饭给我端来吧！对我来说没什么两样。你知道，我是个与众不同的人。

干吗要在乎嘴里吃进去的是什么呢？"

帕斯佛讲给乔治·维拉德听的那些故事既没有开头，也没有结尾。有时男孩猜想，那些故事一定是他的想象或者一堆谎言罢了，不过有时他也相信，在那些故事里面，一定蕴藏着最真实的东西，真理的精髓。

"以前我也和你一样，是个报社记者。"帕斯佛大夫开始说道，"那是在爱荷华州的一个镇子里——还是在伊利诺伊州？我也记不太清了。不过，也没有什么差别。也许我想隐瞒我的身份，不愿意把事情说得太具体呢。你会不会感到奇怪，为什么我什么事都不做还是有钱花呢？也许是因为在我来这儿之前盗窃了一大笔钱，或者是牵扯到一宗谋杀案。这可有供你思索的资料了吧，呃？如果你真是个聪明的记者，会去查查我的背景的。在芝加哥，有个名叫克罗宁的大夫被人谋杀了，你听说过那个案子吗？有几个人把他杀了以后，将尸体放在一个木箱子里。他们在清晨把木箱子放在一节快车的车厢后面，拉到城市的另外一头。他们在车厢的乘客座位上坐着，若无其事的样子，好像什么事也没发生过。火车从寂静的街道旁边经过，人们还在梦乡中熟睡。那时太阳才刚刚从湖面升起。听起来好笑吧，是不是？想想看，这几个人抽着烟斗，火车一路走，他们一路闲聊，那副毫不在乎的样子，就和我现在这个样子是一样的。也许我就是他们那几个人之中的一个。如果真是那样，那里头可就有故事了，是吧？"然后，帕斯佛大夫又重新开始讲有关他自己的故事，"哦，我那时在一家报社当记者，和你在这儿没有什么两样，到处奔波，找些小故事来做写新闻的材料。我的母亲很穷，靠帮人洗衣服维生。她的梦想是我成为一名长老教会的牧师。我呢，当时也在朝着那个方向努力。

"那时我父亲精神失常已经有两年了。他在俄亥俄州代顿市的一间精神病院里接受治疗。瞧，我一不小心说漏嘴了。所有这些事都发生在俄亥俄，就在俄亥俄州这里。如果你什么时候真的想要查我的底细，这是个线索。

"我想要跟你讲的，是我哥哥的故事。他是我要讲的所有故事的主题。我要说的就是这个。我哥哥是个铁路的油漆工，在四强公司里干活。你知道，那铁路干线直跨过俄亥俄州到这里。他和其他的工人住在一节闷罐车厢的里面，从一个小镇转到另外一个小镇，所有铁路上的物业，就像换道把手，道口栏杆、桥梁、车站什么的，全由他们来油漆。

"四强公司给那些车站刷的油漆是一种十分难看的橙黄色，那颜色我简直讨厌透了。我哥哥的身上总是沾得到处都是。到发薪水的那天他去喝个酩酊大醉，回家的时候穿着他那身沾满了油漆的衣服，带回来领到的工资。他从来都不把钞票交给母亲，而是叠成一沓放在厨房的桌面上。

"我现在还可以清楚地看到那个情景：一间小屋子，他穿着一件沾着难看的黄油漆衣服走进来。母亲也从后院的小工棚走进屋里。她的个子很小，熬红了的眼睛饱含着悲哀。她每天在棚子里面给人洗脏衣服，在洗衣盆里度过她的生命。她进屋后走到桌旁站着，用沾满了肥皂水的围裙揉揉她的眼睛。

"'别碰！你敢动那钱！'哥哥朝她大吼一声，随后从那沓钱里拿起五元十元，拖着沉重的脚步走出门外，继续找酒吧喝酒去了。等他把钱都花光了，再回家来取。他从来不给母亲分文，自己在外面到处游荡，直到把钱花得精光，再回铁路去找那群油漆工，再回去做他那份工作。他走了以后常常寄些东西回家里，譬如食品啊，或者别的什么生活用品。有时给母亲一条裙子，给我一双鞋。

"你觉得奇怪吧？就这样，我母亲还是很爱我哥哥，比爱我要多得多，虽然我哥哥对我们俩从来没有过一句善言。他常常发脾气，威吓我们，看我们是否敢去碰碰那桌子上堆着的钱，虽然有时候那些钱都已经在桌上放了三天。

"我们就这样过着小日子，相处得还算好。我很用功读书，为将来做一名牧师做准备，同时也学会了祈祷。我那时祈祷很守时的，从来也不错过。你真的该听听我的祷告。我父亲死的时候，我祷告了整整一夜，就像我哥哥去了镇子酗酒，或者他到处给我们买东西的时候，我也是那样祷告的。晚上吃过了晚饭，我就跪在那张搁着钱的桌子旁边，一小时接着一小时地祈祷。没人看见的时候，我偷一两块钱放在兜里。现在回想起来觉得很好笑，可是当时觉得糟糕极了，心里成天都在想着，忘也忘不掉。我在报社工作，每个星期才拿六元工资，一拿到工资就直接回家把钱交给母亲。从哥哥那沓钱里偷来的几块钱就给自己买些零食，你知道，就像糖果啊，香烟啊什么的。

"父亲在代顿的精神病院去世的时候，我到那里去了一趟。我向老板借了些钱，搭夜班车赶到那里。那是个雨天，我到了精神病院后，他们就像招待国王似的招待我。

"原来在我到之前，精神病院里的工作人员打听到了我是个报社记者，所以他们都很怕我去。你知道，在我父亲得病的期间，医院犯过粗心大意的错误，同时也有照顾不周的情形。他们以为我会把那些事情都写出来，在上头大做文章，其实我根本没有那样想过。

"反正就是那样，当时我径直走到父亲的房间，为那具已经没有了生命的遗体祈福。我也不知道当时是怎么想的。不过，如果我那做油漆工的哥哥看见我那个样子，他一定会笑的。我站在遗体旁边，把双臂举起，当时精神病院的主管和他的一些助手也来了，就在我左右两旁站着，脸上一副心虚的样子。当时那场景十分可笑。我举起双手，'让平安降临这遗体'。这就是我说的。"

乔治·维拉德正在留神听他讲故事，帕斯佛大夫突然停了下来，一跃而起，在《温斯堡鹰报》的办公室里面来回地走。他走的姿势颇为笨拙，加上那地方又很窄小，走的时候不停地碰到房间里的东西。"我真是个傻子，在这里胡扯八道。"他说，"我可不是到这儿，硬要你和我交朋友的。不，这可不是我的意思。我有的是另外一个想法。你像我当年一样，是个记者，所以你才引起了我的注意。也许最后你也会成为一个傻子的。我来，是要来警告你的，以后还会不断地警告你。这就是我在人群里把你找出来，和你谈话的原因。"

帕斯佛大夫开始批评起乔治·维拉德待人接物的态度来。在男孩听来，好像这人的眼里只有一个目标，就是要将所有人都看作是不足挂齿的小人物。"我要让你在心目中充满仇恨，充满鄙视，这样你才可以出人头地，高人一等。"

他肯定地说，"你看我哥。那可是个人物吧，嗯？可你瞧，他谁也看不起。你想象不出来他对我母亲和我望着的时候那副高高在上、瞧不起人的样子。他是否比我们都优秀一些呢？你知道他是的。你还没有见过他呢，我就已经让你感觉到了。他已经死了。有一天他喝醉了酒，躺在铁轨上，那节他和别的油漆工睡觉的火车车厢碾过了他的身体。"

八月，有一天帕斯佛大夫在温斯堡做了一桩冒险的事。那阵子他正在写一本书，据他自己说，他搬到温斯堡来，就是要到这里来安居和写作的。他写完的手稿想要读给乔治·维拉德听，所以乔治每天上午都抽出一个小时到大夫的诊室来听他朗读，这样做，已经有个把月了。

那个早晨，小伙子还没有到医生的诊室之前，附近发生了一起事故。那是个很大的事故，发生在美茵街上，有几匹拉着一辆套车的马被火车惊吓了，挣脱了缰狂奔，结果把坐在套车上的一个农夫的小女孩从马车上甩了出去。

美茵街一下子全动起来了，大家都紧张地纷纷喊着快找医生。镇子上三位执业医师全都马上赶到现场，可惜回天乏术，那孩子已经死了。人群中，曾有一个人跑到帕斯佛大夫的诊室，但他不客气地推脱了，拒绝离开诊室到楼下去看那已经死去了的女孩。其实谁都没注意他那个没有任何实际意义的残忍，因为从楼梯上来喊他的那个人还没来得及听到他的拒绝，就已经匆匆忙忙地离开了。

但是对那一切，帕斯佛大夫都不清楚。乔治·维拉德来到诊室时，见他吓得直打哆嗦。"我做的事肯定要把镇子上的人惹火了的。"他激动地说，"难道我还不了解人性吗？难道我还不知道会发生什么吗？人们肯定会交头接耳，说我连这样的事情都要拒绝。他们一定会跑到这儿来，我们先争吵一顿，然后有人开始嚷嚷，要用绞刑。等那些人再回来，他们的手里就会拿着一条绞索的。"

恐惧让帕斯佛大夫又一阵颤抖。"我有个预感，"他的语气肯定，"我刚才说的，也许今天早上不会发生，也许会推迟到今天晚上。但我还是会被绞死的。我会被那些激动的人们吊死在美茵街的电灯柱上。"

帕斯佛大夫走到诊室门口，朝通往大街的楼梯怯怯地看了一眼，走回来时，眼睛里原先的惊恐不见了，流露出怀疑的神情。他踮着脚尖轻轻地走到房间的另一头，拍了拍乔治·维拉德的肩膀。"即使现在不来，以后也还会来的。"他摇着头，喃喃地说，"我迟早会被钉上十字架，毫无意义地受到惩罚。"

帕斯佛大夫开始恳求乔治·维拉德："你注意听我说。"他敦促乔治，"如果真的发生了什么事，你也许可以帮我完成这本我可能永远也完成不了的书。这本书的要点实际上是非常简单的，简单得如果你稍不留神，就会把它忘记。这，就是这本书的要点：在这世上，每一个人都是耶稣基督，他们都被钉在十字架上。这，就是我想要说的。你可千万不能忘记。不管发生了什么，你都切切不能忘记。"

没人知道

在《温斯堡鹰报》编辑室里，乔治·维拉德朝四周小心地扫了一眼，从桌旁站起快步走出了后门。这是一个温暖的夜晚，天阴着，虽然才八点，《鹰报》后门的小巷子已经一片漆黑了。不知哪里的几根柱子上拴了些马匹，黑暗中隐隐约约地听见它们用前蹄在干硬的地上刨着土。一只猫突然从乔治·维拉德的脚下蹦起，朝黑夜的深处跑去。小伙子的心情紧张极了，脑袋像被人敲了一闷棍，整天都是晕乎乎的。他在巷子里走着，像是被吓着了似的颤抖。

漆黑的暗中，乔治·维拉德沿着巷子小心翼翼地往前走，一步也不敢马虎。温斯堡的那些店铺后门还开着，灯底下有人在闲坐。酒店老板娘维利太太挽着篮子站在迈尔本杂货店的柜台边，那个叫西德·格林的店员正在招呼她。他的身体前倾着，说话的时候十分殷切的样子。

乔治·维拉德在从门口射出的一注灯光前面蹲下，一大步跃过去，然后在黑暗中小跑起来。镇子上的酒鬼杰里·博德躺在埃德·格里菲斯酒吧后面的地上睡着了，正在跑着的小伙子被他伸出的腿绊了一下，嘿嘿地笑了两声。

乔治·维拉德要去做个冒险。从六点起他就一直坐在《温斯堡鹰报》的编辑室里面，竭力思考着是该去还是不该去。想了一整天，现在要行动了。

其实，到了最后，他也没做出决定。他只不过从椅子上跳了起来，从正在印刷车间审稿的威尔·安德逊身边匆匆走过，然后沿着小巷子开始跑就是了。

乔治·维拉德穿过一条又一条马路，沿路尽量避开街上的行人。有些街道他走过去以后，又重新走回来绕一圈。每经过一盏路灯的时候他都把帽子拉下来，把脸遮着。他什么也不敢想。他感到十分胆怯，一种以前从来都没有过的胆怯。他有点害怕这个已经开始了的冒险在中途被打岔，也怕自己会突然失去勇气，掉头从原路往回走。

乔治·维拉德是在路易斯·董利恩父亲家的厨房把她找着的，她当时正在一盏煤油灯下洗碗碟。那个厨房盖在房子的后面，有点像个搭起来的小棚子，她就站在纱窗的门后。乔治·维拉德先在那条尖桩篱笆的地方停了一下，让身体不再那么抖着。现在，横在他与冒险之间的，就只有一条窄窄的土豆垄了。过了五分钟，他对自己感到有把握，可以去叫她了。"路易斯，嘿，路易斯！"他叫起来。他的喊声在喉咙里黏糊着，那呼叫成了一声沙哑的细语。

路易斯·董利恩出来了，她穿过土豆地，手里还拿着一块洗碗抹布。"你怎么就知道我会和你一道出去？"她绷着脸说，"你怎么就那么有把握？"

乔治·维拉德没有回答。两个人在黑暗中默默地站着，中间隔着一道篱笆。"你先走吧，"她说，"我爸在里头呢。我这就来。你在威廉的谷仓那儿等我。"

早点的时候，年轻的报社记者接到路易斯·董利恩给他的一个短信，那短信是上午送到《温斯堡鹰报》的编辑室的，信的内容很简单："如果你要的话，我就是你的。"信上就是这么写的。他有点恼火，她在黑暗里依着篱笆，竟然假装在他们之间什么事也没有。"好大的胆子！唉，老天晓得，她好大的胆子。"他喃喃自语着，沿着小路走过一长块刚开发过的地。那块开发了的地上暂时还没盖起房子，只是种了些玉米，玉米都有肩膀高了，那一小片玉米地一直长到路的边上。

路易斯·董利恩从她家前门出来的时候，身上穿着的，还是她在洗碗时穿的条纹裙子，也没有戴上帽子。男孩看见她手拿着门把站在那儿，和屋里的人说话。屋子里面，一定是她的父亲老杰克·董利恩，那老头耳背，她在朝他大声地喊。随后，门关上了，小巷子里一切又重新归于黑暗和宁静。比起刚才，乔治·维拉德现在抖得更加厉害了。

乔治和路易斯在威廉谷仓的暗影里面站着，两人都不敢言语。她长得其实并不那么好看，鼻子旁边有一块黑色的污迹。乔治猜想，那黑东西一定是她收拾锅盆的时候，用手指揉了一下鼻子沾在那里的。

年轻人笑了一笑，但是笑声里头带着一些紧张。"天气挺暖的。"他说着，想用手去抚摸她一下。"我不是很大胆。"他心里嘀咕着，哪怕摸摸她那条已经脏了的条纹裙子的皱褶呢，也一定是美妙的。他正在想着的时候，她开始跟他争辩起来："你还以为你比我优秀？你用不着告诉我，我不用猜，也知道。"她边说，边朝他紧紧地靠过去。

这时，突然一股语言的洪流，从乔治·维拉德的嘴里喷涌而出。他想起了在街上相遇的情景，想起了从这姑娘的眼角里露出的神情，还有她写的小纸条。所有的疑虑，一瞬间全都消失了。镇子里关于这姑娘的闲言碎语，也给了他信心。这时，他变成了一个十足的男子汉，大胆，主动。他内心里对她没有丝毫怜惜。"唉，快来吧，没有什么大不了的。没人会知道的。他们怎么会知道呢？"他催促着说。

他们开始时是顺着一条窄小的人行道走。那是一条砖块铺起的人行道，砖块裂开的地方冒出好些高高的杂草，有的地方干脆整块砖头也没有了，路上坑坑洼洼的，高低不平。他握着她的手，她的手也是不光滑的。他觉得那双手小得很可爱。"我不能再走远了。"她说。她的声音很平静，若无其事的样子。

他们走过了一条架在溪上的小桥，经过了另一块也是已经被开发了的，但暂时种着玉米的土地。走到那，小街就已经到了尽头。在路旁人行道上，他们不得不一人在前，一人在后地走。威尔·奥夫顿种的草莓地就在马路旁边，地里堆着一些木板。"威尔准备盖一个放草莓箱子的小棚。"乔治·维拉德说。两人在木板上坐了下来。

乔治·维拉德回到美茵街的时候已经过了晚上十点，天已经下起了雨。他在美茵街上走了整整三个来回。西尔维斯特·韦斯特药铺的大门还开着，他进去买了一支雪茄。最令他感到满意的是他出来的时候，店员肖蒂·兰德尔亲自把他送到药铺的门口，然后两人在雨棚下站着又聊了五分钟。乔治·维拉德感到很满足。他方才最想做的事情就是和另外一个男人聊聊天。在马路一个拐弯的地方，他轻轻地吹起了口哨，朝着维拉德新旅店的方向走去。

　　在温尼干货店旁边的人行道上立着一道高高的木篱笆，篱笆上面贴满了杂技团的图片。仿佛有个声音在喊他的名字，乔治停下吹口哨，在黑暗中像个木头人似的，凝神听了一会，然后有点勉强地笑了笑。"她抓不着我什么东西的。谁也不会知道。"他不以为然地嘟囔了一句，又继续走他的路了。

虔诚 I

在本特利农庄的院子里总能见到那么三四个老人，要不就在屋前的阳台坐着，要不就是在慢腾腾地拾掇着园圃。他们里面有三个是杰西的老姐妹，讲话都是细声细气，无精打采的，还有一个是杰西的叔叔，他是个头发稀疏、不爱说话的老头。

农场里的农舍是一座木头房子，圆木的构架，在外层还再加了一层木板。虽然大家都把它叫作一座房子，实际上那是几座房子组合起来的。它的内部房型很特别，从客厅走到饭厅需要爬几级阶梯，从一个房间到另一个房间也常常免不了要上几步台阶，或者要下几步台阶。到了开饭时间，这屋子就像个蜂窝似的，一分钟以前还静悄悄的一点声音也没有，一下子所有房门都打开了，台阶上响起了啪啪的脚步声，伴随着脚步声的还有一阵阵嗡嗡的低声细语，人们突然从屋子里那些不起眼的角落纷纷出现了。

除了刚刚提到的那几个老人，在本特利农场的房子里面还住着不少别的人，其中有四个是长工，还有一个管家——大家叫她卡利·毕比大婶，一个名叫伊丽莎·斯托顿的女孩——她智力发育得不太完全，在那里是专门负责整理房间和挤奶的，另外还有一个在马厩里干活的男孩。再就是杰西·本特利本人了，他是这个农场的场主，也是在这里高于一切的领主。

本特利农场位于俄亥俄州的北部，早在美国国内战争结束后二十年，那一带就已经脱离了拓荒年代。杰西在那时候起就已经开始使用收割机，谷仓也建得很现代化，大部分田地都设置了精心设计的地下排水系统。不过，若要了解杰西这个人，我们还得从他家早期的历史说起。

在杰西之前，本特利家族在俄亥俄州的北部已经生活和繁衍了几代人。他们早先是从纽约迁移过来的，刚来的时候，这一带还是处女地，一大片荒野未经开垦，土地非常廉价，他们就在这里买了地，住了下来。好长一段时间，他们和中西部其他的人没什么两样，十分贫穷。等待垦荒的土地长满了树木，地上到处都是伐倒的树干和一丛丛灌木林。把地面的大树砍倒就已经是一件既艰苦又费时的工作，把树木伐掉搬走以后，还要将树根清理掉。犁耙经过的地方常常带起地下埋着的树根，地面上到处是小石块，低洼处一坑坑的积水。地里的玉米就算是长出了玉米苗，叶子也常常发黄，最后还是生病枯死。

杰西·本特利的父亲和几个哥哥刚把地继承下来的时候，地面都已经清理得差不多了，但他们还是本着老传统像几头被驱赶着的牲畜似的在地里辛勤地劳作。那年头，他们的生活和其他农人是一样的。春天和冬天大多数时候，通往温斯堡方向的公路就像是泥浆的汪洋。四个年轻人白天在地里辛苦劳动一整天，吃的是些粗糙油腻的食物，到了晚上，像几头疲倦的野兽睡在铺着干草的床上。他们的生命中所有一切都是粗糙和野蛮的，正如他们的外表也粗糙和野蛮一样。到了星期六的下午他们套起一辆三人座的马车到镇子上，到各个店铺逛逛，站在炉子旁边和其他农人聊天，或是和店铺的老板聊天。他们身上穿一套连衣裤工装，冬天就在工装的外面再加一件满是泥巴的厚外套。他们把手伸出来在炉子上烤火，那一双双通红的手全皴开了口。他们不善言语，多半时间都是沉默着的。他们习惯了先把肉、面粉、白糖和盐巴这些要买的东西采购好，然后就到温斯堡的酒吧去喝几杯啤酒。这几个小伙子都有着如狼似虎的性欲，平日在开荒种地时被超人的劳累压抑着，在酒精的影响下全被释放了，被一种粗犷野性、诗人般的热情淹没。回家的路上，他们站在马车的车座上，朝着星星高声喊叫。有时他们打起架来半天互不相让，打得又凶又狠。有时他们放开嗓门，引吭高歌。一次，几个男孩里年龄最大的一个，伊诺克·本特利，用皮马鞭的粗柄把他父亲老汤姆·本特利猛击了一下，把老人打得奄奄一息。后来伊诺克躲在马厩的顶棚，在干草垛子里躺了好几天，怕万一因一时的冲动犯了谋杀罪，随时可以逃跑。多亏了他母亲给他送饭，他才保住了一条性命。他母亲不仅给他送饭吃，还随时告诉他伤者的状况。幸好最后没什么事，他才从躲藏的地方出来，像是什么事也没发生过一样，又继续开垦农地去了。

　　国内战争给本特利一家的命运带来了很大变化，几个弟兄中最年轻的一个——杰西——他的发家史就是那场战争带来的。伊诺克、爱德华、哈利、威尔全都参军打仗去了，在那场漫长的战争还未结束前就已经全阵亡了。在那几个儿子刚离家到南方的时候，老汤姆试着自己打理这个农场，但很难应付得来，后来，当四个儿子里的最后一个也阵亡了之后，他捎了一封信给杰西，让他接到信以后，务必从速赶回家来。

　　接着，病了年把的母亲也突然故世了，打那以后，父亲完完全全地消沉了下来。他一天到晚摇晃着脑袋，自言自语地咕哝着，逢人便说要把农场卖掉，搬到城里去住。地里的活也没人照管，玉米地里长着老高的野草。老汤姆虽说雇着长工，却不招呼不管理他们，那些雇农早晨出发到地里去干活，他就一人跑到树林子里，找一条树干坐着。有时到了晚上也忘了回家，还要女儿四处寻找，把他找回家来。

　　杰西·本特利回家接管农场那年才二十二岁。他是个瘦小敏感的年轻人，十八岁就离家上学了，原准备要当一名长老教会的牧师。他小时候，是在我们乡下被称作"怪羊"的那一类小孩，和别的小孩不太一样，和他几个哥哥也合不来。家里只有母亲理解他，可到他回家的时候，母亲已经去世了。他回家接手农场时，农场已经发展到了六百英亩的规模。温斯堡附近的那些农场主说起他来，提到他要包下以前他那四个强壮的哥哥干的所有的活，都只是摇摇头，当个笑话来听。

　　当然，人们把他看作是个笑话，也是有原因的。按照当时的标准，杰西长的那个样子，就连当个真正的男子汉都不够格——他的身材细小瘦削，十足一个女人的体形，再加上他还遵循着当时年轻牧师的传统，身上穿着一件黑色的长外套，脖子上戴着一条细长的蝶形领带。他离家在外已经多年了，邻居们见到他的这副模样，自然觉得滑稽，而当他们见到他在城里娶回的妻子，就更觉得可笑了。

事实上，杰西的妻子没过多久就去世了。她的死，大概也应该归咎到杰西身上的。内战结束以后的那些日子那样艰难，北俄亥俄的农庄，又哪是一个孱弱女子待的地方呢？而凯瑟琳又是那样的孱弱。杰西对她很苛刻，就像对周围所有人一样。她使足了劲去干那些邻居女人同样干的活，杰西也从不去干涉她。她帮着挤奶，干家务，打扫男人的房间，为他们做饭。整整一年，每天都是日出而作，日落而息。后来，她生了一个孩子以后，就死了。

至于杰西·本特利呢，虽然他长得弱不禁风的样子，但在他的体内却有着一种东西，不是那样轻易就可以被击败的。他一头棕色的卷发，灰色的眼睛时而严峻坦直，时而游移不定。他不仅长得纤细，个子也矮小，但嘴唇却像一个敏感而又意志刚毅的男孩。杰西·本特利是一个狂热的人。他不仅生长在一个错误的年代，也生长在了错误的地方，为此，他受了不少苦，同时也让别人为着这个原因受苦。他生命中想得到的东西，他从未成功地得到，虽然他并不太清楚自己想要的是什么。他回到本特利农场后不久，大家就开始对他畏惧起来，就连他的妻子，本来应该像他母亲那样和他心心相印，毫无间隙的，但也同样害怕他。老汤姆·本特利

在儿子回家后的第二个周末就把产权全都交给了他，自己躲
到了幕后。每一个人都躲到了幕后。杰西尽管年轻，尽管缺
乏经验，但他有一个诀窍，知道怎样才能掌控雇农的心。他
说话做事都抱着那样的热忱，这一点是没人可以理解的。他
可以让农场里的每一个人都以从未有过的努力去干活，尽管
干那些农活没有丝毫乐趣可言。如果什么事情办得顺利了，
那一定是杰西的功劳；要是给那些依靠他生活的人去干的
话，肯定是不会成功的。要是把他和在美国后期长大的千万
个强壮男人做比较，充其量只能算得上是半个男人，可他指
挥起别人来，却是一点问题也没有的。对于他来说，用一种
前人从未尝试过的方法经营农场是一件容易的事情。他从克
利夫兰的大学一回家，马上把自己关在房子里，家里人谁也
不见，开始进行他的筹划。他白天黑夜唯一想着的，就是这
个农场。他就是这样成功的。在农场，平时大家都在拼命干
活，干完活疲倦万分，谁还要去动脑子思考呢？可是，对于
杰西来说，不论是考虑农场的事务，还是为农场的成功不断
地做筹划，都是一种释放。在一定程度上，它满足了他那热
情的性格里面的某种东西。他刚回家，就立即在老屋的旁边
建起了一套厢房，厢房西向的大房间窗户正对着谷仓，从另
外几扇窗户则可以望见窗外广阔的土地。他就是坐在这些窗
户的旁边思考的。一小时又一小时，一天又一天，他坐着，
凝望着窗外的田野，思考着自己在命运中新的位置。他性格
中燃烧着的激情这时爆发成了熊熊的火焰，他的眼神变得坚
定起来。他要这个农场获得这个州里所有农场从来没有获得
过的大丰收。除此之外，他还想得到另外一种东西。这个渴

望深藏在他的内心，难以用言语表达，正是这个渴望使他的眼神犹疑不定，使他在人们面前变得愈来愈沉默。他必须做出极大的努力才能获得内心的宁静，但他心里总是害怕这个宁静永远无法得到。

杰西·本特利的全身都散发着活力。在他小小的骨架里，凝聚着这个家族祖祖代代传下来的精壮男子汉的力量。他向来很活泼，无论从前当他还是农场里的一个小男孩的时候，还是后来成为一名青年学生，都是积极活跃的。在学校的时候，他专心攻读，潜心思考关于上帝的问题和《圣经》的章节，后来随着年月的消逝，对于人的认识也深了一些，开始认为自己天生就是一个与众不同的佼佼者。他渴望使自己的生命显示出它的意义，尤其是见到周围的人都像白痴样地混日子，他想象不出来自己也去做那样一个白痴。正当他沉浸在思考命运和寻找自我的时候，他的年轻妻子为了帮助他正做着自我牺牲，挺着大肚子干一个强壮妇女干的重活。不过，虽然他对妻子的劳累视若无睹，不闻不问，但那刻薄无情倒不是故意的。就连对他的老父亲，那个被劳累扭曲了身躯的老人也是这样。当老人把农场的产业权过继到他名下，然后像是放心地爬到角落里去等待死亡的时候，他也不过耸了耸肩膀，就将老人从他的脑海里打发走了。

杰西坐在房间的窗户旁边，望着窗外那一片先辈传下的土地，思考着要做的事。从马场和牛圈那边，他可以听见他的那些马群和牛群的声音。远处的田野上，还有另外一群也是他的牛在碧绿的山坡上慢悠悠地走着。从窗外传进男人说话的声音，他们都是雇农，帮他干活的。伊丽莎·斯托顿，那个智力有点发育不全的女孩，正在炼乳房操作搅拌机，搅拌机嘣嘣地响着。杰西的思绪这时又回到了过去，回到《旧约》里面那个远古时代。那时候的人们也和今天一样，耕作农田，饲养牲畜。他记得上帝是怎样从天上走下来的，他是怎样去和那些耕夫说话的。他希望上帝也将注意的眼光放在他的身上，从天上走下来，到这里和他说说话。在他的心里，有一股青年人的热忱在洋溢着，在他的一生中，他也要品尝到古人曾经品尝到的荣光。他是个勤于祈祷的人，把心里想的这一切都大声地倾诉给上帝听了，他祈祷的声音给了自己力量，让热忱的火焰烧得更加旺盛了。

　　"我还是个新手，刚成为这片地的主人。"他开始用坚定的语气说，"啊，上帝，请您瞧瞧我，请您瞧瞧我的邻居，瞧瞧在我前面走过的人。上帝啊，请您在我身上创造一个像古代的杰西那样的新的杰西，让这个新的杰西去掌管天下众人，成为众君王之父。"他越说越兴奋，从椅子上跳起来在房间来回走。他在脑海里看见自己在一个古老的年代，和古代不同部落的人们生活在一起。在他的面前，土地朝天边伸展着，一望无垠。在土地上生活的人们，全是从他的精髓里诞生出来的新的人种。对他来说，他现在这个年代也像古代那样，仍然可以建立新的王国。上帝通过他指定的仆人来显示他神奇的力量，给人们带来新的热情和冲动。他渴望成为这样一个仆人。"我到这片土地上来，就是要为上帝服务而来的。"他小小的个子挺直了一下，大声宣布完了以后，觉得仿佛有一道上帝对他赞许的光环戴在了他的头上。

要让现代的男女去理解杰西·本特利，或许会有点困难，因为我们的生活在过去的五十年里发生了一场巨大变革；不，事实上，在我们的生活中发生了一场革命。伴随着工业化的莅临，许多惊天动地的大事件发生了，千万个陌生的声音从其他国家来到美国，在我们身边刺耳地响着。城市在不断扩展，火车来回地奔驰，汽车公路像游梭似的从一座座农舍的旁边经过，穿行在小镇与小镇之间。另外，这些年来汽车的发明也给中西部居民的思维习惯带来了很大的影响。现代书籍是这个浮躁年代所特有的粗制滥造的产儿，想象力甚缺，可家家户户都藏着几本。杂志的发行量上了百万，报纸呢，更不用说了，满街都是。在我们这个时代，那些在店铺火炉旁边站着的农夫，他们的脑子被那些报纸和杂志塞得满满的，装的全是别人讲话的唾沫。以前的古板和无知多少还带着点孩童般美好的天真，现在都永远消失了，那些农夫也成了城里人的手足兄弟，您要是仔细听听他们的谈话，就可以发现他们和典型的城里人是一个模样的，都是口齿伶俐，废话连篇。

可是，在内战刚结束的那些年里，在杰西·本特利生活的那个年代，整个中西部的乡村地区可就不是这样了。那时，人们还在辛苦地劳作，累得根本无心读书，对印在纸上的文字一点兴趣也没有。他们在地里耕种，脑子里只有模糊不成形的思想。他们虔信上帝，相信他们的生命是由上帝的力量掌握着的。人们到了礼拜日就聚集在基督新教的小教堂听关于上帝的布道。教会是人们社交活动的中心，也是精神活动的中心。上帝的形象在人们心目中是高大的。

杰西·本特利就是在这样的环境下，从小就将全部身心都寄托在上帝的身上，何况他生来就是一个想象力丰富的孩子，有着强烈的求知欲。战争夺去了他几个哥哥的生命，他认为那是上帝的意旨。父亲得了病，不能再去打理农场了，他认为那是神意的显示。他在城里接到家里的消息时，夜晚走到街上徘徊，思索着这一切。后来回到家，把农场的事务都安排妥当了以后，走到夜晚的树林和矮丘徘徊，思索着上帝。

他散步的时候，自己的形象好像在受着神意的引导，也变得高大起来。他开始变得贪婪了，农场里的那六百亩地已经不再能使他感到满足。他在草地围栏的角落跪下来，将他的声音送入一片宁谧之中，仰望高空时，只见满天群星正在对他闪耀。

一天夜里——那时他父亲刚去世几个月，妻子已经接近临产了，随时就要分娩——他从家里走出去到很远的地方散步。本特利农场坐落在靠着瓦恩河灌溉的一条谷地的旁边，杰西沿着河畔的小道一直走到属于他的田地的尽头，随后穿过了邻家的一块田地。沿路走过的田地时而宽阔，时而狭窄。在他面前，田野和树林往远处辽阔地伸展。月亮从云层后面出现了，他爬上一道矮土坡，坐下来开始思索。

杰西想，既然他是上帝忠实的仆人，刚才走过的那一片土地难道不该全归他所有吗？他想起了几个死去的哥哥，开始怪他们不够努力，没有得到更多土地。在星光的照耀下，面前那条细小的河流汩汩地从石块上流过，他又想起，古时候的人也和他一样，也有着属于他们的羊群和土地。

这时，杰西·本特利的心突然被一个贪婪而又使他感到畏惧的奇异念头抓住了。他想起在《旧约》里的一个故事里面也有一个杰西，有一天上帝出现在那个杰西的面前，告诉他在以色列，撒乌尔和以色列的人民正在和伊拉峡谷的菲利斯敌军作战，并且叫他把儿子大卫送到以色列参加那场战斗。杰西在此刻深信在俄亥俄的瓦恩河盆谷一带，除了他以外，所有的农场主都是菲利斯人，是上帝的敌人。"如果在他们中间有一个人，"他喃喃地对自己说，"那个人就像加斯菲利斯的巨人格力亚那样，前来把我打败，把我的财产抢走呢？"在他的幻觉里，已经感觉到大卫到来之前压在撒乌尔心头沉重的忧虑了。他跳起来，开始在黑夜之中奔跑，一边跑，一边大声呼唤着上帝。他的声音从山丘飘过去，一直传到很远的地方。"万物之主耶和华，"他大声地呼喊，"请您今天晚上从凯瑟琳的子宫里送给我一个儿子吧！求您将您的恩典和慈悲赐给我。求您给我一个儿子，给他命名大卫，让他协助我，帮我从菲利斯人手中夺回所有这些土地，为您效力，为您建造地上的天国。"

虔诚 II

俄亥俄州温斯堡的大卫·哈代是本特利农场主杰西·本特利的外孙，他是十二岁那年搬到老本特利家住的，他母亲露易丝·本特利（她是杰西的女儿）就是杰西在田野奔跑呼喊，祈求上帝赐他一个儿子的那个晚上出生的。她在农场长大以后，嫁给了温斯堡镇的一个青年约翰·哈代。约翰·哈代后来成了银行家。露易丝和她丈夫在一起并不幸福，那不幸福的根源，大家都认为出自于她的身上。露易丝是一个个子瘦小的女人，黑头发，一双灰色的眼睛尖利敏锐。她从小就常喜欢发脾气，平常不生气的时候也总是郁郁寡欢地沉默着不说话。在温斯堡，人们传说她酗酒。她丈夫，也就是那个银行家，千方百计地想让她高兴起来。他在银行生意刚开始盈利以后就在温斯堡的榆树街为她买了一栋大砖房，还雇了一个男佣，专职为他妻子驾她的马车。在温斯堡，像这样的事以前是从来没有听说过的。

可是，无论怎样也不能使露易丝快活起来。她发起脾气来简直就像个精神病人，要不就是一言不发，要不就吵吵嚷嚷地无理取闹。有一次她在厨房拿着刀威胁她的丈夫，还有一次她故意点着了火，要把房子烧掉。不过，更多的时候她都躲在自己的房间里，一待就是好几天，谁叫她也不理睬。她这种半隐居的生活方式让人们产生诸多猜测，外面有着许多关于她的传闻。有人说她服了毒品，躲起来不愿见人的原因是因为酒精在起作用，怕她的状况无法隐瞒。夏天，有时候到了下午她就从她的卧房出来，先把车夫打发走，然后跳上马车，操起缰绳在街上飞奔。有时碰到街上有行人挡着道她也照直冲过去，被吓坏了的行人只好飞身闪开，赶紧逃命。镇子上的人都觉得她是故意的，像是非要把他们碾倒了才罢休。她挥着马鞭跑过了几条街，让马用蹄子随意地将街角的路糟蹋一通，然后就跑出镇子，到郊外去。上了乡间的马路，已经远离众人的视线之外，她才让马慢下来，她的那阵疯狂劲也逐渐地开始平静下来。她开始思考，喃喃自语，眼里有时噙满了泪水。可是，只要她一回到镇子里来，就又在寂静的大街上驾着马车狂奔起来了。要不是她丈夫在镇子里还有着一定的影响力，在人们心目中有着举足轻重的位置，她早就不止一次地要被镇子里的警官抓起来啦。

少年大卫·哈代就是在这样一个女人的屋檐下长大的，可以想象得到他的儿童时代没有什么快乐可言。虽然那时他还年幼，对别人做判断不是那么容易的一件事，但如果对于那个是自己母亲的女人没有一个具体的看法也是不太可能的。大卫小的时候是个安静守规矩的孩子，好长一段时间镇子上的人还以为他有痴呆的毛病。他长着一双棕褐色的眼睛，小时候不管看人还是看东西都习惯眼睛定着神，一看就看很久，却又好像什么也没有看见。他只要是听到有人在不客气地议论他母亲或听到母亲在呵斥他父亲的时候，就会害怕地马上跑到一边躲起来。要是找不到一个躲藏处，就不知如何是好了，只好把脸背过去对着一棵树；如果那时正好在屋里的话，就把脸朝着墙，闭起双眼，竭力什么也不想。他喜欢大声自言自语，从很小的时候起就已经时常感到淡淡的忧伤。

大卫唯一可以深感心满意足的时候是到本特利农场探望他的外公，那是他最幸福的时光。他常常盼着再也用不着回镇子里去。一次，他在农场度过了长假后，在回镇子的家时发生了意外。那个意外镌刻在他的记忆中，直到后来还保留着深刻的印象。

那天晚上，大卫已经回到镇子上了，是农场的一个雇农送他回来的。那人急着去办事，把大卫搁在哈代家门前的路口，自己先走了。那是个秋天的傍晚，暮色初降，天空阴霾密布。大卫那天也不知怎么的，反正对他来说，回到他父母住的那栋房子去是个无法做到的事情。想也不多想，他就决定要从家里逃走。原想要逃回农场，逃回外公家的，可是走到半道迷了路，在乡村的路上独自走了几个小时，边走边吓得直哭。天开始下起雨来，一道道闪电在远处的天边划过。男孩的想象力被激发起来了，幻觉中，虽然四处一片漆黑，却可以看到和听到各种奇异的东西。他觉得他正在一片空虚的地方行走奔跑，那个地方是从来没有人到过的。四周的黑暗好像是无边无际一样，从树林传来一阵阵涛声，听起来让人惊心动魄。在他正在走着的公路上，有一套马车奔驰过来，当那辆马车快要接近他的时候，他吓得赶紧爬过了一道栏杆。他在田野里拼命地跑，一直跑到另外一条公路才在地上跪下来，用手指头摸了摸路面松软的泥土。那时让他害怕的是在黑暗里再也见不着外公了，要不是心里还有一个外公的身影，他觉得这世界一定只是一个虚无的空间，里面什么也没有。后来有一个从镇子回家的农夫听见他的哭声，把他送回到他父亲的家里。那时他又疲倦又激动，懵懵懂懂的，不清楚之前发生了什么事情。

　　大卫的父亲其实也是碰巧才知道他失踪了的。他在街上遇见那个本特利农场的雇农，知道儿子已经回到镇子来了。后来一直不见儿子到家，便拉响了警报。约翰·哈代和镇上的几个人一道出发到乡间到处寻找，大卫被劫持的消息一时传遍了温斯堡镇子的大街小巷。大卫回到家的时候，家里面一点灯光也没有，他妈妈突然出现在他面前，一把将他紧紧地搂在怀里。大卫还以为她突然变成了另外一个女人，简直不能相信竟会有这样可爱的事发生。路易斯·哈代亲自帮累坏了的小男孩洗了澡，为他做了晚饭。等他把睡袍穿上以后，还舍不得让他上床睡觉，吹熄了烛火把他抱在怀里，坐在一张椅子上。就那样在黑暗中整整坐了一个小时，怀里抱着儿子，嘴里一直不停地喃喃细语。大卫心里觉得奇怪，不知什么事情突然改变了母亲，让她那张常常生气的长脸忽然现出从来不曾见到的宁静和美丽。他开始又要哭起来的时候，她把他抱得更紧了一些。她一直不停地小声细语着，声音不似对丈夫说话时那样的尖锐刺耳，而是像从树枝上落下的雨点。过了一会儿，有人走到门口，来告知还未找到男孩，她告诉他躲在一边，不要出声，等她把那些人打发走了以后再出来。他心里猜想，这准是妈妈约着镇子里的人和他玩的一场游戏吧，这样想着，也就不禁高兴地笑了。他隐隐约约有一个感觉，好像之前在黑暗里的迷路和害怕，其实根本没有什么。他想，如果在一条漆黑漫长的道路尽头可以再次找到像他母亲这样可爱的变化，他情愿再次体验那令人心惊肉跳的可怕经历。哪怕是一千遍，一万遍。

大卫少年时代的最后那几年很少和母亲见面，对他来说，母亲不过是住在一起的一个女人。尽管如此，他在心里头还是摆脱不掉她的形象，随着他年龄的增长，她的形象也愈加清晰。他十二岁那年就到本特利农场去住了。老杰西来到镇子上，直截了当地提出来，要把男孩带回去让他来抚养。老人讲话的时候很激动，非要对方听他的话不可。他先到温斯堡储蓄银行的办公室找到约翰·哈代，和他谈完一番话以后，两人一道到榆树街的屋子与露易丝商量。起初他们还以为露易丝一定会不愿意，会给他们难题，可是他们猜错了。露易丝的态度很平静，杰西解释了他的来意，讲了许多关于男孩在户外活动的长处，农庄老屋安静的生活环境对他来说又是多么的适宜，她同意地点了点头。"在那个环境下，他不至于因为我的存在而受到不良的影响。"她语气严峻地说了一句。她肩膀颤抖着，那样子看上去好像马上就要大发雷霆似的。"那是个适合男孩子生长的环境，虽然那里从来没有我的位置。"她接着说，"你在那个地方从来就没有想要我，所以你那间屋子里的空气对我来说当然一点好处也没有。那里的空气就像是我血管里的毒素，但是对于他来说，就不一样了。"

露易丝转身离开了房间，留下两个男人默然无语，尴尬地坐着。她把自己关在卧房里，一连好几天没有出来见人。在那之后她也常那样。就连后来男孩的行装都打点好了，已经准备跟着来接他的人上路了，她都没有出来和儿子道别。儿子离开的这件事，使她的生命发生了一个突然的变化，从那以后，她似乎再也不总是找丈夫争吵了。约翰·哈代心里暗暗地想，这一切进行得蛮顺利的呢。

就这样，少年大卫来到了本特利农场，和杰西住在一起。老农夫的两个姐妹依然健在，他和她们一起住在那座屋子里。那两个姐妹都很怕杰西，凡是杰西在的场合她们都不怎么说话。两位女人其中的一个在年轻时长着火焰般的红头发，她是一个天生的母亲，担起了照顾男孩的责任。每天晚上他上了床后，她轻轻地走到他的房间，坐在地上，守候着他进入梦乡。有时他迷迷糊糊，已经将睡未睡了，她壮起胆子来在他的耳边轻声细语。她讲叙的那些事情，大卫后来总觉得是在他梦中发生的事情。

她温柔地轻轻地叫他，给他起了许多可爱的小名。在他的梦里，他见到妈妈又来到了身边，她的模样变了，又变成了他那次出逃以后的那个样子。他的胆子也壮了起来，把手伸出去，轻轻地抚摸一下坐在地上的女人的脸，给她带来一阵狂喜。自从男孩搬来住以后，在这座老房子里，每个人都是快乐的。杰西·本特利的身上有一股咄咄逼人的气势，只要他在屋子里，大家都怕他，不愿作声。屋里的沉默和畏惧的气氛，当年露易丝姑娘在这里的时候没有把它驱散，现在男孩来了，明显地将它一扫而光。就好像上帝终于发了慈悲，将一个儿子赐给了那个人。

而那人，便是自称为上帝在瓦恩河流域唯一真正的奴仆，曾经祈求过上帝从凯瑟琳的子宫赐给他一个儿子来表示对他赞许的人。他这时心里开始想，可算是盼到这一天啦，他的祈祷终于得到了回应。他那年虽然才五十五岁，看上去却是像个七十岁的人似的，多年的苦思冥想和经营谋划，让他变得又苍老又憔悴。他花尽力气来扩大他的土地，他的努力也都成功了，在河谷的一带，几乎所有的农场都是他的，可是在大卫到来之前，他却一直是个落落寡合的人。

对于杰西，两股力量是最有影响力的，在他的这一生，他的脑子就好像是这两股力量作战的战场。首先，在他身体的内部带着一些传统的东西。他要做一个属灵的人，在皈依宗教的信徒中间做一名领袖。夜晚在田野林间的散步使他接近大自然，这个热情的宗教信徒的身上有一股力量，他身上的这股力量被大自然的力量吸引着。当年，凯瑟林为他生了一个女孩子，这件事带来的失望就像是一只看不见的手，给了他狠狠的一巴掌，这个打击，让他那巨大的自我意识稍稍地松缓了一点，没有像以前那样膨胀。虽然他还是相信上帝随时都会踏着云彩乘着微风走来，还会在人们面前再次显现，但他不再非要这个神迹出现不可了。他只是祈祷和希望会有这样的神迹出现。有时他甚至完全丧失了信心，觉得上帝已经抛弃了这个世界。想到自己没有出生在一个简朴可爱的年代，他便为自己的命运感到遗憾，因为在古代，只要天空有奇云异彩在召唤，人们就马上抛弃了自己的家园，到渺无人烟的荒野去创造一个新的民族。就在杰西日夜辛勤劳作，努力去提高农田产量、扩大土地范围的同时，他也在懊悔没能用他那使不完的热情和精力去建造教堂和清除异教徒——简单一句话说，去荣耀天父在地上的美名。

这，便是杰西所渴求的。不过，除此之外，他还有着另外一个强烈的欲望。他生长在美国，他成年的时候恰巧是内战结束的头几年，他也和那个时期的其他人一样，受着新生现代工业化的深刻影响，为其所振奋。他开始购置机器以便在农场实行机械化，少雇一些人手。有时他甚至还想，要是稍微年轻一点，倒不如干脆放弃了农耕，到温斯堡去开一间机械厂好了。杰西有经常阅读报纸杂志的习惯。他曾经有过一个发明，是一台可以把铁丝编织成篱笆的机器。他开始模模糊糊地意识到，在他内心培植了多年的那样一种远古时代的氛围，和其他人心里逐渐形成的观念意识格格不入。这是一个物质时代的开始，有史以来，人们第一次不是为了爱国而去打仗。人们忘记了上帝，注意的只是道德。追求权力的意识代替了为大家服务的意识，"美好"这东西也差不多被人们彻底遗忘了。大家都卷入了可怕的潮流之中，追求物质的占有。这一切杰西周围的人看得很清楚，杰西自己也看得很清楚。他被贪婪驱使着，恨不得赚到的钱比犁耙耕地的速度还要更快一些。他不止一次到温斯堡去和女婿约翰·哈代讨论他的想法。"你是个银行经理，你有着我从来没有过的机会，"他说着，两眼炯炯发光，"我一直在思忖着这事。在我们这个国家，还有很多大事可以做，还有很多赚钱的机会，这些机会是我以前做梦都想不到的，你要赶紧把它们抓住。我要是年轻点就好了，就有你现在的机会了。"在银行的办公室，杰西·本特利边讲边踱着步子，情绪开始激动起来。他曾经患过一次轻微的中风，身体瘫痪过，现在左腿还是不太听使唤，讲话的时候左眼皮不停地抽搐。晚些时在回家路上，当夜色刚刚降临，星星出现在天空，他有个感觉，要重新拾回旧日的感觉已经有点困难了。从前他认为上帝就住在他头顶的天空，与他有着亲密的私人关系，随时可以伸出手来轻抚他的肩膀，交给他一些无比光荣的任务，可现在的感觉已经不太一样了。现在杰西所关注的是他在报刊里读到的故事，特别是那些聪明人如何几乎不费吹灰之力就做成了买卖，成了暴发户的故事。对他来说，男孩大卫的到来给他带来了新的力量，帮助他找回了以前的信念；在他看来，好像上帝宠爱的眼光终于落在了他的身上。

至于农场里的小男孩呢，生活在他面前展现出来了一千种新鲜，一万种欢乐。周围每一个人都慈祥地爱护着他，任凭他发展他安静的天性。有人的时候他也不再像以往那样羞涩，那样不知所措了。在白天，他到地里或到马厩牛棚去玩，寻找刺激，或者陪着外公，乘马车从一个农庄到另外一个农庄。当一个长长的白日结束了，到了晚上准备上床睡觉的时候，他真想把屋子里每一个人都好好地抱一抱。如果雪莉·本特利——就是每天晚上坐在他床边的女人——来迟了一点，他就跑到楼梯口大声呼喊，那条沉寂了多年的狭窄的廊道回响着他年轻的嗓音。早晨醒来后他躺在床上，听着从窗外传进来的声音，全身沉浸在愉快之中。想起了住在温斯堡那栋房子的日子，母亲发起脾气时让他吓得发抖的那个嗓子，浑身还不由地闪过一阵寒战。在乡间，一切声音都美好极了。清晨醒来的时候，农场仓房旁边的那块空地也醒了，屋子里有了人走动的声音。不知是哪个雇农开玩笑捅了一下那个有点迟钝的女孩伊莱扎，把她逗得咯咯大笑起来。不远的地方有一头牛在哞哞地叫着，带得牛棚里其他的牛也跟着叫了起来。一个雇农在马厩的门口给一匹马梳理着鬃毛，正用严肃的口吻教训它。大卫从床上一跃而起，跑到窗前——四周忙碌的人们使他精神振奋，同时他也在猜想，不知道在镇子上的家里，此刻妈妈正在做什么呢。

从他房间的窗户，虽然不能直接看到马厩，但可以听得见马厩里面雇农说话的声音和马的嘶鸣。那些雇农正干着当日早晨的活。他们之中只要有一个人在笑，他就会跟着一起笑起来。他从打开的窗户探身出去，视线跟踪着一头肥母猪，在那头母猪的后面，跟着一群小猪崽。他每天早上都要仔细地数一数那几只小猪崽子。"四，五，六，七。"他慢慢地数着，把手指头放进嘴里，舔舔口水，然后一横一竖地把数字记在窗台上。这些事情都做完了，他才跑去把长裤和衬衫穿上。他着急着要出去玩耍，简直是急得要命。每天早晨跑下阶梯的时候，脚步总是咚咚地发出老大的声响，管家卡利婶婶说他像是要把这个房子拆了似的。好不容易才穿过了这又长又老的房子，一路跑，一路砰砰的，把那些房间门大声地关上，最后才来到马厩前的空地，用他那好奇和期待的眼神打量马厩的四周。对他来说，这地方半夜是有可能发生过一些惊人的大事的。看见他那个样子，那些雇农没有谁不笑的。亨利·斯特拉德是杰西·本特利来接管农场时就已经在这里帮手的老头，以前从来不开玩笑的，现在每天早上都讲同一个笑话。他的那个笑话，大卫觉得太有趣了，笑着使劲地给他鼓掌。"瞧啊，到这儿来瞧瞧，"老头子喊着，"你杰西外公的白马把它蹄子上穿着的那双黑丝袜给扯破了。"

到了漫长的夏季，杰西·本特利每天都要驾着马车，在河谷边上从一个农场走到另一个农场，身旁有他的外孙陪伴着。那马车是一辆四轮车，虽然老旧，却很舒适，由那匹白马拉着。老人在车里捻着稀疏的胡须，自言自语，嘀咕着要提高刚看过的那个农场的农作物产量，世间的一切计划全都出自上帝的意旨。他间或瞥一眼身旁坐着的大卫，高兴地笑一笑，随后又好久都不再想起男孩的存在。近日他的脑子里萦绕着的是当年从城里初回乡间住时的梦想，一天天地，越想越多。有一天下午想得竟然走火入魔，连大卫都吓坏了。他举行了一个仪式，让大卫做他的证人，后来由那个仪式引发了一个事件。本来这两人之间是存在着一种伙伴关系的，而且关系正在日益坚固，那个事件的发生，却差点把这个伙伴关系给毁掉了。

那天，杰西和外孙在离家很远的一块田地上乘着马车走着。他们在路上走着的时候，一片森林出现在路旁，瓦恩河在林子里蜿蜒着，潺潺的河水在石子上流淌，朝着远方流去。那天一整个下午杰西都在幽思冥想，他的思绪回到那个夜晚，那晚的想象给他带来过极大的恐惧，在他的想象中有上千个巨人来打劫他，把他的财产抢劫一空。还有一次，也和那晚一样，他穿过田野奔跑，大声喊叫，祈求想要得到一个儿子，激动得险些成了一个疯子。想到这里他喝住马，下了马车，让大卫也跟着下来。两个人爬过了围栏，沿着溪流走着。男孩没有留意外公在絮叨些什么，只是好奇地跟在他身边跑，不知会有些什么事情发生。一只小兔子跳起来，飞快地跑进林子里去了，大卫见了高兴得手舞足蹈，拍起了手掌。望着林子里的参天大树，他恨不得自己也变成一只小动物，爬到树的最高处也不会害怕。他停下来拾起一块小石头，朝外公头顶后边的那一片丛林使劲扔过去。"喂，醒一醒，你们这些小动物，去吧，快爬到树梢去！"他用尖细的嗓音喊着。

杰西·本特利在树下低头走着，在他的胸腔内一股热情在激昂着。他认真严肃的情绪感染了小男孩，没过一会儿，他也安静下来了，开始觉得有点害怕。老人的脑子里浮现出一个想法，他觉得现在到了可以得到上帝圣旨的时候了，或者可以得到一个上帝从空中给他的征兆。如果这个男孩和他一起跪在森林里的一个寂静的角落，等待已久的神迹一定会出现的。"不也是和这儿相似的一个地方吗？那个大卫就是在放羊的时候，他的父亲走过来叫他离开，到萨尔那儿去的。"他喃喃地说。

老人粗鲁地一把拽住男孩的肩膀，爬过一棵倒下的树干。走到树林中间的一块空地，他跪在地上，开始大声祈祷。

大卫感到一阵从来没有过的害怕。他蹲在一棵大树下，望着面前空地上的那个人，两个膝盖开始发抖。那个和他在一起的好像不是他的外公，而是另外一个人，一个可能会伤害他的人，一个不善良的、危险的、暴力的人。他抹着眼泪哭泣起来，在地上摸了摸，找到了一根树枝，捡起来紧紧地抓在手里。这时，沉浸在沉思默想中的杰西·本特利老人突然站了起来，男孩见他朝着自己的方向走来，恐惧感更强烈了，全身都在颤抖。树林子里，一切都被静谧笼罩着，突然，老人严厉坚定的声音打破了这片沉寂。他用力扳着男孩的双肩，脸朝着天空，大声地高喊。他左边的面颊一阵阵地抽搐着，搭在男孩左肩的那只手也在抽搐着。"上帝，给我一个迹象吧！"他高声大喊，"此刻我和我的男孩大卫就站在这里。请您从天空为我降临，让我一睹您的圣容。"

大卫惊恐地大叫了一声，转身使劲地挣脱了杰西抓住他肩膀的手，飞快地跑着穿过了树林。他一点也不相信那个仰着脸，声音严峻地对天叫喊的人会是他的外公。那个人长得和他的外公一点也不像。这时大卫一心所想到的，是刚才发生的事情既奇怪，又可怕，不知突然出现了什么样的奇迹，一个又陌生又可怕的人附在外公身上，替换了外公本人。他边跑边哭，从山坡直直地往下跑。一条凸出来的树根把他绊了一跤，碰伤了他的头，他爬起来，挣扎着继续跑，可脑袋又晕又疼，不一会儿又摔倒了，动也不动地躺在地上。后来，杰西把他抱上马车以后，他才醒了过来，醒来的时候看见杰西用手温柔地轻抚他的头发，才不再害怕了。"快点把我带走，树林里有个可怕的人。"他肯定地说。听了男孩的话，杰西把视线移开，朝树梢上方的远处望去。他的双唇又一遍呼唤起上帝："呵，我到底做错了什么事，得不到您的认同呢？"他喃喃地，一遍又一遍地重复着这句话，温柔地将男孩受伤流血的头搭在自己的肩上，驾起马车在路上飞奔。

虔诚Ⅲ

露易丝·本特利的故事——她就是后来成了约翰·哈代太太，和她的丈夫住在温斯堡榆树街那栋砖房里面的那个女人——是一个被人误解了的故事。

如果像露易丝那样的女子也能够得到理解，她们的生活也能忍受，还需要做出许许多多的努力呢。需要有人经过深思熟虑后再去撰写关于她们的书，需要有人为了她们的命运有目的地努力一生。

露易丝从小就是个极度敏感的人。她母亲是个弱不禁风、劳累过度的女子，父亲则是个感情冲动、想象力丰富的人，从她刚刚降生到这个世界起，她那严厉的父亲就对她没有好感。工业化的晚期给这世间带来像露易丝这样的敏感的女子，真可谓是数不胜数。

她小时候住在本特利农场，那时她是个不爱说话，喜欢耍性子的小孩，在这个世界上，她唯一最想要的是爱的温情，可她偏偏就是得不到。十五岁那年，她搬到温斯堡镇子里，寄住在艾伯特·哈代的家里。哈代先生在镇子里有一个专售轻便马车和套车的商铺，也是镇子里教育董事会的会员之一。

露易丝搬到镇子上住是因为她要在温斯堡的中学读书，她到哈代家住，是因为艾伯特·哈代和她的父亲两人是好朋友。

温斯堡的马车商哈代和他千千万万的同时代人一样，十分关切教育事业。他虽然没有借助过书本知识但还是在社会上站稳了脚跟，不过他深信，如果他受过教育，他的事业一定还会更上层楼。每当有人进他的马车铺子他都要提这个事，在自己的家里更是喋喋不休，说了又说，弄得全家人都无可奈何，不知如何对付他。

哈代有两个女儿和一个儿子，儿子叫约翰·哈代。两个女儿早已不止一次拿退学来威胁她们的父亲了。她们给自己定的标准是只要学校的功课及格，不必受惩罚就行。"我讨厌书本，也讨厌那些喜欢读书的蛀书虫。"年幼点的女儿哈丽特大言不惭地宣布。

露易丝在温斯堡，和她在农场的时候也一样，仍然是不快乐的。多少年来，她一直梦想着有一天走向外面的世界，这次搬到哈代家，她觉得是朝着自由解放跨出的一大步。以前，她想到镇子里来住，猜想这里的生活一定生气勃勃，充满欢乐，不论是男女都过着自由幸福的生活，大家彼此友爱着，慷慨地互相赠送和接受友谊和爱，就像人们尽情地享受吹拂在面颊上的暖风。在本特利的屋子里度过了那些沉闷无趣、无声无息的岁月以后，她的梦想是去到一个充满温暖的环境，生活在现实和激情之中。其实在哈代家里，本来是有可能多多少少实现一点她那渴望已久的梦想的，可她刚到镇子的时候犯了一个错误，错过了机会。

露易丝之所以引起玛丽和哈丽特两姐妹的反感，是因为她在学校读书太用功了。她在学校开学那天才搬来，根本就不知道那两姐妹对读书一点兴趣都没有。她胆小得很，到镇子上一个月了还一个人也不认识，况且星期五下午农场总会派个雇农到温斯堡接她回家度周末，所以在周末和假日也不会和镇子上的人一起过。她很腼腆害羞，总是独来独往，时间都用在了做功课上面，对于玛丽和哈丽特来说，她这样做，无异像是故意要用她的优秀来给她们找麻烦。加上她又喜欢表现自己，课堂上老师每提一个问题，她就在座位上蹦跳着，抢着回答，眼睛闪着激动的亮光。有时老师提的问题别的同学答不上来，她回答对了，脸上马上现出得意的笑容。"瞧，我又帮了你们一个忙，"她的眼睛好像在说，"你们用不着为这些问题烦恼，我可以回答所有问题。只要我在这儿，这些问题对于全班同学来说都太容易不过了。"

在哈代家里，才吃过晚饭，阿伯特·哈代就开始表扬起露易丝来。他听到一位老师在提到她的名字时倍加赞许，十分高兴。"你们瞧，我又听到了，"他开始发话，眼睛先严厉地盯了两个女儿一眼，然后转过头来微笑地看着露易丝，"又有一位老师告诉我露易丝的成绩优异。在温斯堡人人都夸奖她聪明，可我自己的这两个姑娘呢，却没有人夸一句，叫人怎么能不惭愧呢？"那商人站起来开始在房间里踱步，边走边点燃晚饭后的一支雪茄。

两个女孩对视了一下，一脸不耐烦地摇了摇头。见她们那漠不关心的样子，当父亲的一下子冒起了怒火："告诉你们，你们要认真思考思考。"他边喊，边用眼睛狠狠地盯着她们，"一个巨大的变化将要发生在美国这里，年轻未来的一代只有好好读书学习才有希望。露易丝是个有钱人家的女儿，她也没有把读书看作是件丢脸的事情。瞧瞧她吧，她是怎样读书的，你们怎么好意思！"

　　商人从门边的衣帽架上拿起一顶帽子，准备出去串门了。走到门边又停下，回头使劲瞪了一眼。他凶狠狠的样子把露易丝吓了一跳，赶紧跑回到楼上，回到自己的房间里去了。两个女儿又继续聊她们自己的私事。"你们好好听我说！"商人高声吼起来，"你们太懒于动脑筋了！你们对学习无动于衷，已经影响了你们的品性。瞧着吧，你们将来不会有出息的。记着我现在说的话：将来露易丝一定会远远地走在你们的前头，你们永远也赶不上她。"

　　男人暴跳如雷，出了家门走到街上以后还气得浑身发抖。他边走边诅咒着，喃喃地自言自语，不过，等他走到美茵街的时候，他的气已经全消了。他在路边停下和其他商人或到镇子来的农夫聊聊天气，聊聊收成，在他的脑里，两个女儿的事已经被抛到九霄云外去了。偶尔她们的影子闪过了一下，他也只是耸耸肩，然后咕哝一句："唉，女孩子嘛，终归还是女孩子。"

　　在那栋屋子里，露易丝每次走下楼到起居室，见那两个女孩闲坐着聊天，她们都像没看见她似的，对她不理不睬。她搬来六个星期以后的一天晚上，因为实在受不了持续的冷漠待遇，她的眼泪夺眶而出，一下子哭出了声来。"哭什么哭，还不赶紧闭嘴，回你自己的房间，啃你的书去吧！"玛丽·哈代尖刻地说。

露易丝住的卧房在哈代家的二楼，卧房的窗外是一片果园。她的房间中央置着一个烤火用的火炉，到了晚上，年轻的约翰·哈代抱着一捧柴火从楼梯爬上来，把柴火放在靠墙边的一个箱子里。自从搬进屋子的第二个月起，露易丝已经彻底放弃和哈代家两姐妹交朋友的希望，所以每天晚上刚一吃过晚饭，就迫不及待地回自己的房间去了。

露易丝这时在脑子里时常盘算着的，是怎么样才能和约翰·哈代交上朋友。他每次捧着柴火走进她的房间的时候，她都装着正在用功地温习功课，但是暗地里却在细细地观察他。他把柴火放好在箱子里转身准备走的时候，她就赶紧把头低下，脸上飞起一阵红晕，想和他搭讪两句，却总是一句话也说不出来，等他走了以后，只是生自己的气，埋怨自己太笨。

现在，这个乡村姑娘一天到晚想着的，就是如何去接近那个年轻的小伙子。在他的身上，或许具备她生来就一直在寻找着的那种品质。她有一个感觉，那就是在她和世上的众人之间似乎有一堵墙，墙的里面是一个生命核心的内环。这个核心内环一定是温暖的，也应当是为大家开放，可以为大家理解的，而她呢，就生活在那内环的边缘。她觉得，如果她想建立起一个和他人的全新的关系，在她自己这一方必须勇敢一点，必须采取行动。有了这样的行动以后才可能像打开一扇门那样走进一个房间，开始一种崭新的生活。她白天黑夜不停地思索着，不过，虽然她的渴望是那样热切，她的梦想又是那样温馨和贴近，她意识中的那个东西是与性爱毫无关系的。其实，她脑子里的那个东西也并不那么具体，而当她思维的触角无意中落到了约翰·哈代这个人身上的时候，也不过是因为他就在近旁罢了，况且他也不像他的两个妹妹那样，并没有对她不友好。

从年龄上算，哈代家的两姐妹玛丽和哈丽特要比露易丝大一点，不过，论起对于世间某些事情的了解，她们比她可是要年长不知多少岁了。她们的生活方式和中西部镇子里其他女孩子的生活方式是一样的，在那个年代，年轻姑娘不会离开这些小镇子跑到东部的大学去读书，至于什么社会呀，阶级呀，那些论点也都还没有开始存在。从社会的阶层来讲，一个雇农的女儿和一个土地所有者或商人的女儿在一起，可以说是平起平坐，不相上下的；当然，在那时也没有什么有闲阶级这一说。看一个女孩子，也只是"好"或者"不好"而已。如果她是一个好姑娘，就有年轻小伙子每到周日和周三的晚上到家里来找她。有时她和这个年轻的男朋友一起参加舞会或者教会的团聚，其他时间她在家里接待男客，家里人把客厅腾出来供他们使用。两个人在关起门来的房间内一坐便是几个小时，别人也不去打扰他们。有时，灯盏的火苗被拧得幽暗，年轻男女拥抱起来，他们的双颊烧得发烫，头发也被揉得蓬松散乱。一两年之后，若是在他们之间的那个冲动还在持续，且不断地加强，两人就结婚了。

到温斯堡后的头一个冬天，有一天晚上露易丝尝试了一次冒险。她的这个行动，对于实现她的那个要把隔在她和约翰·哈代中间的墙垣推倒的希望，着实地加了一把力。那是一个礼拜三，晚饭刚吃过，阿伯特·哈代就戴上帽子出门了。年轻的约翰把柴火送了来，放在露易丝房间的箱子里。"你真是很刻苦哦！"他笨拙地从嘴里挤出一句话来，还没等她回答，就已经离开房间了。

露易丝听见他从屋子里走出去的声音，突然产生一个疯狂的冲动，也想跟着他跑到外面去。她把房间的窗户打开，身子探出去温柔地喊着他的名字："约翰，亲爱的约翰，你回来吧，别走。"那天晚上天阴着，在一片黑暗之中，远处什么都看不清楚，可是在她的等候之中似乎听到轻柔细微的声响，像有人踮着脚尖在果园里一行行果树中间走着。她吓了一惊，马上把窗关上了。过后整整一小时她都坐卧不安，在房间里走个不停，激动得浑身发抖，最后实在等不下去了，便悄悄走出廊道下了楼梯，走进那个衣帽间大小的小房间，那个小房间通往房子里的起坐间。

露易丝这时下了决心，要去做这几个星期来一直想着的一件果敢的行动。她敢肯定约翰·哈代就在她窗下的那片果园里，他一定在那儿躲着，她非要把他找到不可，要对他说，她要他靠近一点，用双臂把她抱着，让他把心里想着的事和他的梦想都告诉她听；同时，当她在向他倾诉自己所想的一切和自己的梦想的时候，他也要同样认真地听她讲。"在黑夜里说话到底比较容易一点。"她站在小房间里轻声对自己说，一边伸手摸索着，寻找房间的门。

露易丝这时突然发觉在房子里并不只有她一个人。从门后的起坐间传来一个压得低低的男人的声音。过了一会儿，小房间的门忽然被打开了，露易丝只有一两秒钟时间赶紧到楼梯底下的一个空间躲起来。走进这小小的黑房间的，是玛丽·哈代和她年轻的男朋友。

整整一个小时，露易丝坐在地板上，听着在黑暗中发生的一切。玛丽·哈代和那个晚上来找她的男子不需只言片语便教会了这乡村姑娘以前一点也不懂的男女间的知识。露易丝把头压得低低的，身体蜷曲成一个小小的圆球，一动也不动地静静坐着。对于她来说，好像天神突发奇想，给玛丽·哈代送来了一个绝妙的礼物，不过，她不明白为什么那个比她大一点的女孩要那样坚决地拒绝小伙子的要求。

年轻小伙子把玛丽·哈代一手抱在怀里要吻她，虽然玛丽嬉笑着要从他怀抱里挣扎出来，他却抱得更紧了。那一个小时里，两个人就这样不断地你推我拉，仿佛要在彼此之间争个输赢。后来，等他们回到起坐间，露易丝赶紧逃回楼上。"你们在那儿可得轻点啊！别吵着了那只小老鼠，影响了她做功课。"露易丝听见哈丽特对她姐姐嚷了一句的时候，已经穿过廊道，站回到了自己卧室的门前。

露易丝给约翰·哈代写了一张小纸条，等到夜深大家都熟睡了以后，悄悄地走到楼下，把纸条塞在他房间门口下面的缝隙里。她担心要是她不赶紧做这件事，迟些怕不再有这份勇气。在那张小纸条里，想要的东西都写清楚了。"我希望有人爱我，我也希望去爱一个人。"她写道，"如果你就是我想爱的那个人，我要你晚上到果园这儿来，在我的窗下轻轻喊我一声。我可以从工具房的房顶爬下来见你，那样做很容易的。我一直在想着这个事，所以你要是想来的话，一定要尽快。"

　　露易丝有好一阵子心里都不太踏实，不知道这个为自己找爱人的大胆举动会有什么样的结果。其实，从某个程度来讲，她自己也不能肯定是要他来好，还是不要他来好。有时，她好像感觉生命的全部秘密就在于被另外一个人紧紧地拥抱和亲吻，可是之后另一个念头闪过，她又会感到一阵惊悸。占据她心灵的是一个渴望，一个亘古就有的，一个女人希望被拥有的那种渴望，可她对于生命的认识还很模糊，好像只要约翰·哈代的手碰一碰她的手，就已经足够使她满足了。她不知道约翰是否也能够理解这一点。第二天在饭桌上，当阿伯特·哈代讲着话，两个女孩在悄声说笑的时候，她两眼一直盯着面前的桌子，没有看约翰一眼，一等到有机会就马上逃开了。晚上，她在屋子外面等着，等到估计约翰已经到她的房间送完柴火，从她房间离开了以后才回来。她仔细听了好几个晚上，幽暗的果园都只是一片寂静，一声呼唤也没有。她悲伤得几乎失了魂，只好得出一个结论，那就是对于她，想冲破将她挡在人生幸福之外的那堵高墙是一件不可能做到的事情。

　　后来，过了两三个星期，在一个周一的夜晚，约翰·哈代终于来找她了。当时露易丝已经对约翰放弃了任何希望，就连多天来约翰在果园喊她的声音也一点没有听到。而就在头一个周五的晚上，家里的一名雇农车夫来接她回乡下度周末，在路上她做了一个冲动的举动，把自己也吓了一跳。当约翰·哈代在她的窗下站着，在黑暗中不停地轻声喊着她名字的时候，她正在房间里来回地走着，奇怪自己怎么会产生那样一个新的冲动，干出那样的傻事来。

那个星期五夜晚来接她的人迟到了，回家的路上已是一片漆黑。农场的雇工是个年轻小伙子，长着一头黑色的卷发。露易丝满脑子想着的都是约翰·哈代，她想和马夫聊几句，可是那个乡下小伙子害羞得很，闭着嘴，一声也不吭。她便开始自己神游起来，刚开始时回想着童年时代的孤寂，然后像是被人猛击一棒，记起了新近袭来的刺骨的寂寞。"我恨所有人！"她突然大声喊起来，然后开始滔滔不绝地大声埋怨。坐在一旁接她的雇工被吓了一跳。"我恨我爹，也恨那个老头子哈代！"她激动地说，"我到镇子那个学校上学，也恨死那个学校了！"

这时露易丝做了一件事，更是把那雇工吓得手足无措，不知如何是好。她转过身把脸靠在了小伙子的肩膀上，朦朦胧胧地期待着，或许他也会像那个和玛丽一起在黑暗中站着的小伙子，会张开他的双臂来抱她，亲吻她。但那个乡下小伙子除了全身的警觉，别的什么反应也没有，扬起马鞭把马狠狠地抽了一下，开始吹起口哨来。"这路可真够颠的，是吗？"他大声地说。露易丝被他气晕了，一把将他的帽子从他头上拽下来，使劲朝路边一扔。小伙子从马车上跳下去捡帽子的时候，她驾着马车独自走了，把小伙子扔在身后的路上，徒步走回农场。

露易丝接受了约翰·哈代，让他成了自己的情人。其实那并非她的初衷，但是由于她最初想要接近小伙子的方式，使他有了那样的误解，以为那是她所要的；而既然如此，加上她也急于得到其他的一些别的什么，也就没有拒绝。几个月过去，两人开始有点担心她马上就要做母亲，于是在一个晚上到郡县政府办理了结婚手续。他们在老哈代的屋子里暂时住了几个月，之后找到一座房子就搬出去住了。在婚后的一年里，露易丝竭力想让丈夫理解促使她写那张小纸条的最初那朦胧的渴望，也想让他知道她那渴望还未得到满足。她一次又一次悄悄地躺进丈夫的怀抱，想把这一切告诉给他听，却没一次是成功的。在他的脑子里自有一套关于男女相爱的观念，根本不要听她说，每次都用亲吻盖住了她的双唇。这倒使露易丝越发迷惑了，到了后来，她也不要再被亲吻。至于她想要的是什么呢，她自己也不清楚了。

后来发现让他们匆匆结婚的惊吓原来是个假警报，其实啥事也没有，露易丝气得直骂人，说了好些难以入耳的话。在那之后，她生儿子大卫也没有奶喂他，不知道是想要还是不想要那个儿子。有时她在他房间陪他一整天，围着他踱步，不时轻轻走过去用手温柔地抚摸他。另外一些时候她根本就不想见到他，不愿走近这个新降生到这个屋里的一团小生命。约翰·哈代责备她，说她太不近人情，她也只是对他报以一笑而已。"反正他是个男孩，不管他想要什么都可以得到的。"她尖刻地说，"如果这是个女孩子的话，在这个世上我没有任何事情是不愿意为她做的。"

虔诚 IV

　　大卫·哈代是个细高个的男孩子，在他十五岁那年，他就像他母亲当年一样，也做了一件冒险的事情。那个事件改变了他的人生道路，把他从一个恬静的角落推了出来，推进了人生百态的大千世界。他的生活原来有着一个平静的外壳，那外壳在刹那间变得支离破碎，他没有别的选择，只好独自往前走。他离开了温斯堡，那里的人们从此以后就再也没有见过他。他的母亲和外祖父在他失踪之后都相继离开了人世，父亲后来变得十分富裕。他花了不少钱四处去寻找儿子，不过，那已是另外一个故事了。

　　事件发生在一个晚秋，那年的本特利农场与往年不一样，放眼四望，地里的庄稼穗都低垂着头。杰西·本特利在那年春天买了瓦恩河盆地上一块长长的低洼沼泽地，那块地的泥土是黑颜色的，他用低价把地买了下来，然后花了大笔资金，不知挖了多少条沟，接了多少条地下排水管，将那块地着着实实地修整了一番。附近的农夫听说他在那块洼地放的投资都直摇头，也有人笑话他，希望他有本无收，把投进去的钱亏上一大笔。老头子听到讥笑也不吭声，还是默默地继续干他的工作。

后来洼地的水都排干了，杰西在地里种上了包菜和洋葱。他又一次成了邻居说笑的材料。谁也想不到，到了收成的时候，那些蔬菜和庄稼都获得了大丰收，为杰西卖得了高价。仅仅一年的工夫，杰西挣得的钱不仅足以还清整理土地的所有花销，剩余的部分还够他再去买两个农场。杰西的脸上掩饰不住心里的喜悦，就连和雇农在一起的时候脸上也挂上了笑容。从他接手农场第一天起到现在，多少年了，这还是头一回。

杰西买了一大批机器，那样就可以减少雇用农场人工的花销了。那块黑油油的肥沃低洼沼泽地的其余部分，他也将它们买了下来。有一天杰西到温斯堡镇子里去，给大卫买了一辆自行车，一套新衣服，他的两个姐姐也收到了红包，红包里的钱是让她们去俄亥俄州克利夫兰市参加一个宗教集会时用的。

那一年的秋天，早霜刚刚降临，瓦恩河一带的层层树林被季节镀上了一层金褐色。大卫只要不用上学，每分钟都是在户外度过的。每天一到下午他就去树林子里拾黑核桃，有时约着小伙伴一道去，有时自己单独去。其他那些乡下小男孩多半是本特利农场雇农的孩子，他们自己带着枪，会打兔子和松鼠。大卫没有跟着他们去打猎，他找了一根小树杈，在树杈上缠上一条胶皮，把它做成一把弹弓，然后带着弹弓独自到林子里去拾松果和板栗。在林子里漫无目的地四处走着的时候，有时脑子里会浮现出一些念头，他开始意识到自己已经快要成为一个男子汉了，虽然他还不太清楚自己在这一生该做些什么。常常还没等到想出来一个答案那些念头就已经消失了，他又变回原来的男孩。一次，他射死了一只松鼠，当时那只松鼠正站在一棵大树靠地面的矮枝上，对着他吱吱地叫。他把那只死松鼠拎起来飞快地跑回家，本特利家两老姐妹中的一个把那小动物煮熟了以后，大卫狼吞虎咽地吃掉了。松鼠皮被大卫用图钉钉在一块木板上，木板用一根绳子吊着，挂在他睡房的窗户外。

这件事给了大卫一个新的启发，打那以后，他每次到林子里去都总是记着把他的弹弓装在口袋里。他可以连续几个小时不断地朝着想象中躲藏在棕色树叶里的动物射击。快要长大成人的念头早已飞到了九霄云外，目前的他只乐于做一个小男孩，任凭男孩子的习性所使。

一个星期六的早晨，他把弹弓装进衣兜，将核桃袋搭在肩头，正要出发到林子里去的时候，被外公叫住了。老人的眼里带着紧张而严肃的眼神，每次大卫一看见那眼神，都有点害怕；那眼神出现的时候，外公的眼睛不是朝着前方看，而是游移不定的，仿佛有一道无形的帘幕挡在他和整个世界的中间，看不到任何东西。"我要你跟着我一块走。"他简单地说了一句。他的视线越过男孩的头顶，落在天穹的深处，"今天我们有些重要的事情要做。你想要的话，可以带上你的核桃袋子。关系不大，反正我们是要到林子里去的。"

杰西和大卫出发了，乘的还是那辆轻便马车，驾的还是那匹白马。从本特利农场出来，一路上好长一段时间两人都没有说话，马车一直走到一片草地的边上才停下来。草地上一群羊在吃着草，羊群里有一只小羊羔，它生在错误的季节，所以还很幼小。杰西和大卫把小羊羔抓住，然后将它绑了起来，因为绑得很紧，那羊羔看上去就跟个小白圆球似的。两人重新上了马车继续往前走的时候，杰西让大卫把小羊羔抱在怀里。"我是昨天看见它的，它让我想起来很早就一直想做的一件事情。"他说着，视线又一次越过男孩的头顶落在了远方，流露出一种飘忽不定、犹疑不决的神态。

　　这时的杰西，丰收带来的兴奋和满足感已经过去了，变了另一种心情。好长时间以来他从心底感到谦卑，常常默自祷告，又开始了晚上独自散步的习惯。散步的路上，他思考的是上帝，把自己的形象和古人的形象联系起来。他跪在湿润的草地上，在满天星斗之下虔诚地高声祈祷。现在，他要像《圣经》里许多故事里的那些古人，也向上帝献一件祭品。"上帝赐给了我一个大丰收，不仅如此，还赐给了我一个叫作大卫的男孩。"他悄声对自己说，"也许我早就该做这件事的。"他后悔没有再早一点，在女儿露易丝出世之前就想到这个主意，同时也猜想，等他在树林子里的一片孤寂的空地上垒起一堆枯枝，把小羊羔作为一件烤熟的祭品献给上帝，那时上帝一定会在他的眼前出现，给他一个启示的吧。

　　这个念头在他脑海里盘旋了一遍又一遍，在这同时他也想到了大卫。过去他只是狂热地爱自己，现在对于自己倒是没有想得太多。"是时候啦，这孩子也该开始考虑一下该如何踏入社会了。上帝今天给我们的教示应该是给他的，"他做出了决定，"上帝将给他开创一条路，他将告知我大卫在生命中的位置，从什么时候开始他人生的旅程。是的，这孩子在这里是完全正确的。今天我要是幸运的话，上帝的天使一定会出现的，大卫也就可以看到上帝展示给人类的美好和荣光了。这个经历可以使他成为一个上帝真正的子民。"

杰西和大卫在沉默中驾着马车朝前走，一直走到杰西先前向上帝做祈祷仪式把他的外孙惊吓过的地方才停下来。时间还不到正午，清晨天气还很晴朗，空气也很清新，现在却起了风，飕飕地刮着，太阳也被云层遮住了。大卫看见他们要去的地方，吓得身子直打颤，在树间小溪的桥边停下时，他脑子里唯一想到的是要赶紧从马车跳下去，跑得远远的。

在大卫的脑子里闪过了十多个逃跑的计划，可是当杰西喝住马，爬过栏杆，往林子里面走的时候，他还是跟在杰西的后面去了。"用不着犯傻害怕，不会发生什么事的。"他怀里抱着小羊羔，心里对自己说。他把羊羔抱得很紧，因为感觉得到那只小动物急促的心跳，倒使自己怦怦跳着的心略略平静了些。那只羊羔的无助仿佛给了他一丝勇气。他一边在外公身后快步地跟着，一边用手松开捆在羊羔四条腿上的绳子。"要是发生了什么事，咱俩就一块逃！"他这么想。

离开公路，在林子里走了好一会才到那片空地。空地的四周被大树环绕着，在一条溪畔的斜坡上，空地里布满了小小的灌木丛。杰西停下来时仍然沉默着不说一句话，很快就架起了一堆干树枝，点燃了火。男孩在地上坐着，怀里抱着小羊羔。他的想象力开始驰骋起来，老人的每一个动作，哪怕是一个极其细微的动作，在他的想象里也变得意义重大起来。随着时间一分一秒地过去，他也越来越害怕。"我得将羊羔的血抹在这孩子的脑额上。"杰西独自嘀咕着。这时，火苗吱吱地舔着干柴枝，火烧得越来越旺了。杰西从衣袋取出一把长刀，转身疾步穿过那片开阔地，朝着大卫走来。

一阵恐怖抓住了大卫的心，他感到难受，想呕吐。刚开始的那一瞬间，他还一动不动地坐着，但紧接着身体就僵硬了起来。他猛地跳起来，站在地上，脸上的颜色就跟那只小羊羔身上羊毛的颜色一样。小羊羔突然发觉腿被松了绑，急忙朝着山坡下面跑走了。大卫也在跑。恐惧把他的两条腿变成了一对翅膀，他在飞奔。他像发了疯似的，跃过一丛丛矮灌木，跨过一条条躺在地上的树干。他边跑边把手伸进衣兜里，从里面掏出来那根树丫子——那树权缠着弹弓胶皮，是用来打松鼠的。他跑到一条小溪边，溪水很浅，汩汩的流水在石子上溅起水花，他一下就冲到小溪的水里，然后才停下来朝后看了一眼。当他望见外公正朝他跑来，手里还握着一把长刀时，毫不犹豫地俯身拾起一粒石子，放进弹弓权里。他用尽全身的力气绷紧了那条厚实的橡皮，石子呼啸一声飞了出去。飞出去的石子不偏不倚，正正击中杰西的额头中央。杰西当时正顾着追那只小羊羔，完全忘记了大卫的存在。他呻吟了一声，朝前扑倒在地上，几乎就栽在了大卫的脚边。大卫见他躺在地上，一点动静也没有，无疑是死掉了。他原来就已经受到了惊吓，现在更是被吓得魂飞魄散。紧接着，他疯了似的慌张起来。

他尖叫一声转身朝树林跑去，一边跑一边身体抽搐着号啕大哭。"我不管——我把他打死了,我不管——"他哽咽着。跑的时候他突然做出一个决定,永远也不要回本特利农场,永远也不要回温斯堡那个小镇。"我杀死了一个上帝的信徒,我要去做一个俗人,到人世间闯荡。"他停下不再跑了,语气坚定地对自己说,然后沿着森林田野间流淌的瓦恩河河畔的公路朝西面的方向快步走去。

在小溪旁的地上,杰西艰难地挪动了一下身体。他呻吟了一下睁开双眼,然后望着天空静静地躺了许久,许久。到后来,终于可以站起来了,但脑子还不是那么清醒,不过,对男孩的失踪他也并不感到惊奇。他在路旁一棵倒下来的树干上坐下,开始喃喃地念叨起上帝来,那些话,是后来人们唯一能够从他的嘴里听到的。只要有人提起大卫的名字,他就茫然望着天空,说上帝派来的使者将男孩领走了。"都怪我,求成心切,太贪婪上帝的荣光了。"他是这样解释的。除此以外,他对这件事保持着缄默,不再多说一字。

有主意的人

他的名字叫乔伊·维利，和他的母亲一起住着。他父亲在世时是一位律师，曾在州首府哥伦布市的立法部门任职，在当地算是个显赫人物。母亲是个寡言少语的妇人，头发已经灰白了，脸上带着一种少见的青灰色。他的家就在镇子里的美茵街和瓦恩河交错处不远的一个小树林子中间。乔伊的个子很矮小，有着非常独特的性格，在这镇子上是找不到和他相似的另外一个人的。他就像是一座微型小火山，沉默了多日，然后轰的一下突然爆发，火焰往外四处喷溅。不，不，还不是那样——他更像一个时时要抽羊癫风的人，一个在伙伴之间走着的时候大家都在害怕着的人，因为他随时都有可能突然发作，身体忽然变成一个奇怪可怕的形状，眼珠子在眼眶里打转，手脚也在胡乱摆动和抽搐。他就像那样一种人，不同的是，乔伊·维利每次发作，都是在他的心理上和精神上，而不在他的肉体。他被各种各样的主意包裹着，缠绕着，当一个主意还没有完全成熟的时候，他常常处于一种无法自我控制的状态，嘴里翻腾着话语，嘴角浮上怪异的微笑，裹着金边的牙齿在灯光下面闪闪发亮。他朝着旁观者猛然扑将过去，发表他的见解，对于那个旁观者来说，根本没有逃脱的可能。乔伊将他的呼吸喷在旁观者的脸上，他的情绪激动，两眼紧紧逼视着对方的双瞳，用一只抖动着的手指戳在听者的胸腔，强横要求他所有的注意力。

在那个年代，石油通用公司还没有像现在这样，用铁道货运车或卡车为顾客送油，而是把油送到卖食品的杂货店，或是送到五金店和其他类似的店里去。乔伊是石油通用公司在温斯堡，以及经过温斯堡的铁路干线南北附近几个小镇的代理。他负责的工作是到顾客那里去结账和收订单，或诸如此类的事。他的这份工作也是他那生前是立法官的父亲帮他找的。

在温斯堡的商铺，常常可以见到乔伊·维利进进出出的身影。他彬彬有礼，不多言语，总在专心致志地忙着手里的活儿。从旁人瞅着他时的眼神看得出来，他们被他的样子逗得想笑，但同时又掺杂着一丝警觉。他们在等待他的突然爆发，已经做好了时刻逃跑的准备。虽然他的突然发作没有任何伤害力，但它们来的时候是那样猛烈，那样势不可挡，绝不是可以一笑置之的。乔伊只要在心里想到了一个念头，便有了压倒一切的气势，他的个性也即刻膨胀起来，变得无比强大——它无视对面正在听他说话的人，它将那个人席卷而去，将所有的人席卷而去，将所有在他的声音能够抵达的空间以内的人裹挟起来，通通席卷而去。

这时，在西尔维斯特·韦斯特的药店，有四个人正站着

有主意的人

闲聊一场跑马比赛。六月份将在俄亥俄州的迪芬市举行一场跑马比赛，到时威斯利·莫耶也要把他的公马托尼·提普的名字投进去，让它参加比赛。不过人们传言，恐怕这次他将遇到赛马生涯中最强硬的对手，因为据说跑马大师波普·吉尔斯这次会亲自到场，也来参加比赛。托尼·提普是赢还是输，这个问号沉沉地悬在温斯堡小镇的空气里。

就在这时，药店门口的纱帘被乔伊·维利哗啦一下使劲拨开，他从门外走了进来。他大跨一步，眼睛闪着奇异和专注的光，冲到埃德·汤姆斯的跟前。汤姆斯对波普·吉尔斯很熟悉，托尼·提普究竟能否取胜，他的预测是值得参考的。

"瓦恩河水涨起来啦。"乔伊·维林大声喊，他的那神采，就像是雅典的费迪皮迪兹为人们带来希腊运动员在长跑竞赛取胜的消息那样，百般的兴奋。他用手指头在埃德·汤姆斯宽阔的胸脯上那文身图案上使劲地敲了一下。"在杜尼恩桥那里，水都已经涨到了河床十一寸半高的位置了。"他又补充了一句，说话的速度很快，从牙齿的缝隙中间发出哨子般嘶嘶的风声。在那四个人的脸上，露出既是厌倦，又无可奈何的表情。

"我的数据都是正确的，你们相信我好了。我到新宁五金店买了一把尺子，回头再去量过的。我几乎没法相信自己的眼睛了！因为你们也知道，有十天没有下雨了！刚开始我也不知道是怎么回事。好多种可能性我都想过了。我猜想过，那水源是地下水道，还是山泉水呢？我一直以为那水源是从地底下来的，各种各样的可能，全都在脑子里想过了。我坐在桥上挠着脑袋，当时碧空万里，没有一朵云彩。你们到街上来看看就知道了。当时没有一朵云彩。现在也还是一样，没有一朵云彩。哦，是的，当时有那么一朵云。我不想隐藏任何事实。在西边，在地平线的那头，当时有那么一朵云，只是一朵，也不过就是一个拳头大小罢了。

"当然，我也没有把它和别的什么联系起来，不过就是天边有朵云就是了，大家都看得到的。你们可以理解我当时是多么不解，多么的困惑了吧。

"然后，我忽然想到了。我笑了。你们听了也会笑的。当然啦，马迪纳县那边正在下着雨呢！很有意思吧，是不是？如果我们没有火车，没有邮件，没有电报的话，我们自然就会知道在马迪纳县那边正在下着雨的。瓦恩河的水就是从那边流过来的啊。谁都知道的。就是那条古老的小溪——以前，就是靠着它，给我们带来新闻的。的确很有意思，所以我笑了。我想也该把这个消息告诉你们——很有意思吧，啊？"

乔伊·维林转身从门口走出去了。他开始认真履行起他作为通用石油公司代理的职责，停下脚步，从衣兜取出一个小本子，手指头在小本子里的一页纸上自上而下地移动着。"爱恩食品店的煤油存货不太多了，我得到他们那里去。"他喃喃说了一句，沿着马路匆匆地走开了，一路朝着左右过往的行人不住地点头，鞠躬行礼，礼貌地打着招呼。

当乔治·维拉德刚成为《温斯堡鹰报》的记者的时候，他被乔伊·维林烦扰得成天不得安宁。乔伊嫉妒这个年轻人，觉得自己生来是一个做记者的材料，应该在报社做事的。"毫无疑问，你的这份报社工作本来是应该由我来干的。"一次，他在多尔蒂饲料店门前的人行道上把乔治·维拉德拦了下来，公然对他这样说。他的眼睛开始闪着光，手指也在发抖。"当然了，我在石油通用公司上班，挣的钱要多一些，我不过是对你说说而已，让你知道罢了。"他又接着说，"我对你并没有成见，不过，你的这个位置其实应当是属于我的。你那工作，我只要用点零星时间就可以完成啦。不管什么犄角旮旯的事，你挖不到的新闻，我都可以找到。"

说着说着，乔伊·维林越发激动起来，往前朝年轻的记者逼近了一步，将他挤得背靠在饲料店的前门。他好像正陷在沉思里，眼珠子在眼眶里直打转，叉开细细的手指往后梳理着他的头发，脸上浮起一丝笑容，镶了金边的牙齿闪着亮光。"去把你的笔记本拿出来，"他用命令的语气说，"你的兜里揣着个小本子，是吧？我知道你一定有的。好，你把这个写下来。这是我那天想起来的。让咱们先看看衰败这东西。首先，衰败是什么？是火。火可以把木头，还有其他东西烧成灰烬。你从来没有想到过吧？一定没有。这里的这条人行道，这间饲料店，还有这条街那头的那些树木——这一切都在被火燃烧。它们正在被燃烧掉。你瞧，衰败是无时无刻不存在的，它从来也没有停止过。水，还有油漆，都没有办法阻止它。就来看一块铁吧，那又怎样呢？它还不是会生锈吗，你说是不是？那铁锈也同样是一种火啊。这个世界正在燃烧。你在报纸上写文章的时候，就以这个作为开首好了，用大字写'世界着火了'，准会让他们读下去。他们会说你很聪明的。我才不在乎呢，我也不会嫉妒你。这个主意只不过是随意想到的罢了。我可以把报纸办得生动有趣，你不得不承认这一点。"

乔伊·维林突然转身快步走开，走了几步，又停下来往后望了一眼。"我会常来跟着你的，"他说，"我要把你变成一个引人注目的人。其实我应该自己办一个报社，那才是我该做的事。我会成为一个大家都赞不绝口的人。每个人都知道的。"

乔治·维拉德在《温斯堡鹰报》工作的头一年，在乔伊·维林的生命中发生了四件事：他的母亲去世，他搬进新维拉德旅店，他开始谈恋爱，他办起了一个垒球俱乐部。

乔伊组起一个垒球队，原因在于他想当教练，而自从当了教练以来，他也开始赢得了镇子上人们对他的尊重。一次，乔伊的垒球队把马迪纳县郡的垒球队打得一败涂地，比赛之后，人们都这么说："他太神奇了。""他有办法让所有队员都配合默契，你只要去看看，就知道是怎么回事了。"

乔伊站在垒球场上第一垒的位置，昂奋得浑身都在摆动。所有队员全都不由自主地一齐注视着他。对方的击球手一下子就懵了，不知道是怎么回事。

"注意！注意！注意！注意！"他激动地大叫，"看着我！看着我！看着我的手指！看着我的手！看着我！看着我的眼睛！咱们好好配合，一起来！看着我！在我这儿，你们可以看到击球的全部动作！你们要和我配合！和我配合！和我配合！看着我！看着我！"

温斯堡垒球队的球员在垒球场上各自站稳了位置，乔伊·维林也变成了一个勇敢好胜的教练。垒手们不知不觉地开始变得专注起来，望着他们的教练，像是有人在他们身上绑上了一条无形的带子似的，牵着他们，带领着他们从各自的垒座侧身移步、前进、后退。对方垒球队员的眼睛也在对着乔伊看，望得出了神，然后好像是要打破罩在他们头上的魔咒，开始把球朝着四面八方，毫无方向地乱击一气。随着教练一阵野兽般的嚎叫，温斯堡球队的垒球手已经飞快地跑回到他们自己的本垒。

乔伊·维林在谈恋爱了，他的恋爱，使整个温斯堡镇子都紧张起来。人们刚听到这个消息的时候都纷纷摇头，在议论的时候想笑一下，但是笑得那样勉强，那笑容就像是挤出来似的。乔伊恋爱的对象是莎拉·金，她是一个瘦削的女子，脸上带着忧郁，和她父亲、哥哥住在一栋砖房子里，那栋砖房子就正正地对着温斯堡墓地的大门。

要说温斯堡小镇有两个不受欢迎的人，那就是金家的两父子了。父亲的名字叫爱德华，儿子叫汤姆，都是大家认为狂妄自大、目中无人的危险人物。不知道他们是从南部哪个地方搬到温斯堡来的，来了以后在杜尼恩派克开了一个苹果酒厂。传闻汤姆·金到温斯堡之前杀死过一个人。他二十七岁，蓄着金色的小胡须，胡须留得很长，长得遮住了牙齿。他常常骑着一匹矮小的马在镇子里溜达，手里总是拎着一根沉沉的、看上去十分邪恶的拐棍。一次他用那根拐棍敲死了一只狗。那狗是鞋匠温·波西家的，被打死的时候，只不过在人行道上摇摆着它的尾巴罢了。汤姆·金一棍子就把它打死了，后来他被抓了起来，罚了十元钱才算了事。

老爱德华·金的个子矮小，他在街上走着的时候，只要见到有行人从身旁走过，就会做出一个严肃而古怪的笑脸。他笑的时候常常用右手去挠左胳膊肘子，这个动作成了习惯，他那件外套的袖子也被挠旧了。他在街上走的时候左顾右盼，一副紧张的神态，再加上他那张古怪的笑脸，比起他那沉默而又表情严峻的儿子，看上去倒还要更危险得多了。

当莎莉·金刚开始和乔伊·维林晚上出去约会的时候，人们看见了都直摇头，吸一口冷气。她的个子很高，苍白的脸上眼睛裹着一道黑圈。他们在一起的时候，那样子实在是滑稽可笑极了。两人在树下散步的时候只有乔伊一个人在讲话，他向莎莉表白他的爱情，他热情急切的话语透过黑暗，穿过温斯堡墓地的围墙，穿过农贸会场下面的水厂侧畔那片山坡的树荫，传到了镇子的店铺里，被人们在嘴里重复地咀嚼着。人们站在维拉德新旅店的酒吧柜台旁边，把乔伊对莎莉的追求作为聊天和说笑的题材。不过，笑过之后，又都默不作声了，因为他正领着温斯堡的垒球队一场接着一场地赢球，慢慢成为镇子上一个备受尊重的人物。人们隐约地预感到也许会有一场悲剧发生，笑容虽然还挂在脸上，心里却惴惴不安地等待着。

一个星期六的下午，时间已经接近傍晚了，在维拉德新旅店里，乔伊·维林在他的房间与金家两父子正式见面。他们这个会面，镇子上的人都紧张地等待着，不知道会有什么结果；作为旁证，乔治·维拉德也去参加了这个会面。当时的经过是这样的：

年轻的报社记者刚吃完晚饭，就来到了乔伊的房间。他看见汤姆·金和他父亲坐在房间不太光亮的那半边，门边坐着儿子，手里拿着那根沉沉的拐棍。接着老爱德华在房间里踱起步子来，一副紧张不安的神情，右手不住地挠着左胳膊肘子。廊道上空无一人，安静得很。

乔治·维拉德回到自己的房间，在书桌旁边坐了下来。他想写点东西，可是手抖得厉害，握不稳手中的笔。只好在房间里走起来，来来回回，一趟趟地踱步，心里也一阵阵地紧张。和镇子里其他所有人一样，他也在困惑着，不知道应该做什么才好。

等乔伊·维林朝着维拉德新旅店的方向跑来的时候，时间已经到了七点三十分，天也迅速转黑了。他的个子很小，怀里抱着一大捆野草，脚步轻巧地沿着车站站台小跑着回来。虽然乔治·维拉德还在害怕地打战，看到乔伊那模样还是忍俊不禁，觉得他那样子太好笑了。

在乔伊·维林和金家父子正进行着一场对话的房间门外，年轻记者悄悄地躲在走廊上，全身还在又紧张又害怕地轻颤着。有人起了一个誓，接着老爱德华·金紧张地咯咯笑了几声，再接着是一阵静默。这时听到乔伊·维林的声音，尖锐而清晰。乔治·维拉德笑了。他明白要发生什么事情了。乔伊可以用他语言的巨涛将面前所有人一下子席卷而起，此时此刻，他正在对房间里面的这两个人施展他的魔力。门外的窃听者听得入了神，在廊道上开始徘徊起来。

房间里，汤姆·金嘟嘟囔囔地对乔伊·维林提出一些带威胁性的警告，但后者全然不加理会。他心里想的只有一件事。先把房间的门关上，点燃了灯，再将一把青草种子撒在地板上。"我这儿有些东西，"他一本正经地宣布，"我本来想把这些东西介绍给乔治·维拉德的，给他提供一点写新闻报道的材料。我很高兴二位到我这里来，要是莎莉在就更好了。我一直想去拜访二位，告诉你们我的一些想法。这些主意是值得思考的。问题在于莎莉不让我去找你们，说我们会吵起来。其实她那样想是很愚蠢的。"

乔伊在两个被弄得有点不知所以然的人面前小跑起来，在房间里头一边来回跑着，一边竭力解释他的想法。"你们可别搞错了，"他大声地喊着，"这可是件大事呢。"他情绪激动，声音也尖锐起来。"你们仔细听我讲，一定也会有兴趣的。我知道你们会的。你们试着设想一下，假使这个——不，不，让我们假设，发生了一桩神奇的事件，把所有的麦子、玉米、燕麦、青豆、土豆全都冲走了。你们瞧，我们在这儿，在这个县里，在我们的周围有一堵高墙。先这么假设吧。这堵墙，谁也爬不过去，在这地球上，所有水果都被毁掉了，什么植物也没留下来，只剩下这些野生的东西，这些青草。那么，我们是不是全都完了呢？我要问你们这个问题。我们是否就此都完了？"这时汤姆·金不耐烦地号叫了一声，房间里面暂时安静了一两秒钟。接着，乔伊又激泉喷涌似的继续解释他的想法："当然，会有一段困难的日子，这一点我是承认的。那是无法避免的。那段日子肯定会很难熬。会有些大肚皮熬不过去。但他们打不败我们，我敢说绝对不会。"

汤姆·金随和地笑了一声。爱德华·金的笑声紧张尖利，把整座屋子都震动了。乔伊·维林又急急地讲下去：

"瞧，到了那时，我们就得培育新的蔬菜和水果品种。不用很长时间，我们就可以用新的东西代替所有那些失去的东西。当然啦，我的意思并不是说新旧东西都是一样的。那是不可能的。也许新东西会更加优质，也许它们没有以前的那么好。很有意思吧，嗯？你们可以好好想一下。这就可以让你们也开始动动脑筋了，是吧？"

房间里面一阵沉默，接着老爱德华·金不自然地干笑了一声。"唉，要是莎莉在这儿就好了。"乔伊·维林大声叫起来，"到你们家去吧！我要把这个想法告诉她。"

从房间里面传来一阵在地板上拉凳子的声音。乔治·维拉德就是在这时走回他自己的房间去的。他将头探出房间的窗户，望见乔伊·维林与金家的两父子正在街上走着。汤姆·金不得不使劲跨着大步，才勉强赶得上那小个子的行走速度。他走路时身体向前倾着，听得聚精会神，完全入了迷。乔伊·维林又开始激动地讲起来。"咱们拿乳草做个例子吧，"他高声说着，"乳草也许可以派得上许多用场，知道吗？这几乎是让人难以相信的。我要你们想一想。我要你们两个人想一想。你们瞧瞧吧，也许将来会有一个新的蔬菜王国的。很有趣，是吧？这只是个想法罢了。等会你们见到莎莉，她可以听得明白我这个想法的。她会觉得非常有意思。莎莉对什么想法都很有兴趣。你们总不会比莎莉聪明吧？当然不会！你们也是知道的。"

冒险

当乔治·维拉德还是个小男孩的时候，爱丽丝·欣德曼就已经是个二十七岁的妇人了。她在温斯堡小镇土生土长，一辈子都在这儿生活。她在维尼干货店里做一名店员，现在还和母亲一起住着。母亲已经改嫁了，找了第二任丈夫。

爱丽丝的继父是一个马车油漆工，嗜好饮酒。他的一生是一个奇特古怪的故事。他的故事，值得我们改天专题叙述。

爱丽丝二十七岁时长着高个子，体态略显苗条。她的脑袋有点大，相比之下，身体倒不那么引人注目了。她的双肩有点向下垂，头发和眼睛是棕褐色的。她非常娴静，但那只是外表，在她内心埋藏着一股激情，那股激情从来未曾停息过。

在爱丽丝十六岁时——那时她还没开始到店里干活——曾经和一个年轻小伙子谈过一段恋爱。小伙子的名字叫内德·科里尔，年龄比她大一点，那时的他和现在的乔治·维拉德一样，也在《温斯堡鹰报》上班。好长一段时间，他几乎每天晚上都来找爱丽丝，镇子里的路旁树荫底下遍布着两人漫步的足迹。那时的爱丽丝正是少女芳华，美丽动人，两人在交换对未来生活的计划和渴望的时候，内德·科里尔将她紧紧抱在怀里，吻着她，兴奋之中，对她说了一些并没有打算想说的话。爱丽丝出于内心的渴望，渴望在她单调的生活中有一件美好的事发生，也激动了起来。她也开始讲话了。以前的生活被冷漠和静默紧裹着，现在，那外壳一下子被打开了，她把自己完全敞开，让爱情主宰她的一切。她十六岁那年，秋季已经将近尾声，内德·科里尔要离家到克利夫兰市，到那里的报社找一份工作，在社会的阶梯往高处爬。她当时很想同他一道去，用颤抖的声音告诉内德："我会工作的，你也可以工作。我不会用不必要的花销拉你的后腿，影响你的前途。你可以先不和我结婚。我们用不着走那一套形式，照样可以过日子，照样可以在一起。虽然我们在一个屋子里一起住着，不会有人闲言碎语的。反正在大城市谁也不认识谁，别人不会注意到我们。"

对于恋人的这份执着和义无反顾，内德·科里尔感到惶惑，同时也被深深地感动了。他曾经想过要让这个女孩成为他的情人，现在不再这么想了，只想保护她，爱护她。"你不知道你在胡说些什么。"他用严肃的口气说，"放心好了，我绝不会让你做那样的事的。等我找到一份好工作，马上就会回来。可你目前必须留在这里，我们现在只能先这样做。"

在内德·科里尔离开温斯堡，即将到城里开始新生活的前一天夜晚，他去找了爱丽丝。起先，他们在街上漫无目的地走了一个小时，然后到威斯利·莫耶的马匹寄养处租了一套马车，到郊外的乡村兜风。朗月正徐徐升上夜空，两人一时竟彼此相对无语，不知该说什么。在无比忧伤中，年轻小伙子竟把早先要对姑娘负责的决心忘记得一干二净。

他们下了马车，在瓦恩河畔一条长长的斜坡青草地上，两相依依，在幽暗的月光下成了情人。到了半夜时分，要踏上返回镇子的归程了，两人都感到了心中的欢愉。对于他们，未来绝不会有任何事情可以玷污方才发生的那神奇和美丽的。"从现在起，我们就要相依为命了，今后，不管发生什么事情，我们都要这样做。"内德·科里尔把姑娘送到她父亲的门口，在告别的时候这样说。

在克利夫兰市，年轻的报社记者想在当地报社找一份工作，但他的寻职不成功，只好继续往西走，到了芝加哥。他寂寞了一段时间，几乎每天给爱丽丝写一封信。到后来，他渐渐被卷入城市生活的急流里，交了新朋友，在生活中觅到了新的兴趣。在芝加哥租赁的那间屋子里住着几个女子，其中一个引起了他的注意，他就把温斯堡的爱丽丝忘掉了。后来，在一年的岁末，他开始连一封信也不写了，只是偶尔的时候，当他感到孤独，或当他走到某个城市公园，望见月光幽幽地照在一片青草地上，就如当年那个夜晚照在瓦恩河畔草地一般，才记起她来。

在温斯堡，那个当年被人爱过的女孩已经出落为一个大姑娘。在她二十二岁那年，她那以修理马具为生的父亲猝然去世。马具修理匠是一名老兵，去世了几个月后，他的妻子领到了一份抚恤金，用领到的第一笔钱买了一架织布机，做起了编织地毯的生意。爱丽丝到维尼的店里找了一份事做。头两年，爱丽丝说什么也不会相信内德·科里尔最终不会再回到她身边来的。

幸好她有一份工作，在店里，从早至晚整天忙忙碌碌，倒使等待的时间不觉得那样漫长，日子也不那么平淡无味了。她开始攒钱，心想如果能够攒够两三百元，就可以跟着自己心爱的人到城里去了。也许可以去试试，在他的身旁，或许能够重新唤回旧日的温情。

至于在月光下的草地发生的那件事，爱丽丝一点也不怪内德，只觉得要再去嫁给另一个男人是不可能的了。对于她，哪怕动一下这个念头，要把自己交给另外一个男人，也是丑陋不堪的，因为她早就以身相许，将自己委身于内德一人。碰上哪个年轻男子稍稍有意，想引起她一点点注意，她总是漠然置之，丝毫不加理会。"我已经成了他的人了，不管他回来，还是不回来，我都照样是他的人。"

爱丽丝每天早晨从八点到干货店上班，一直工作到晚上六点。除此以外，每周有三个夜晚她七点到干货店，待到九点才离开。光阴渐逝，她也愈来愈孤独，开始养成了那些孤独人才有的习惯。晚上，上楼回自己的房间后，就要跪在地上祈祷，在祷告里轻声倾诉着给心上人听的心里话。她开始养成了爱物癖，她的家具因为是在她的房间里，就连别人摸一摸，碰它们一下她都忍受不了。攒钱起初还有个目标，到后来虽然她已经放弃了哪天会到城里找内德·科里尔的打算，却还是坚持着。她这样做已经成习惯了，即便她需要新衣服的时候也不去为自己花钱购置一件。有时她在店里，正好遇上了雨天，便把银行的小簿子拿出来，打开放在眼前，连续几个小时，让自己做些永远不可能实现的梦——梦想哪天把钱攒够了，单靠利息便已足够维持自己和未来丈夫的生活。

"内德一向喜欢到各地旅游，"她想，"我要给他这个机会。等我们结了婚，总有一天我把我的和他的钱都攒足了，富裕了，就可以一起去环游世界了。"

在干货店里，周变成了月，月变成了年。爱丽丝还在等待，还在做着爱人回来的梦。她那老板是个不苟言笑的老头子，头发灰白，戴着一副假牙，灰色的小胡须盖住了嘴巴。有时碰到下雨天，或在寒冬季节正好美茵街遇上大雪暴，店里连续几个小时没一个顾客，爱丽丝便去整理店里的货物，将一件件待购物品摆过来，再摆过去。站在店铺前面的窗户旁边，望着了无人迹的大街，把和内德·科里尔一起散步的那些夜晚和他说过的话语在心里重温着。"我们现在只能相依为命了"——这是他曾经说过的，这每一个字，此刻都在这日渐丰满成熟的女子心中一遍遍回响。泪水涌进了她的眼眶。有时，老板离开了，剩下她一人在店里，她将头放在柜台上，任凭自己哽咽着哭出声来。"内德，我在等你呢。"她一声声地轻轻呼唤他的名字，不过，在她心底深处，仍然抱着对他永远不会回来的担心，而且这担心在一日一日地不断加深。

当春天到来的时候，雨季刚过，长长的酷暑尚未来临，温斯堡四周的乡村尤其可爱。小镇子坐落在宽阔的平原中间，平原被一片片令人愉悦的林地围绕着，林地的深处隐蔽着许多小小的静谧的角落，到了星期日下午，谈恋爱的人到这些角落来小憩，他们的视线从树干的缝隙中穿过田野，可以望见远处农夫在马厩牛棚旁边干活，马车在公路上来来往往，交错而行。从镇子里传来敲钟的声响。偶尔一辆火车经过，从远处望过去，那火车就像是一辆玩具火车似的。

内德走后那几年，在礼拜天，爱丽丝就再没到过林子里，更没有和其他年轻人一起去，唯独只有那么一回，那是内德走后的第二年或第三年，爱丽丝感到太孤独了，就在衣服里找出来最漂亮的一件，穿上以后走出门外。走到一处既可望见小镇，又可以见得到田野的地方坐了下来。一种对青春消逝的恐惧和无奈抓住了她的心，她无法再坐下去，又站了起来。正当她站在那里往远处眺望着旷野的时候，有个莫名的东西——也许就是那四季的交替所呈现出的生命永不遏止的启示吧——让她不能摆脱对过往岁月的追忆。那一阵惊恐是猛然袭来的，她这时意识到，对于她，青春美丽，少女芳华都已经成为过往的旧事了，永远不会复返。她头一次醒悟过来，发觉自己受了欺骗。她不怪内德·科里尔，可也不知道应该去怪谁。一阵悲怆淹没了她，她想跪下来祈祷，可到了唇边的话语不是祷告，而是抗议。"幸福是不会为我降临的。我永远找不到幸福。我为什么要撒谎，为什么要骗自己呢？"她失声痛哭起来。随之，倒是来了一种平坦的心境，毕竟，她终于鼓起勇气，头一次大胆地去面对那个已经成为她每天生命中的一部分的恐惧了。

在爱丽丝·欣德曼满二十五岁的那年，有两桩事在她平淡无奇的生活中掀起了波澜。一是她的母亲嫁给了温斯堡的马车油漆匠，另一个是爱丽丝成为了温斯堡卫理公教会的成员。爱丽丝加入教会，是因为她在生活中的位置实在太寂寞了，开始让她感觉到惊惶不安，另外，母亲的再婚，更使她的孤独加深了几分。"我变得又老又古板，就算是内德回来，也不会要我的。他住在大城市，人人都那么年轻，当然了，那里热闹，有那么多丰富多彩的节目，也没时间去衰老。"她冷笑了一下，告诉自己。之后，她毫不犹豫地去结识新朋友了。每到星期四晚上，店门一关，她就到教会的地下室参加祈祷团契，周日的晚上，去参加一个叫作爱普威斯联合会的活动。

一次，当教会里的一个人提出要送她回家的时候，爱丽丝没有拒绝他的好意。那人的名字叫威尔·赫尔利，是个中年人，在一个药店里当店员。"当然，我不会让他常来找我，不过，如果他过好久才来找我一次，也应当没什么伤害的。"她对自己说。在她的心里，仍守着对内德·科里尔的一份忠诚。

爱丽丝已经要重新把握自己的命运了，这是她自己也没有意识到的。虽然刚开始时还只是小心翼翼地在尝试着，但信心在不断增强了起来。她在药店店员的身边走着的时候，仍然是默声不响，一言不发，但偶尔在沉闷的脚步声中，在夜幕的遮掩下，会把手伸出来，在他穿着的那件外套的皱褶上轻轻抚摩一下。他把她送到母亲的屋前，在栅栏门口道别的时候，她并没有马上走进屋里，而是在房门的旁边停留了半刻。她想让那药店店员留下来，在屋前幽暗的小阳台上和她一起坐一会，却又怕他误会了自己。"他并不是我想要的，"她告诉自己，"我只是想躲避孤独和寂寞罢了。我要是不注意的话，会成为一个离群索居的人，不知道怎样和人相处的。"

爱丽丝在她二十七岁那年的初秋感到极其的烦躁不安。每当和那药店店员在一起的时候，她就觉得如坐针毡似的难以忍受。晚上他来找她出去散步她也不理睬，叫他走开。脑子里总是塞得满满的，想着很多事情，虽然白天在店里的柜台后面站了好几个钟头，已经疲惫不堪，可是回到家爬上床以后却怎么也睡不着。她睁大了眼睛往黑暗深处凝视，她的想象就像一个稚童刚从长长的睡梦中醒来，在房间里的四周玩着一些小把戏。她的内心深处还保存着一些东西，它们不是可以随意被幻觉哄骗的，也正因为这样，她要在生命中寻得一个明确的答案。

爱丽丝把一个枕头抱在怀里，将它紧紧地贴在胸前。她从床上爬下来，把被子拍打整齐，让它在黑暗中看上去像是有一个人在床上躺着似的，然后在床边跪下，轻抚着它，像在重复唱着一段歌词，悄声细语地一遍遍轻吟着。"为什么生活会是这样无声无息？为什么我孤零零的，被抛弃在这里？"她喃喃地问。虽然有时还会想起内德·科里尔，但已经不像以往那样了，也不再依赖他。她的渴求变得模糊起来。她不再想要内德·科里尔，也不想要别的男人。她只想被人爱着。只需要一个人，一个可以回应她内心越来越强烈的呼唤的人。

后来，在一个下雨的夜晚，爱丽丝经历了一次冒险。那桩事的发生不仅使她倍感惊惧，也让她感到迷茫和惆怅。那天晚上，她九点钟就从店里回家了，到家后发现屋子里空空的，一个人也没有。布什·弥尔顿到镇子里去了，母亲去了邻家串门。爱丽丝上楼回到自己的房间。黑暗中，她把身上穿着的衣服脱了下来。她在窗旁站了片刻，听着雨点敲打着窗玻璃的声音，这时，一个奇异的欲望突然压倒了她。她不假思索，也不知道自己想做什么，径直跑下了楼，穿过熄了灯的黢黑的屋子，跑进外面的雨幕之中。站在屋前的小草坪上，让雨落在她赤裸的身体上，感觉到雨点的冰凉，她突然产生一个疯狂的念头，要赤裸着身体奔跑到大街上。

　　她当时想着的，是那落着的雨点将会在她身上产生怎样美妙和有创造性的效果。多少年了，她还从来没有感到这样充满青春活力，充满勇气。她多想去跳跃、去飞奔、去大声呼叫啊，多想遇到另外一个也同样那么孤独，同样那么寂寞的人，遇到以后给他一个紧紧的拥抱。这时，恰好在屋前铺着砖块的人行道上走着一个人，蹒跚地走在回家的路上。爱丽丝开始跑起来。那时，她完全在受着一种野性般的疯狂所指使。"我不管他是谁。他也是孤独的一个人，我要跑到他那里。"她这么想着。然后，毫不迟疑地，丝毫没有考虑这疯狂举动可能的后果，轻声地喊起来："等一等！"然后把声音再放大了一点，"喂！你别走呀！不管你是谁，一定要等等我！"

　　路上的行人停下了脚步站着，侧着耳朵听那喊声。那是一个老人，耳朵已经有点背了。他将一只手放在嘴边，使劲吆喝了一声，"啥子？说的啥子哩？"他大声喊。

　　爱丽丝一下子栽倒在地上，浑身抖着，一动也不动地躺着。她想起刚才的举动，感到太可怕了，等老人循着老路走了以后还不敢站起来，而是匍匐在草坪上，用双手和双膝爬回到了屋里。回到自己的房间，用门闩将房门扣紧，再把梳妆台顶在房门的后面。她的身子像在打摆子似的抖个不停，两只手不停地哆嗦，费了好大的劲才把睡衣穿上。上了床，她把脸埋在枕头里，伤心地哭出声来。"我到底是怎么了？我如果不小心，会做出可怕的事来的。"她想着，把脸转过来对着墙壁，开始竭力强迫自己勇敢地面对这样一个事实：在这个世上，许多人必须在孤独中活着，也在孤独中死去，即使在温斯堡也不例外。

少年舍伍德·安德森　　　安德森头像

安德森像

安德森像

安德森与人合影

《大西洋》杂志1953年
7月月刊封面刊登的威廉·福
克纳和舍伍德·安德森

《鸡蛋的胜利》，
纽约休博什出版社1921
年出版

《温斯堡小镇》的一个版本

安德森摄于书房

安德森像

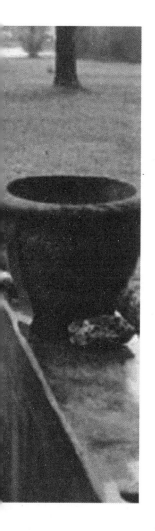

本书初版时，作者绘制的地图

值得尊敬的人

如果您也曾经在大城市住过，曾经在夏日的午后到城里的公园散步，那么您也许会见过一只猿猴类的巨型动物，它长得不仅仅丑陋，还怪异得不得了，眼睛下面耷拉着难看的光秃秃的皮肤，腹部有一块鲜艳的紫色斑痣，蹲在一个铁笼子的角落里，对着游人眨巴着两只眼睛。这只猿猴是个十足的怪物，因为它实在是太丑了，反倒有了一种反常的美。幼稚的孩子在笼子前面走过都被它的模样吸引住了，停下来围观。在这种情况下，一般男士往往都会扭身走开，脸上带着厌恶的表情，只有一些女士们还在旁边流连，像是要努力回忆在认识的男性熟人当中，哪一个也和那笼子里的怪物多多少少有点相仿。

如果您在年轻时也曾在温斯堡这个小镇子生活过，那么，笼子里的那只怪兽对于你来说就一定不是一个什么神秘的东西。"它长得真像沃什·威廉斯。"您一定会这么说，"瞧它坐在角落的那个样子，这怪物跟那老沃什在夏天的夜里关了办公室的门以后，在车站大院的草坪上坐着的时候没什么两样。"

沃什·威廉斯是温斯堡发电报所的发报员，也是这个镇子里最丑的一个东西。他的腰又肥又粗，脖子细细的，两条腿虚弱得就跟站不稳似的。他龌龊不堪，浑身上下没有一处不是脏兮兮的，就连眼白的地方也像是沾了泥垢。

哦，我说得大概太快了一点，其实，在沃什的身上，还不是所有一切都是脏的。他的那两只手就受到他的仔细保养。那些手指虽然粗胖，却有着一种敏感美好的姿态，尤其是当那手摆在电报所桌上的发报机旁边的时候。在沃什·威廉斯年轻的时候，曾被誉为全州的发报第一高手，后来虽然被降职，调到了这偏僻的温斯堡的发报所，他仍然为他的能力感到自豪。

虽说沃什·威廉斯在这个镇子里住着，他却从来不和镇子上的人来往。"我不愿意和他们打交道。"他边说，边用浑浊的眼睛打量着经过发报所门前到火车站的行人。到了晚上，他到美茵街北边的埃德·格里夫斯的酒吧喝啤酒，他有着惊人的海量，灌下去不知多少杯啤酒以后，才东倒西歪地回新维拉德旅店自己的房间去睡觉。

沃什·威廉斯是个有勇气的男人。他有过一个经历，那个经历使他憎恶生命，而且是像一个诗人那样义无反顾地、彻底地憎恶。不过，最令他憎恶的，还是女人——"母狗"，这是他对她们的称呼。他对男人的态度略略不同，他对他们的评价只有这两个字：可怜。"男人，有哪个男人不是让一只母狗来掌握生命的？"他问，"不是让这只母狗，就是让那只母狗指使就是了！"

　　在温斯堡，沃什·威廉斯是个不引人注目的人——没有谁会去注意他，也没有谁会去注意他厌恶他的同类这一事实。一次，镇子里银行家的太太华特夫人向电报公司抱怨温斯堡的电报发报所肮脏不堪，气味难闻，可她的信却石沉大海，一直没有回音。左邻右舍总有那么一两个对他怀着敬意的人，似乎他们出于本能，能够感觉到在他身上的一股切齿的反感，而那个反感，他们是没有勇气表示出来的。沃什在街上走过的时候，常有人不自觉地就把手举起来，朝他提提帽子，弯腰鞠躬，以表示对他的尊重。就连负责温斯堡这一带铁路电报系统的总管也抱着同样的态度。当年，他把沃什放在温斯堡这个偏僻的发报所，就是为了避免解雇他，而且要让他在这里一直待下去。他接到银行家太太的那封投诉信以后马上就把它撕掉了，事过之后，只是不快地一笑而已。也不知道是为什么，在他撕信的时候，脑子里想起了自己的妻子。

　　而沃什·威廉斯呢，他也曾经有过妻子的，那时他还年轻，在俄亥俄的代顿市娶了一个女子。那女子金发碧眼，身体苗条修长，沃什那时也是一个英俊青年，对那女人全心全意地爱着，他对她爱得专注和彻底，和他以后对于所有女人的憎恶，完全是成正比的。

　　沃什·威廉斯的故事，在整个温斯堡只有一个人知道，只有一个人知道他的相貌和性格是怎样变得这样丑陋的。沃什曾经把他的故事告诉给乔治·维拉德听。至于当时是怎样说起来的，那前后的经过大致如此：

　　有一天晚上，乔治·维拉德找贝尔·卡宾特出去散步。贝尔在凯特·麦克女帽店上班，替顾客修理各种帽子。其实小伙子并没有爱上她，而且贝尔也已经有一个追求者，那个追求者是艾迪·格里菲斯酒吧的调酒师。不过，那天晚上他们在树荫下漫步的时候，或许是夜晚的气氛，或许是他们内心的情绪所使，总之，这两个人春心荡漾，时而相互依偎，时而拥抱起来。他们走回美茵街时经过铁路车站边的那块小草坪，望见沃什·威廉斯在一棵大树底下躺着，看上去已经在草地上睡着了。第二天晚上，电报所的发报员和乔治·维拉德一道出去散步。他们沿着铁路一直往下走，找到一堆发朽的铁路枕木，在枕木上面坐了下来。发报员就是在那时将他的那个关于憎恶的故事告诉给年轻的记者听的。

　　其实，算起来至少也有十多次了，乔治·维拉德在这之前差点就和这体态臃肿的怪物搭上话的。这怪物就住在他父亲的旅店里，每当见到他那张丑陋可怕而又猥琐的面孔，一双眼睛朝旅店餐厅的四周盯着，年轻人便产生一股抑制不住的好奇心。看得出来那双凝视的眼睛对他有着某种暗示，它们默默地告诉他，他虽然与别人无话可谈，却有话要跟他讲。在这夏日的夜晚，他坐在铁路旁的枕木堆上，充满期待。当那电报发报员一言不发，保持着沉默，像是想改变主意不再讲话的时候，他主动开了个话头。"威廉斯先生，您以前结过婚吗？"他先说了一句，"我猜您一定结过婚，您的夫人过世了，是不是？"

　　从沃什·威廉斯的口里，哗的一下喷出了一嘴粗言。"没错，她死了，"他给了一个肯定的回答，"她死了，就像所有女人都死了一样。她是一具行尸走肉，做出个走路的姿势给男人看，让十里街坊都闻得到那腐烂的臭味。"他的两只眼睛直视着年轻人，一张脸被愤怒挤成了酱紫色。"你别在脑子里打什么蠢主意，"他的口气里带着威严，"我的老婆，她是死了，一点也没错。告诉你，所有的女人都死了，我母亲，你母亲，那个在女帽店里做事的高个子黑皮肤的女人，就是昨天看见的，你和她一道散步的那个女人——所有的女人，她们全都死掉了。告诉你，在她们身体里面，有些东西是烂透了的。是的，没错，我以前结过婚。我老婆在结婚之前就已经死了。她是个烂货，从另外一个女人身体里面生出来的，烂上加烂。她到这个世上，就是要来让我的日子不好过的。我那时是个傻子，你看到了吧，我那时就像你现在一样，所以我才娶了她。我希望男人开始懂得一点女人。她们来到这个世上就是要阻止男人过好日子的。这是大自然耍的一个花招。恶心！她们——还有她们柔软的手，碧蓝的眼睛——不过是些在地上蠕动的爬行物罢了！我只要看见女人就难受。我不知道我为什么没有将所有女人都杀掉。"

乔治·维拉德看见那丑陋的老头眼睛闪着亮光，既感到害怕，又忍不住地好奇起来。天已经黑了，他往前倾斜着身体，竭力想端详讲话人的面孔。夜色愈来愈浓，那张紫酱色发涨的脸和喷着怒火的眼睛已经无法看清楚，在乔治的眼前，出现了一个奇异的幻觉。沃什·威廉斯的声音低沉平缓，使他的故事愈发令人惊悚。黑暗中，年轻的报社记者觉得仿佛是和一个英俊青年一起坐在枕木上，那英俊青年长着浓黑的头发，一双乌黑明亮的眼睛。当沃什·威廉斯将那个关于憎恶的故事徐徐道来的时候，他的话音，几乎可以说是带着几分美丽。

温斯堡的电报发报员坐在黑暗中的铁道枕木上，霎时间，他变成了一位诗人。"我是因为见到了你和那个贝尔·卡宾特接吻，才要把我的故事讲给你听的。"他说道，"在我身上发生的事，没准下次会发生在你的身上，所以我要你小心一点，慎重一点。也许你的脑子已经在做梦了。我要把那些梦毁掉。"

沃什·威廉斯开始叙述起他的那段婚姻故事。他以前在俄亥俄的代顿市当电报收发员，太太是一个金发碧眼、个子高挑的姑娘。他的故事被一些美好的回忆点缀着，但在那同时也穿插着丑恶和厄运。电报收发员娶的是位牙医的女儿，她是家中三个女孩中最年幼的一个。结婚那天，他因为工作优秀被提职升为调度员，加了薪水，调到俄亥俄的哥伦布办事处工作。他和年轻的太太在那里开始安家置业，用分期贷款的方式买了一套房子。

那时，年轻的电报收发员完全沉浸在爱河当中。他在年轻时，不知经历过多少次诱惑，每次都以宗教信仰般的狂热抵制住了，一直到结婚还保持着童贞。他给乔治·维拉德描绘了一幅他和年轻太太在俄亥俄哥伦布的房子里生活的景象："我们家屋后有个小菜园，我们在菜园子里种了好些蔬菜，"他说道，"就是那些青豆、玉米什么的。我们在三月初搬到哥伦布，天气刚刚转暖，我马上就到院子里开始干活了。我拿着铁锹把黑色的土翻起来，她呢，装着怕从泥里翻出来的蚯蚓，跳来跳去地，咯咯地直笑。到了四月底就该撒种啦，她手里拿着装着种子的小纸袋，站在苗圃旁的土垄上。纸袋里面装得满满的，全是种子，她每次递给我几粒，我就把种子埋进温暖松软的泥里。"

在黑暗中讲着话的那个人好像嗓子被东西哽住了，停顿了一会。"我那时爱着她，"他说，"我没有说我不是个傻子。我现在也还爱着她。春天的晚上，在黄昏的暮色里，在黑色的土地上，我爬到她脚下，匍匐在她跟前，吻她的鞋子，吻她鞋子上面露出的脚踝。她石榴裙的皱褶蹭在我的脸上，给我浑身带来一阵战栗。这样的日子过了两年，我发现她在这期间竟然有过三个情人，他们在我上班的时候按时到我们家里来。知道了以后，我没有要去找那些人算账，也不要再碰她一下。我把她直接送回她的娘家去了，什么话也没说。没有什么好说的。银行里存了四百元，把钱全都给她了。也没有问她到底是为什么。什么话也没有说。她走了以后，我像个傻男孩子似的哭了半天。后来有了个机会，很快就把房子卖掉了，卖得的钱，全都寄给了她。"

沃什·威廉斯和乔治·维拉德从那一堆铁路枕木上站起来，沿着铁路轨道朝着镇子的方向往回走。电报收发员有点喘不过气来的样子，急急忙忙地结束了他的故事。

"后来她的母亲来找我过去。"他说，"她给我写了一封信，要我到代顿，到他们的家里。我到的时候，已经是晚上，大概也就是现在这个时间。"

沃什·威廉斯的声音升到像几乎是在嘶喊的高度。"我在她家的客厅坐着，坐了两个小时。是她母亲把我带到那儿，然后把我扔在那儿一个人待着的。他们家是人们所说的名流绅士，受人尊重，他们住的屋子也很时髦。我那时浑身都在颤抖，心里恨透了那些损坏她的名誉的人。我对一个人的寂寞生活已经感到厌倦，希望她和我重归于好。等待的时间越久，我就越是感到温柔和热切。我想，如果她在这时走进来，只消用手轻轻地碰我一下，我都会晕倒过去的。我满心期待着要去原谅，要去忘却，那热切的愿望使我感到痛苦。"

　　沃什·威廉斯停下了脚步站着，两眼对着乔治凝视。男孩好像着凉了似的感到身体在颤抖。沃什的嗓门压低了一点，声音带着一丝柔和。"她走进房间来了。她的全身赤裸裸的，什么衣服也没有穿。"他继续说，"都是她母亲干的。我坐在那儿等着的时候，她就在给那姑娘脱衣服，也许在哄着她，逼着她，非让她这样做不可。刚开始，从通往小走廊的那扇门的门外传进来一点轻微的动静，然后门轻轻地开了。女孩一动不动，害羞地站在那里，垂下眼睛盯着地面。那个当妈的没有走进来。她将女儿一把推进房门里面，自己站在走廊外面等着，希望我们会——唉，你知道那个意思——就在那儿等着。"

　　乔治·维拉德和电报收发员已经走到了温斯堡的美茵街。店铺的灯光从窗口射出来，把人行道照得明亮闪光。到处有人在走动，聊天说话中夹杂着欢声笑语。青年记者突然觉得肚子一阵子难受，身体也有点要虚脱的感觉。想象中，他也变成了一个体态臃肿的老头子。"我没有杀死她母亲，"沃什·威廉斯说道，一边用眼睛上下打量着美茵街，"我才用凳子砸了她一下，邻居就马上赶来，把凳子抢走了。你知道吧，她大声叫喊的那个嗓门就像杀猪似的。现在，我也不再有机会杀她了。那件事发生一个月之后，她就发高烧死了。"

沉思者

　　温斯堡的塞斯·里斯满和他母亲住的那栋房子，以前曾被这座小镇子引以为荣的，但是到了年轻的塞斯住的时候，它的光辉已经暗淡了下来。七叶树大街上银行家怀特家的砖房，早已将这栋老屋置于它的阴影之下。里斯满大院坐落在长长的美茵街街头那一块洼地上。农人进城的时候大都是驾着马车，沿着尘土飞扬的公路自南而上，经过一片核桃林，经过高高的、盖满了广告的栅栏和栅栏后面的集市，穿过洼地，最后必须从里斯满大院的门前面经过，才算是进了镇子。温斯堡郊外南部和北部的农村都以种植果树和草莓为主，塞斯见过那些载满了采摘草莓工人的马车，那些打短工的人里面有男孩，有女孩，还有妇女，一早就出发了，在地里干活，干到晚上才一身尘土地回家。马车里面喧闹嘈杂，人们大声地聊天说话，开着粗鲁的玩笑，塞斯听了以后心里郁闷得很。他恨自己无法像他们那样大声喧闹，开些无聊的玩笑；在公路上那没有止境的来来回回流动着的、嬉笑着的队伍里，恨自己无法融于其中，成为其中一员。

里氏大院是一栋用白石灰石盖起来的房子，虽说镇子上的人们觉得它已经有颓残的迹象，其实，随着年月的消逝，它是愈发显得好看了的。岁月时光在屋子的表层轻轻镀上了一层丰满的金黄色，在夜晚，或在阴雨天里，那些凹陷的地方则像流水线条似的，被抹上一些棕褐色或是黑色的弯弯曲曲的斑块。

里氏大院是塞斯的祖父盖起来的，他是个石场的场主，过世的时候把这栋房子，还有镇子以北十八里外伊利湖边上那座石场都留给了他的儿子。克拉伦斯·里斯满是塞斯的父亲，他是个热情却不多言语的人，备受邻舍的尊敬。他死在一次街头枪战中，是托莱多一家报纸的编辑开枪把他打死的。当时他正和报纸编辑闹纠纷，因为报纸登了一篇文章，把他和一个女教师扯在了一起。由于这场角斗是由死者先挑起的，他先朝编辑开了一枪，所以后来虽然有人作过努力，要惩罚杀人犯，却都没有成功。石场场主死了以后，人们发现他得到的那笔遗产，都拿来做投资和证券买卖了，而且都是在周围朋友的影响下做的，并没有保险，大部分遗产早已丢失殆尽了。

结果，维吉尼亚·里斯满只能靠着一份微薄的收入在镇子里过着退休的生活，全职专心抚养儿子。原来的一家之长——她的丈夫，儿子的父亲——的突然去世，对于她是个极大的冲击，但对于那些有关他的流言蜚语，她是一个字也不信的。在她心里，她觉得那个敏感而略带男孩气的，大家都没法不喜欢的人实在太不幸运。他太优雅，太高尚，无法容忍这世俗的生活。"你以后会听到各种各样不同的传说，但你不能相信你耳朵听到的，"她告诉儿子，"他是一个好人，对谁都一样温柔善良，从来不去惹事。不管我现在如何为你的将来做计划，不管我有什么样的梦想，没有什么能比成为像你父亲那样一个好人更好的了。"

丈夫死后过了几年，家里开始逐渐入不敷出，维吉尼亚开始警觉到要赶紧找到提高收入的办法。她以前学过速记，就通过丈夫老朋友的关系在县政府法院找了一份速记员的工作。逢到法院开庭的日子她一早乘火车去上班，法院不开庭的日子，就在家里拾掇院里的玫瑰花园。维吉尼亚的相貌平凡，但她身材高挑，腰杆也挺得很直，头上顶着厚厚的一大团棕褐色的头发。

塞斯·里斯满有着一个独特的性格，这个性格从他与他的母亲的关系中便可以察觉出来。虽然他只有十八岁，可是和他打过交道的人都多多少少会受到他一些影响。就连他母亲也对他抱着一种尊重的态度，那尊重的程度几乎可以说是不健康的；只要他在跟前，大多数的时间她都保持着沉默。她跟他说话时如果声音带着严厉的口吻，他只消用沉稳的目光直视她的眼睛，她的眼睛就马上浮现出茫然不知所措的神情。他注意到当他在望着其他人的时候，在他们眼中见到的也同样是一种茫然不知所措的神情。

事实上，那是因为儿子懂得如何清晰地思考问题，而母亲却不懂。她还以为不管谁都一样，都该照着传统的老一套去做。如果那男孩是你的儿子，你训斥他的时候，他就该全身发抖地把眼睛低下来看着地面。等到把他训够了，他抹着眼泪哭起来，一切就都得到原谅了。等儿子哭过之后上了床，你再蹑手蹑脚地走进他的房间，去亲亲他的前额。

维吉尼亚·里斯满怎么也无法理解为什么自己的儿子就不会这样做。把他训斥得再严厉他也从不发抖，眼睛也从来不盯在地上，而是不动声色地，直直地注视着她。他的那个样子倒让她感到不自然、让她怀疑起自己来了。至于把他责备一顿之后再蹑手蹑脚地走进他的房间——这样的事，在儿子过了十五岁生日以后，她哪怕是壮起了胆子，也不太敢那样做了。

塞斯还是个十六岁的男孩的时候，曾经和两个男孩一起从家里出逃过。三个男孩爬进一节敞开门的货车车厢，搭了一个顺班车走了四十里路，到一个镇子去看集会。其中一个男孩带了一瓶掺了威士忌的黑莓酒，三个人把腿耷拉着在车厢门边上坐着，嘴对着瓶口，往肚里大口地灌酒。他的那两个小伙伴一路哼着小曲，火车每经过一个小镇，就扬起手朝站台上的人打招呼。他们计划好了，一到集市就去偷那些携带家属来赶集的农夫的蔬果篮。"我们要过国王那样的生活，用不着花一分钱，也可以看集市和赛马表演。"他们吹牛的时候口气大得很。

维吉尼亚发现塞斯失踪以后，一直在屋里来来回回地走，心里隐隐约约地感到一阵阵不安。第二天马上通过镇子里的执法官派人四处打听他的下落，虽然后来得知几个男孩干的冒险事，内心依然不能平息。她整晚不能入眠，躺在床上，听着时钟在耳边嘀嘀嗒嗒地响，告诉她塞斯也将和他父亲那样遭遇血光之灾，死于非命。她下了决心，这次一定要让儿子知道她多么恼火。虽然没请执法官出面阻止儿子的冒险，但她找来纸笔，把准备严厉教训儿子的长篇训词一一写了下来，然后，像演员记台词似的，在家里的院子大声背诵，把准备给儿子的家训一条条全都牢记在心里。

周末，终于把塞斯等回家了，可是，看见他眼圈和耳根都蒙着一层煤灰，看上去一脸的疲惫，维吉尼亚又不忍心责备他了。进门以后，塞斯先把帽子挂在靠厨房门边墙壁的钉子上，然后站定，眼睛直视着他的母亲。"我离开以后，还不到一个小时就想掉转头了，"他解释说，"我也不知道该怎么办才好。我知道您会生气的，可是我也知道，如果我开了个头，又不知怎样去收尾，岂不是太丢人了吗？我这次出去，是想开开眼界。那一路其实挺不好受的，我们睡在潮湿的麦秆上，还有两个醉醺醺的黑人跑过来，要和我们挤着一起睡。我从一个农夫的马车里偷了个午饭篮子，但还是忍不住想着他那些要饿一天肚子的小孩。这事从开始到最后我都觉得难受极了，不过我还是咬着牙坚持下来，要等其他那两个男孩子回来我才回来。"

"你坚持了下来，我也高兴。"他的母亲答道，但心里有些反感。她亲了一下儿子的额头，假装忙着要做家务，走开了。

夏天的一个傍晚，塞斯·里斯满到新维拉德旅店来找他的朋友乔治·维拉德。早些时候刚刚下过一场雨，他走到美茵街的时候，天开始放晴了，一道金光照亮了西边的天空。他在街角拐了一个弯，走进旅店的大门后从楼梯拾级而上，朝他朋友的房间走去。在旅店的办公室里，旅店老板正在和两个寄宿的旅客议论着当下的时事。

塞斯在楼梯停下脚步，听了听从楼下传来的几个人谈话的声音。他们讲话的速度很快，正谈得起劲。汤姆·维拉德在教训那两位旅客："我是个民主党党员，你们说的话让我倒胃口！麦金尼·麦金尼和马克·汉纳两人是好友，这点你们根本不晓得。也许对你们来说这是不可思议的，因为你们根本无法理解。如果有人告诉你们友谊要比金钱更有深度、力度、价值，甚至比一国的政治还更有意义的话，你们大概会不以为然，觉得这样的说法好笑吧。"

两名旅客中留灰色小胡须的高个子——他是一家果蔬批发店的店员——打断了房东的话。"你以为我在克利夫兰住了这么多年全都白住了，连马克·汉纳是谁也不知道吗？"他的话语咄咄逼人，"你刚才说的全是些蠢话。汉纳的眼里只有钞票，没别的。那个麦金尼不过是他的工具罢了，他把麦金尼蒙骗了，你可别忘了这一点。"

小伙子没有在楼梯上继续停留等他们议论结束，上了楼，朝黑暗中的走廊走去。办公室几个人的聊天引起了他一串联想。他是孤独的，而且也开始意识到孤独是他性格的一部分，孤独将会伴随他的一生。他走到楼侧的廊道在窗边站下，朝窗外的一条小巷子望去。小镇面包师阿布纳·格罗夫正站在面包店的后门，一双充满血丝的眼睛打量着小巷的四周，店里不知什么人喊了他一声，他佯装没听见，没有答理。面包师的手里拿着一只空奶瓶，两只眼睛喷着怒火。

在温斯堡，人人都说塞斯·里斯满是一个有内涵的人。"他很像他的父亲，"他在街上走过的时候，旁人都这么说，"总有一天他会冒尖，要出人头地的，你们等着瞧好了。"

镇子上人们对他的评论，还有大人小孩都自动朝他尊重地打招呼这一现象——就像他们尊敬地向所有沉默的人打招呼一样——不仅影响了塞斯对于人生的看法，也影响了他对自己的看法。人们常常低估了大多数男孩——塞斯也是其中的一个——成熟的程度，不过，塞斯也并非真正像镇子的人们，包括他母亲，心目中想象的那样。他平素的沉默，不过是个习惯罢了，在这沉默里面并没有什么特别的意义；另外，对于自己的命运，他也没有做过具体的计划。和他一起玩耍的男孩都喜欢喧闹争吵，他常常站在一边，静静地旁观。他用平静的目光来观看他的玩伴们生动活跃的动作，至于正在发生着什么事情，他其实并不那么在意，有时甚至怀疑自己是否会对任何事情产生哪怕是一丁点的兴趣来。此刻，他站在有点晦暗的窗棂的一侧，望着窗外的面包师，他希望有什么东西——哪怕是格罗夫面包师那众所周知的阴沉的脾气——能够把他刺激一下子。"要是我也能够激动起来，可以像那个口若悬河的汤姆·维拉德一样去抨击时事就好了。"他想着。他从窗口走回廊道，沿着廊道朝他的朋友乔治·维拉德住的房间走去。

乔治·维拉德的年龄要比塞斯·里斯满大一些，但是两人之间那不寻常的友谊却是乔治主动建立的，年轻点的男孩倒是被动的一方。乔治工作的报社有个规定，凡是新闻报道，都必须尽量将名字实报出来，镇子里居民的名字，能写出越多越好。乔治就像一条兴奋的猎犬似的整天到处跑来跑去，在他的记事簿里记下谁到了郡政府处理公事，谁去了邻村造访，刚刚回到镇子来。他一天到晚不停地在做笔记，把些琐碎的事件在记事簿上记下来。"阿·泊·瑞利特刚刚收到一批草帽运货。上周五埃德·拜耳伯南和汤姆·马沙去了一趟克里兰。汤姆·斯宁斯大叔在他溪谷街的住家建一座新谷仓，刚开始动工。"

在温斯堡，大家都有着这么一个印象，认为乔治·维拉德早晚会成为一名作家，也正因为这一点，他在镇子里享有一定的尊敬。乔治见了塞斯·里斯满，总喜欢把这事提起来，挂在嘴边。"在所有生计当中，这个职业应该是最简单的一种，"他的口气很肯定，开始变得激动起来，口气也变大了，"不管你到哪儿，没有谁在旁边指手画脚地要管着你。就算你到了印度，或是划着一条小船在南海飘荡，只要手里有一支笔，在纸头上写一篇文章，你的工作就算是完成了。你等着吧，等着读我的名字，白纸黑字地印在纸上，那时候，你就知道我的日子过得多惬意了。"

塞斯·里斯满坐在乔治·维拉德房间的一张椅子上，眼睛盯着地板。他的房间有一扇窗户，从窗户可以望见外面的一条小巷子，从另外一扇窗户可以望见外面有几排铁路轨道，以及火车站对面的比弗·卡特午餐厅。乔治对塞斯的到来热情地欢迎，这时候他在这房间已经闲坐了个把小时，手里一直在无聊地玩弄着一根铅笔。"我想写一个爱情故事。"他解释着说，一边不太自然地笑了笑。他点燃了一只烟斗，开始在房间来来回回地走。"我知道我现在该做什么。我要陷入一个情网。我一直坐在这里反复琢磨，现在要开始行动啦。"

说完了他又似乎觉得有点尴尬，走到窗户旁边，背对着朋友把身体俯侧着探出窗外。"我知道我要爱上的那个人是谁，"他突如其来地说了一句，"是海伦·怀特。在这个镇子里，她是唯一醒目的女孩子。"

乔治忽然想到一个主意，转身迎面走到他客人的面前。"听着，"他说，"你比我更熟悉海伦·怀特。我要你到她那里去一趟，把我刚才说的话告诉她。先和她聊聊，然后就说我已经爱上她了。听听她知道了以后说些什么。看她有什么反应，然后回来告诉我。"

塞斯站起来，朝房间门口走去。同伴的这番话令他不堪忍受。"嗨，再见。"他简单地说了一声。

乔治吃了一惊，感到莫名不解。他一个箭步冲上去，在昏暗中站着，竭力要端详塞斯的脸。"怎么回事？你想干什么？再坐一会，咱们好好谈谈。"他恳求地说。

一阵厌恶涌上来——对他朋友的厌恶，对镇子上那些在他眼里永远在喋喋不休说空话的人的厌恶，但更多的是对自己沉默这一习惯的厌恶——所有的这些厌恶，全都汇集在了一起，让塞斯透不过气来，简直无法忍受。"讨厌，你自己找她谈去吧。"他冲口而出地说了一句，随后砰的一声，在朋友的面前将门重重关上，匆忙走出门外。"我这就去找海伦·怀特聊聊，但不是去说他的事。"他喃喃地对自己说。

塞斯从楼梯走下去，出了旅店大门，边走，边气恼地咕哝着。穿过一条铺满尘灰的小街，爬过矮矮的铁栏杆，走到车站大院的草坪才坐了下来。乔治·维拉德是个绝顶的大蠢货！他真想大声有力地喊出来。是的，没错，塞斯认识银行家的女儿海伦·怀特；虽然两人表面只是普通朋友的关系，但因为心里常常想着她，总觉得她对于他来说有着一种特殊的、亲密的意味。"那个蠢货，忙叨叨的，要写他的那些爱情故事，"他喃喃地说了一句，扭过头朝身后的乔治·维拉德的房间望了一眼，"他是怎么搞的，总是说个没完，也不觉得累。"

温斯堡在这时正当草莓收成季节，火车站一条边轨上停着两节快车车厢，一些大人和小孩正把一箱箱芳香鲜红的草莓往车厢里搬。四周的街灯尚未点燃，虽然西边的天空看上去像要有一场暴雨即将来临，但六月的一弯明月还仍然高挂在夜空。月色朦胧之中，依稀能看见有人站在快车车厢里，有人在把草莓箱子传递到车厢门口，还有些人坐在保护草坪的铁栏杆上。烟斗点燃了，人们彼此打着诨，开着玩笑。远处传来一声火车长鸣，车厢里的人又开始继续传递起草莓箱子。

塞斯从草坪站起来，默默地从坐在栏杆上的几个人面前走过，来到美茵街。他做出了一个决定。"我要离开这里，"他告诉自己，"待在这儿有什么意思呢？我要到大城市找一份工作。明天就去告诉母亲。"

塞斯·里斯满沿着美茵街慢慢走着，经过瓦克尔烟草店和小镇政府厅以后，来到七叶树街。想起这小镇子里的种种活动他还从未参加过，不免感到有点沮丧，不过这沮丧并没有给他带来疚愧或者不安，因为那不是他的过错，不是由于他做了什么错事造成的。在惠灵医师的诊所前他停下了脚步，站在一棵大树的浓荫下看着特基·斯莫莱特在路上推一辆独轮手推车。这个有点痴呆的老头子有着一个完全是男孩似的思维。他的小车装着十多根木条，他虽然走得飞快，木板车上的木条还是平平稳稳的。"唉，悠着点，特基！老头，稳着点！"老汉对自己大声叫着，垒起的木条在他的笑声中颤悠着，晃晃荡荡，仿佛马上就要垮下来。

塞斯认识特基·斯莫莱特，他是一个老砍柴工，举止怪异，让人多多少少感到有点危险，但也给温斯堡这小镇的生活增添了不少的色彩。塞斯知道，只要特基一走到美茵街，街上就像刮起一阵旋风似的，响起一阵叫喊声和议论声，而这个旋风的中心和人们议论的焦点就是这个老头子。老头子特地绕了一个大圈子，取道美茵街，显示他用独轮车运木条的技术。"要是乔治·维拉德在这儿，准又有话可说了，"塞斯想，"乔治是这个小镇子的人。他肯定会朝特基大声叫喊，特基也会和他对喊。他们都会暗自欣赏他们自己说的话。我和他们不同。我不属于这个地方。我不必到处和人说我的打算，但我是一定要离开这儿的。"

塞斯在一片昏暗中蹒跚地往前走着，他住在家乡的小镇，倒感觉像是个外乡人似的。可他马上又意识到这样的自怜有点荒诞，不觉笑了起来。最后，他给自己一个判断，他只不过因为过早成熟罢了，不该是一个自怜的对象。"我生来就是一个干活的人。我只要扎实地工作，也许就能在社会上给自己找到一个位置。倒不如现在就开始努力。"

塞斯走到银行家怀特的房子，在幽暗的大门停下脚步。她家的大门上有一个铜扣环，这个铜扣环是海伦·怀特的母亲带给镇子的一项新发明（除了这项发明以外，在镇子上她还组织了一个妇女诗歌俱乐部）。塞斯把扣环提起再松手放开，它垂落时砰的一下，发出沉重的声音，听上去就像是远方的一声枪响，一个警醒人们的信号。"我真傻，我这样做太尴尬了，"他想，"如果怀特太太来开门，不知道该说什么好呢。"

开门的是海伦·怀特。看见塞斯在门前阳台的边上站着，她脸上立即浮起一阵喜悦的红晕，朝前迈了一步，在身后轻轻地掩上了门。"我要离开这个小镇。我也不知道要去做什么，但我是肯定要离开这里的，去找一份事做。我想也许我会去哥伦布市。"他说，"也许我在那儿上州立大学。不管怎么说，我要离开就是了。我今晚就告诉母亲。"他迟疑了一下，朝四周望了望，犹豫地问："你愿意和我一起去散散步吗？"

塞斯和海伦沿着大街，在一排树下走着。月亮被几朵浓浓的乌云遮住了，暮色深沉中，依稀可以看见一个人正扛着矮梯，脚步匆匆地走到街道的交叉口，把梯子架在木头电灯杆上，从梯子爬上去把街灯点燃。镇子里的那一盏盏街灯就是这样点亮的。灯下的一片被路灯照明了，但相比之下，树枝底下的暗影却显得愈加深沉，脚下的路也变得一半明亮，一半黝黑。一阵风吹过树梢，惊醒了熟睡的小鸟，它们绕着大树咻咻地飞着。两只蝙蝠在一盏路灯的光圈里来回盘旋着，追逐着一群黄昏时分才出来的蝇虫。

自打塞斯还是一个穿齐膝短裤的小男孩时起，他就和这个少女有着一种心照不宣、没有捅穿过的亲密关系，但和她一道出来散步，这还是头一回。有段时间她痴迷地给塞斯写了不少纸条短信，那些小纸条有时夹在塞斯课本的书页里，有时候她派街上的小童交给他。有些信是由镇上的邮递员送到他家里去的。

那些短信写在银行经理太太的信笺上，潦草的铅笔字迹出自一只男孩子般的，圆圆的小手。字里行间流露出读过小说以后被烧燃起的火焰般的热情。塞斯一次也没有回复过那些纸条，尽管里面有些话让他感动和受宠若惊。当他把小纸条揣在外衣的口袋内在街上走着，或者在学校围墙旁边站着的时候，可以感觉身边有什么东西在燃烧着。镇子里最富裕、最迷人的姑娘居然看上了他，他的感觉是好的。

走到一道栅栏边，海伦和塞斯停了下来。离栅栏不远的地方有一座矮建筑物，建筑物的正门对着大街，里面一片漆黑。那建筑物以前是一家工厂，专门制做酒桶的窄木条，现在里面全都搬空了。马路对面有一座小房子，房子前门的阳台上，一对男女正在聊天，捡拾着他们幼时的往事，他们对话的一字一句都清晰地传到了尴尬的年轻小伙子和少女的耳畔。从那里传来一阵挪动椅子的声音，那一对男女顺着碎石子路走下来，男子在栏栅门外停下，俯身给了那女子一个吻。"为了旧日的情意。"他说完，一个转身，沿着人行道匆匆走远了。

"那是贝尔·特耐，"海伦轻轻地说了一句，大着胆子把手放在塞斯的手掌里，"不知道她还有个男朋友，还以为她年龄太大了呢。"塞斯不太自然地笑了笑。女孩子的手暖暖的，一股陌生、令人眩晕的感觉悄悄涌了上来。他忽然想把一件他原来不想让她知道的事情告诉她。"乔治·维拉德爱上你了。"他说。虽然心里不高兴，还是把嗓门压低，声音平静地对她说："他在构思一个故事，想知道谈恋爱的感觉，所以也想谈谈恋爱。他让我把这话带给你，看你有什么反应。"

海伦和塞斯又继续默默地往前走。走到了老里斯满大院外面的花园，穿过灌木围篱中间的一条小径，在一棵小树下的木凳上坐了下来。

在街上走着，旁边有一位姑娘伴随着的时候，塞斯脑子里忽然产生一个新的、大胆的想法。他开始后悔离开小镇的决定。"留在这里，常常和海伦·怀特一起散散步，不也是一件挺新鲜愉快的事吗？"他这么想。想象之中，可以看见自己的手臂揽着她的腰，感觉她的手臂紧紧抱着他的脖子。他想象出一些场景和地点，把它们奇异地拼凑在一起，其中一个是他和这个姑娘正在做爱，他把地点联系到几天前才到过的一个地方。那天，他去一个农夫家办事，农夫家在农贸市场对面小山腰上，回来的时候循着一条横穿田野的小径走到山脚。在一棵梧桐树下听到耳旁一阵嗡嗡的声音。有那么一瞬间，他猜想这棵树准是这群蜜蜂的家了。

然后，定眼往下看，发现蜜蜂就在身旁高高的野草上面飞着。他站在齐腰深的草地里，野草开着紫色的小花，漫山遍野，散发着令人眩晕的芬芳。一群群蜜蜂在小紫花上辛勤地采集着蜜糖，边劳动边哼着歌曲。

想象中，一个仲夏夜，自己就在那棵大树下，被淹没在高高的草丛里。在那幅幻想的图景里，海伦·怀特在他身边躺着，小手轻轻地放在他的手上。莫名的迟疑阻止了他要吻她的欲望，不过他想，如果他要的话，也完全可以去吻她的。但他没有，只是静静地躺着，望着她，听着头顶飞着的蜜蜂娴熟地哼着一支永不停息的赞颂劳作的曲子。

塞斯坐在公园长凳上的身体不安地动了一下。他松开了海伦的手，把手插进裤兜里。突然有个感觉，有必要让女伴理解他做出这个决定的重要性。他把头朝房子的方向点了一下。"我猜母亲准会不高兴，一定要唠叨我的。"他轻声说，"她根本没有考虑过我这一生要干什么，还以为我永远要待在这地方，永远做个小男孩。"

塞斯的嗓音开始激动起来，流露出男孩子特有的纯真热情。"你知道，我一定要出去闯闯，找个工作做，这是我的长处，是我可以做的。"

海伦被这番话打动了。她点了点头，一阵敬佩的暖流流遍了全身。"他本来就该这样，"她想，"这个男孩已经不再是个小男孩了，他已经长大了，成为一个坚强的男人，清楚他所想要的是什么。"早先侵袭她身体的某种模糊的欲望，此刻被一扫而空，她在长凳上坐直了。雷声仍在沉闷地响着，一道道闪电不时劈开东边的天空。这小花园曾经那样神秘，那样宽阔，有塞斯相伴，它或许会成为许多美妙和奇异的探险背后的一道风景，可在此时此刻，它却显得那样的普通和平凡，它的边界也那样明显地受着局限和制约，与温斯堡镇子里其他人家的后院没有什么两样。

"你到那里去干什么呢？"她轻轻地问道。

黑暗中，塞斯在长凳上侧过身来，竭力要看清她的脸。

比起乔治·维拉德来，海伦到底更知情达理，也更直截了当，他庆幸自己刚才从好朋友那里走开。一股对这小镇子不耐烦的情绪重又占据了他，他很想让海伦知道他这个心情。"每个人都在不停地说话，"他开始讲道，"简直让人腻烦透了。我想找一种不需要卖嘴皮子的工作。可能会到一个车间工场做个技术师吧。我也不知道。好像也没有太大关系。我只想安安静静地工作，就这样罢了。我是这么想的。"

坐在长凳子上的塞斯站起来，伸出一只手。本来不想结束这次约会的，可又想不出别的话要说。"这是我们最后一次见面了。"他轻声地说。

海伦全身震动了一下。她用搭在塞斯肩头的手将他的脸拉近，紧贴着自己仰起的脸。这完全是一个出于纯洁友谊的举动，但同时也掩饰了她的失望——晚上出家门时，她朦朦胧胧地多少还带着一个期盼，想着也许会有一次大胆的冒险，现在，这冒险将永远不会实现了。"我们该走了。"她说着，让手臂沉沉地坠下，收回在身边。她突然想起了什么，"你不必和我一道走。我想自己回去。"她说，"去和你母亲谈谈吧，最好现在就去。"

塞斯稍稍迟疑了片刻，当他还站在原地等着的时候，女孩已经转身穿过矮树筑起的篱墙跑远了。塞斯虽然起了在后面追赶她的欲望，却还是站在那里一动不动，两眼盯着她的背影。她的举动令他迷惘不解，就像她背后这个镇子上所有人的生活和行为都令他迷惘不解一样。塞斯开始缓缓地朝家的方向走，走到一棵树底停下，望着远远亮着灯的窗户，母亲在窗内正忙着做针线活。晚上早些时经历过的孤独感，现在又再次袭来，为刚才的冒险涂上了一层孤独的色彩。

"咳！"他脱口喟叹了一声。"结果也不过如此。到最后，她也会像其他人一样，我猜她大概也要开始用异样的眼光来看我了。"他望着地面，思忖着刚才想到的可能性。"只要有我在的场合，她都一定会感到尴尬的。"他喃喃地对自己说，"最后肯定会是这样的，不管怎样，最后的结果都只能会是这样。她如果爱上一个人，那个人绝不会是我，一定会是另外一个人，一个爱没完没了地说话的蠢人，一个像乔治·维拉德那样的人。"

坦迪

七岁之前，她住在一间没有刷漆的旧屋里，那屋子就立在图尼恩公路出口处旁边的一条荒寂的路旁。她的母亲早就过世了，父亲对她的成长是放养式的，让母亲的亲戚轮流照管她，对她从来不太关心，有时几乎忘记了她的存在。他自称是一个无神论者，所有时间都用在思考和探讨宗教上面，一心想要改变邻人脑里惯有的关于神的意念，竟没有看到上帝正在自己的女儿身上显露他的意旨。

到了最后，还是一个刚到温斯堡的陌生人在这孩子的身上察觉到她父亲没发现的东西。那是一个身材魁梧，红头发的年轻人，他几乎一天到晚都是醉醺醺的。有时他和孩子的父亲汤姆·哈德在新维拉德旅店的门前闲坐，当汤姆说着话，宣讲着上帝根本不可能存在的时候，坐在一旁椅子上的陌生人，朝周围凑热闹的人笑一笑，挤挤眼睛。他和汤姆成了好朋友，常常一道同进同出。

陌生人是克利夫兰市里一个富商的儿子，到温斯堡是带着使命来的。酗酒正在摧毁着他的生命，他要去掉这个恶习，猜想如果躲开城里的熟人，住到一个乡村的镇子里，在这场与嗜好的搏斗里，取胜的机会可能大一些。

他在温斯堡的短期逗留并不成功。乡下沉闷的日子，倒让他喝酒喝得更厉害了。不过，他倒是做成了一件事，那便是给汤姆·哈德的女儿起了一个颇有意义的名字。

一天夜里，陌生人从一次烂醉中开始恢复他的神志，摇摇晃晃地在镇上的美茵大街上走着。汤姆·哈德那时正坐在新维拉德旅店前廊的一把椅子里，膝盖上坐着他不足五周岁的女孩，一旁坐着乔治·维拉德。陌生人走到他们旁边，浑身颤抖着，沉沉地在一把椅子坐了下来。在他想说话的时候，他的声音也在打颤。

那时夜已深沉，浓浓的夜色笼罩着小镇，也笼罩着旅店前小斜坡下面的铁道。远处，从西边的方向传来一辆客运列车长长的鸣笛。睡在车道上的一条狗爬起来，吠了一阵。陌生人开始讲话，嘟嘟囔囔地，对那个躺在无神论者怀抱里的小女孩的将来做了一个预见。

"我到这里，是为了戒酒而来的。"他说着，眼睛噙满了泪水。他并没有朝汤姆·哈德望，身体前倾着，视线落在了黑暗中的远处，像在看一个幻景。"我躲到乡间来戒酒却没戒成，这是有原因的。"他转身望了望坐在父亲膝上的小姑娘，她的腰板挺得直直地，眼睛迎着他的目光。

陌生人在汤姆·哈德的肩膀上拍了一下，接着说："其实，我的爱好并不是只有喝酒而已，还有别的。我是一个有着爱心的人，但我却找不到爱的对象。要是你懂得我在说什么，要是你可以理解我，我得好好地给你加一分。你知道吗，我的毁灭是无法避免的，不过很少人能够理解这一点。"

说到这里，突然停住了，沉默之中，陌生人像被悲哀淹没，直到一声客运列车的鸣笛忽然传来，才将他从悲哀里唤醒。"我并没失去我的信念，这点可是要说明的。我只不过是被带到一个我知道我的信念找不到归宿的地方罢了。"他用沙哑的声音表白着。然后他仔细地端详了一下小女孩，开始和她说话，不再去注意她的父亲。"你要长成大姑娘了，"他真诚地说，"你瞧，我没找到她，把她错过了，她没有出生在我这年代。你也许就是那个女人。这大概也就是命运吧：我曾经站在她面前，就那么一次，就在这样的一个夜晚，我正用酒精毁灭着自己，而她还只是一个幼童。"

陌生人的肩头猛然抖动一下，他想卷一根香烟，烟纸从颤抖的指尖飘落在地上。他有点恼火，开始批评起来，"那些人以为做一个女人很容易，被人爱很容易，可我是知道的，并不是那么回事，"他表明自己的看法。跟着，转身再次面对幼童，大声对她说，"我明白。在所有男人之中，也许我是唯一明白的人。"

他的视线再次移开，落在黑暗的街上。"我知道有关她的一切，尽管我和她从来没有遇见过。"他温柔地说，"我知道她的挣扎，也知道她的失败。正是因为她经历过那些失败，她在我的眼中才那样可爱。失败才能养就一个女人内心的新品质。这个品质，我给它起了个名字，叫坦迪。当我还是一个名副其实的梦想家，身体还没有腐烂败坏的时候，就已经想好这个名字了。这是一个自强的品质，值得人爱的。这是一种男人需要从女人身上得到，但他们得不到的东西。"

陌生人站起身，立在汤姆·哈德面前。他的身体就像一个不倒翁似的，前后摇晃，眼看着马上就要摔倒，却在门前的走道跪下，把小姑娘的双手举起，放在他醉醺醺的唇上。他带着狂喜去吻着那一双小手。"小家伙，去做一个坦迪吧，"他恳求着说，"要勇敢，不怕做一个坚强的人，一个有勇气的人，那才是该走的正道。不要怕被人爱。做一个超越男人，超越女人的人。做一个坦迪。"

陌生人站起身，摇摇晃晃，跌跌撞撞地顺着大街走远了。过了一两天，他搭上火车，回了他在克利夫兰的家。旅店前那次聊天之后，在一个夏季的夜晚，汤姆·哈德送女孩去亲戚家——女孩的亲戚邀请她到家里过夜——他们在树下走着，路很黑，汤姆·哈德一心想着如何以雄辩摧毁人们对于上帝的信念，至于那陌生人嘀嘀咕咕的话语，早已被抛到了九霄云外。他叫了一声女儿的名字，没想到她却抹着眼泪哭了起来。

"我不要你叫我那个名字，"她大声讲，"我要你叫我坦迪——坦迪·哈德。"汤姆·哈德见女儿哭得伤心，心软了下来，在一棵大树下停住脚步，将她搂在怀里轻轻地抚摩着，使劲地哄她不要哭。"听话，别哭了。"他的声音带着点严厉。但不管如何劝说她都无法安静，反倒泪水滂沱，放声大哭起来。她的哭声划破了夜晚大街上的宁静。"我要做坦迪。我要做坦迪。我要做坦迪·哈德。"她摇着头使劲哭喊，伤心的抽泣仿佛在说，她年幼的力量是那样微弱，无法实现那醉汉的预言。

神的力量

虔诚的科蒂斯·哈特曼是温斯堡长老教会的牧师，在牧师这个位置上任职已经十年了。他刚满四十岁，是个性格含蓄、沉默寡言的人。对他来说，站在教堂的讲坛上对众人布道是一件艰难的工作，所以从星期三早晨起，一直到星期六的晚上，他脑子里想着的就只有礼拜日的那两场布道演讲。礼拜天一大早他来到教堂，在钟楼内一个叫书斋的小房间里祈祷。在他的祷词中，有一句话是至为重要的："啊，上帝，给我力量，给我勇气，让我为您服务！"他的两个膝盖跪在光地板上，头伏得低低的，在面临的任务到来之前恳切地祈求。

尊敬的哈特曼是一个身材高大，蓄着棕色连腮胡子的男人。他的太太——一个体形粗壮，带神经质的女人——是俄亥俄州克利夫兰市一个内衣制造商的女儿。牧师本人颇受镇上人们的喜爱。教堂里的长老们都喜欢他，觉得他谦虚安静，不炫耀；银行家的太太瓦特夫人也认为他温文尔雅，彬彬有礼。

　　温斯堡镇子里的长老教会对于其他的教会向来抱着冷漠的态度，和它们保持着一定距离。长老教会的教堂比其他教会的教堂都要大一些，也壮观一些，教会牧师的薪水也比其他教会牧师的薪水要高些。牧师有他自己的专用马车，夏天的夜晚，他和太太时时驾着马车在镇子里兜风。他经过美茵街和七叶树街的时候，一路庄重地与人们打招呼。坐在他身旁的太太满心燃着骄傲，只敢从眼角偷偷瞥她丈夫一眼，以免拉着车的马会突然受惊，疯狂地奔跑。

　　自从到了温斯堡后，这么多年以来科蒂斯·哈特曼在各方面都一直是平平坦坦，十分顺利的。他不是那种在教徒当中煽动热情的人，但也从不为自己树敌。事实上，他是一个很虔诚的信徒，常常为了没去挨家挨户宣讲道义而久久地愧疚不安。他不知道在自己体内是否真的有一朵精神的火花在燃烧，他梦想着在未来有一天，一股崭新的力量会像飓风一样，坚定而又美妙地注入他的灵魂和嗓音，人们将在他身上见到神的力量，情不自禁地浑身颤抖。"我是个没有活力的人，那样的事是不会发生的。"他这样想着，心里有点沮丧，但一丝耐心的微笑马上浮起在脸上。"唉，不管怎么说，我算是干得不错的。"他颇带哲理地加一句。

　　在教堂钟楼内的那个小房间，也就是牧师每个周日早上祈求在内心增强上帝的力量的那个地方，只有一扇窗户。窗户又窄又长，像一扇门似的朝外打开，把闩扣松开一推，窗就开了。由小块彩色铅玻璃拼起的窗户上面镶嵌着一幅基督的画像，他的手正放在一个小孩子的头顶上。夏天一个礼拜天的早晨，牧师正在书房的桌旁坐着的时候，面前还摆着一本厚厚的、翻开了的《圣经》，满桌面放着布道演讲的稿纸，他突然吃惊地瞥见在隔壁屋楼上有一个女人正躺在床上，边读书边吸着一支香烟。科蒂斯·哈特曼蹑手蹑脚地走近窗户，轻轻地把它关上了。女人抽烟是一件叫他感到可怕的事，而想到自己的眼睛竟然从《圣经》的字页中抬起，瞥见了一个女人赤裸的肩头和白皙的脖子，也不由得要浑身颤抖。他的脑子就像在飓风中旋转着，从钟楼走下来到布道的讲坛时一片晕眩。那天的布道他讲了很久，整个过程用不着考虑手势和声调，因为他的话语清晰有力，而且那天的听众也与往日不同，格外留神地听他讲。"不知她是不是也在这里听我布道呢？不知道我的声音是否会把一道信息直抵她的心灵？"他想着，开始希望以后的礼拜天早晨也能找到能叩动她心灵的话语，将这个在秘密的原罪中显然已经堕落了的女人唤醒。

在长老会教堂隔壁的那栋房子——也就是让牧师从窗口瞥见了那一番让他非常不安的情景的那栋房子——在那里面住着两个女人：一个是头发灰白，脸上露着自信的寡妇伊丽莎白·斯威夫特大婶，另一个是她的女儿凯特·斯威夫特，当地的学校教师。伊丽莎白大婶在温斯堡国家银行里有着一笔存款。她的女儿刚满三十，长着一副苗条的身材。她没有什么朋友，大家都知道她说话尖刻不饶人。科蒂斯·哈特曼想到她的时候，记起她曾经到过欧洲，还在纽约住过两年。"她虽然抽烟，也许不是什么大不了的事吧。"他想。他又开始记起在大学读书的时候，他偶尔也读读小说，其中有一本就是被优秀而又世故的女人抽着香烟翻阅过纸页，然后才传到他手中的。现在他产生了一个新的坚定的目标，接下来那整整一周，他都在认真准备他的布道，急切地要将自己的话音传到一位初听者的耳畔，在这期间，他忘记了在布道讲坛上经历过的尴尬情景，也忘记了礼拜天去书房祈祷的必要。

　　哈特曼牧师与异性交往的经验实在是颇为有限的。他是印第安纳曼西小镇一个马车制造商的儿子，读大学的时候半工半读，自费完成了学业。上学的时候，内衣制造商的女儿正好在他住的那栋屋子里也租了个房间，经过很长一段时间的追求——这追求大多时候都是女方主动的——最后他娶了她。结婚那天，内衣制造商送给女儿五千美元，还答应在遗嘱里给她留下双倍遗产。牧师对这个婚姻感到幸运，从来没有允许自己动过念头去想其他女人。他也不要想其他女人。他唯一要的，是热忱地、默默地为上帝服务。

　　在牧师的灵魂深处，一场搏斗觉醒了。从要将声音送到凯特的耳边，到要将布道触及她的灵魂，直到最后，还有一件事也是他开始期待着的，就是再看一眼她静静躺在床上的白皙的身体。一个礼拜天的清晨，牧师因为思绪万千而不能入寐，干脆爬起床到外面街上散步。他沿着美茵大街走，快到里斯满大院时停了下来，在地上拾起一块石头后匆忙朝着钟楼的小书房跑去。他用那块石头敲碎了玻璃窗户的一角，然后闩上了房门，在桌面放着一本翻开着的《圣经》的桌子旁边坐下，开始等待。当凯特·斯威夫特的卧房窗帘终于拉起来的时候，他从窗洞可以直接窥见她的卧床，但她不在那里。她已经起床，到外面散步去了。将窗帘拉起来的，是伊丽莎白·斯威夫特大婶的手。

牧师终于从偷窥欲中解脱出来，他高兴得几乎要哭出声来，赶紧往回家的路上走，一路上赞颂着上帝。可是在刚才那不幸的一瞬间，他忘了把窗户的洞堵上。窗角碎了的一片玻璃正好切掉了窗玻璃图案里那男孩赤裸的脚后跟；男孩子静静地站着，一双充满喜悦的眼睛望着耶稣的面庞。

那个礼拜天，科蒂斯·哈特曼忘记了他的布道，而是在和教会的兄弟姊妹谈心；他在谈心的时候讲到人们都以为牧师是与众不同的，命中注定要过清白无瑕的生活，那样的想法是谬误的。"我从自己的经验知道，我们虽然为上帝传福音，但困扰你们的那些诱惑，同样也在困扰着我们，"他大声宣布，"我也曾经被诱惑过，曾经向诱惑屈服。全靠了上帝的两只手——他将他的手放在我头上——他把我扶了起来。就如他鼓励了我，他也一样会鼓励你们。你们不要绝望。在你们犯原罪的那一刻，把你们的头抬起来，仰望天空，他会一次又一次将你们拯救出来的。"

以一种义无反顾的决绝，牧师把关于那床上女人的念头抛在了脑后，开始在妻子面前做出爱侣的表现。有一天晚上他们乘马车出外兜风，他让马车在七叶树街转了个弯，走到自来水厂水池的福音山时，在黑暗中他用手臂揽住萨拉·哈特曼的腰。早晨，用完早点到屋后的书房去之前，他走到饭桌那头，给妻子的脸颊一吻。想到凯特·斯威夫特时，便微笑地抬起眼睛，朝着天空仰望。"主啊，请您为我引路，"他喃喃地低语，"让我在为您工作的窄道上行走。"

正是这时，在这留着棕色大胡子的牧师灵魂深处才真正开始了一场短兵相接的交战。他很偶然地发现凯特·斯威夫特有个到了晚上躺在床上读书的习惯。她的床头摆着一张小桌，桌子上放着一盏灯，灯光如洗，照在她白皙的肩膀和赤裸的脖子上。有了这个发现的当夜，他在布满灰尘的书房的桌旁从九点一直坐到深夜十一点，一直等她的小灯熄了以后，才跟跟跄跄地走出教堂。之后他在街上又走了两个钟头，边走边向上帝祈祷。其实他并不想去吻凯特·斯威夫特的肩膀和脖子，他也不允许自己有这样的念头。他到底想要什么，自己也不清楚。"我是上帝的孩子，他一定会把我从我的肉体里拯救出来。"他在街旁黑暗的树荫下漫无目的地边走边大声喊。他在一棵树旁停下，遥望浮云密布的天空，风在催赶着一朵朵云匆匆地往前走。他开始与上帝亲密地倾谈，好像上帝就在他的面前。"天父，请您不要忘了我。请您给我一点力量吧，让我明天把那个窗眼补上。请您再次将我的眼睛抬起，仰望天空。请您务必与我在一起，这是您的仆人在他需要您的时候对您的祈祷。"

牧师在寂静的大街上走着、徘徊着。一天天过去了，一周周过去了，他的心还是被困扰着。他不知道那个向他招手的诱惑是什么，也不理解这个诱惑降临在他身上的原因。在某种程度上，他开始怪罪起上帝来，对自己说，他一直竭力地站在正道上，没有出去找犯原罪的机会。"从我年轻时起，一直到在这里生活的这些个年头，我都在默默地工作，"他表明自己，"为什么偏偏要在这个时候受这个诱惑呢？我犯了什么错，要将这个重负放在我的身上？"

那年初秋一直到冬天的那段时间，总共有过三次，科蒂斯·哈特曼从家里溜出来，到钟楼书房坐在黑暗里窥视凯特·斯威夫特躺在床上的身体，然后到大街一边走一边祷告。他无法理解自己。他可以一连几星期几乎完全不去想那个学校教师，和自己说，他已经战胜了偷窥的欲望。可是，过后又来了——就当他坐在家中的书房里面，正在勤奋地准备布道文稿时，一种紧张的情绪会突然抓住他，他就会站起来，开始在房间里来来回回地走。"我要到街上走走，"他对自己说，然后，就在开门走进教堂时，还是坚持要否认到教堂来的原因，"我不要修补窗上的小洞。我要把自己练得能这样：晚上坐在这儿，在这个女人面前，而不抬头看一眼。我不能被她击败。上帝设下了这道诱惑，就是要考验我的灵魂的，我要伸出我的双手摸索出一条走出黑暗的路，找到光明的德行。"

　　元月一个夜晚，天冷得彻骨，温斯堡的街上覆盖着一层厚厚的白雪。那晚是科蒂斯·哈特曼到教堂钟楼书房的最后一次。离开家的时候已经过了九点钟，走得太匆忙，竟忘了把靴套穿上。美茵街静悄悄的，只有守更夫霍普·希金森一个人在街上，整个温斯堡，除了守更夫和年轻的乔治·维拉德——他那时正坐在《温斯堡鹰报》的报社里用功地写着一篇文章——其他人都已经进入了梦乡。牧师顺着马路朝教堂走，两条腿深一脚，浅一脚地在雪地里踩着，心想，这回豁出去了，让原罪来主宰命运吧。"我就是要窥视那个女人，想吻她的肩膀，我要让我的脑子选择它要想的东西。"他苦涩地承认，眼泪涌上了眼眶。他开始考虑不再当牧师，改试一下别的行业。"我可以到大城市，去做点生意。"他做出决定。"如果这就是我的天性，如果我没法抵抗原罪，那么就把自己交给原罪好了。至少我不虚伪，没有在嘴里说经布道，心里欲想着不属于我的那个女人的肩膀和颈脖。"

教堂钟楼的书房在那元月的夜晚冰冷刺骨。科蒂斯·哈特曼刚刚踏进房间，就知道如果他在这里待下去，一定会冻出病来。来时一路踩着雪，两脚全被雪水浸湿了，书房里又没有生火。在隔壁屋子的房间，凯特·斯威夫特的身影还未出现，但那郁闷的男人决心已下，在椅子上坐下来，开始等待。他的手紧拽着那摆着《圣经》的书桌的边缘，心里想着有生以来最黑暗的念头。他想起了他的妻子，在那一刻钟里心里几乎恨着她。"她一向都认为热情是件羞耻的事情，她欺骗了我，"他想，"男人有权利在一个女人身上找到活生生的热情和美丽。他没有权利忘记自己是一个动物；在我的身上，仍然有着古希腊的一些东西。我要抛弃怀里的这个女人，我要找其他的女人。我要大胆追求这个学校教师。我要在所有人面前做我想做的事。如果我是个肉欲的动物，那么就让我随着欲望去生活好了。"

这个想入非非的男人从头到脚都在哆嗦着，半是由于冷，半是由于内心的挣扎。一个钟头又一个钟头过去了，他全身开始发烧发热，喉咙也开始疼起来，牙齿上下不停地咔咔地打架。地板上的两条腿就像是两根冰棍。但他依然不愿放弃。"我要见这个女人，我要想以前从来不敢想的念头。"他告诉自己，手还在紧紧地攥住桌角，耐心地等待着。

那天晚上，科蒂斯·哈特曼因为在教堂的等待，险些丧命，可从后来发生的事情那里，他找到了他自以为应该遵循的人生道路。以前在那些夜晚等待的时候，他从窗口上的小洞看到的仅仅是教师房间的那张床，看不到房间里面其他的地方。那些夜里他在黑暗中等待，直到那女人突然出现，身穿一袭白睡袍坐在床边。灯点着了的时候，她已经倚在一堆枕头的中间读着一本书。有时还抽着一根香烟。可以窥见的，只有她赤裸的肩膀和脖子。

那个元月的夜晚，他差点没有冻死过去，有两三次意识已经开始模糊，滑到一个奇异的幻梦里，全凭着他的毅力，才迫使自己还保持着知觉。就在这个时候，凯特·斯威夫特突然出现了。隔壁屋子的房间亮起灯来，期盼中的男人瞪大了眼睛，紧紧地盯着那张空荡荡的床。在他眼前，一个赤身裸体的女人朝那张空床扑了过去。她反卧地趴在床上，两手捶着床上的枕头失声痛哭。在最后的一阵抽泣过了后，坐了起来。在这个一直等待着的，要窥视而不要思想的男人的眼前，那个带着原罪的女人开始了祈祷。在灯光的照射下，她结实苗条的身体看上去就像那个镂嵌在铅玻璃图案里的在基督面前祈祷的男孩。

科蒂斯·哈特曼后来记不清是怎样离开教堂的。他站起来的时候叫了一声，把沉重的书桌拖着在地板上移动了一下，桌面放着的《圣经》滑下来掉在地上，在静谧中发出啪嗒的一声。隔壁屋子的灯光熄了之后，他跌跌撞撞地从楼梯走下去到街上，然后沿着大街，一直跑进《温斯堡鹰报》办公室的大门。那时乔治·维拉德正在办公室里迈着沉重的脚步来回走着，在他的胸膛内也在进行着一场搏斗，哈特曼急匆匆地跑进来，对着他语无伦次地说："神做的事，人是无法理解的。"他把门关上，朝着年轻人迎面走去，两只眼睛炯炯发光，发烧的嗓子沙哑着，像是带着回声。"我找到光明啦，"他高声地喊，"我在这个镇子里住了十年，上帝才在一个女人身上将他的力量为我显示出来。"然后放低了声音，轻轻地说："我原来不理解，以为是对我灵魂的一场考验，原来这是为了让我的精神有更崭新、更美好的激情做准备。上帝在我的面前出现了，他是通过凯特·斯威夫特的身体在我面前显形的，通过那个学校教师，她赤身裸体地跪在床上。你认识凯特·斯威夫特吗？也许她自己也不知道，但她是上帝指派来的，带着真理的信息。"

尊敬的科蒂斯·哈特曼转身跑出办公室，到了门边站住了，朝着空无一人的大街打量了一眼，扭头对乔治·维拉德说："我被拯救了，再也用不着害怕了。"他把一只正在流着血的拳头伸出来给年轻人看。"我把窗玻璃砸碎了。"他高声喊道，"现在必须要将整块玻璃换掉了。上帝给了我力量，我是用我的拳头把它砸碎的。"

教师

　　温斯堡的街上铺着厚厚的雪。这场大雪从上午十点起就开始下了，随后又刮起了风，美茵街上雪花吹得满街都是。往镇上去的马路路面结了一层冰，有的地方在滑滑的冰上又盖了一层泥土。"这可真是滑雪的好天气！"站在艾迪·格里菲斯酒吧柜台旁的威尔·安德逊说了一句。他从酒吧走出去，遇见药房的药剂师西尔维斯特·韦斯特在雪地里吃力地走着，药剂师的脚上穿着一双沉沉的、人们称之为"北极靴"的套靴。"这场雪，礼拜六会把大家都带到镇子上来的。"药剂师说。两人站着交流了一下各自的近况。威尔·安德逊身上只穿了一件薄外套，脚上也没有穿套靴。他用右脚的大脚趾踢了踢左脚的脚跟。"瑞雪兆丰年，这场大雪对麦子的成长可太好了。"药剂师说，他是睿智的。

　　乔治·维拉德的心情愉快，他那天正好没什么事要做，而且说实在的，他那天也没有做事的心情。周报在周三夜晚就已经送到邮局，到这时候都已经印出来了，而这场雪是从周四才开始下的。八点钟的早班火车才刚刚离开，他将一双滑冰鞋搁进大衣兜里，朝北走到水厂的水池，但没有在那里滑冰。他从水池边走过，沿着瓦恩河畔的一条小径走到一丛坚果树旁才停下来，在一条倒下的树干旁生了一堆火，坐在树干的一头，开始思考。雪又开始下起来了，还刮起了风，他赶忙再去找了些柴火加在火堆上。

年轻的记者这时想的是凯特·斯威夫特，他以前的老师。头天晚上他到她的家里，去取一本她叫他读的书，与她单独在一起待了个把钟头。他俩这样的谈话已经不知是第四遍还是第五遍了，每次谈话的时候那女子都非常热情，至于找他谈话的用意是什么，他也不太清楚。他开始猜想她准是爱上他了。这个想法既让他高兴，又使他烦恼不安。

他从木条上跳起来，将柴枝垒在火堆上。朝四周望了望，确认附近一个人也没有之后，就开始假设他就在那个女子的面前。"哎，你是在故意挑逗我吧，你自己是知道的。"他直接明了地说，"我要去了解一下你的背景，你等着吧，我会了解到的。"

年轻人站起来，顺着原路朝镇子的方向往回走，背后的篝火还在燃烧着。他穿过一条又一条马路，口袋里的冰鞋不时发出碰撞的铿锵声。回到新维拉德旅店的房间，先把房间的炉火点燃，然后躺在床上。男女欢好、绵绵情爱的念头开始涌进脑子里，他爬起来放下窗帘，闭上眼睛，将脸侧着朝向墙壁。他抱了一个枕头在怀里，首先想到的是学校的教师，然后又想到了海伦·瓦特，镇子银行家苗条的女儿，长久以来他几乎要爱上的一个姑娘。

那天晚上，到了九点，街道就已经被大雪盖了厚厚的一层，天气也更加寒冷刺骨了。在户外行走已经成为一件困难的事情。四周的店铺全都一片漆黑，人们早已蜷着身子弓着腰，赶忙回家去了。那天夜里从克利夫兰来的火车到得很晚，但谁也没去关心火车是否正点抵达。到了十点钟，镇子上除了四个人，一千八百名居民全都已经上床就寝了。

霍普·希金逊是镇上的守更人，这时正半睡半醒着。他有一条腿是瘸着的，平日挂着一根沉沉的拐棍。在九点和十点之间，他在镇子里巡查；每逢黑夜，他都会提着一盏灯。他先在美茵街上来来回回地走几遍，拐着腿，在飞飘着的雪花中趔趔趄趄地，先将街上所有店铺的前门试一遍，然后再拐到后面的小巷，将店铺后门的门锁全都试一遍。确认所有门都锁牢了，赶忙在街角处转个弯，朝新维拉德旅店走，到了旅店后使劲敲门。那后半夜他打算在炉子旁边打发。

"你上床睡去吧，我来看炉子。"他对睡在旅馆办公室里小行军床上的男孩说。

霍普·希金逊在火炉旁边坐下，脱了鞋子。男孩睡去后，他开始琢磨起自己的事务来。开春后，家里的屋子该刷漆了。他在火炉旁把材料和人工的开销细细计算了一遍，随后，他的思绪又被引到另外一处。守更人已经年满六十岁，想要退休了。他在国内战争当过兵，可以拿到一份菲薄的退休金。他希望能够找到另外一种谋生方式，有志成为一名职业的白鼬配种师。在他家的地窖，现在已经养着四只这种奇怪的小动物，它们是给猎人猎野兔的时候用的。"现在我有一只公白鼬，还有三只母白鼬，"他计算着，"如果运气好的话，到春天就该有十二只或者是十五只白鼬了。再过一年，我就可以在体育报纸上打广告，开始正式卖白鼬了。"

守更人舒舒服服地坐在椅子里，开始有点睡意蒙眬了。但他并没有睡着。多年来他已经养成了一个习惯，可以在漫漫长夜一坐就是几个小时，既非睡，亦非醒。到了清晨，他几乎就像睡了一场好觉那样的精神。

当霍普·希金逊在炉子后面的椅子上迷糊了过去，半进入睡眠状态的时候，在整个温斯堡就只剩三个人还在清醒着了。乔治·维拉德这时正在《鹰报》的编辑室装作在写一篇故事，实际上，他还继续着早上在林间篝火旁的那一番思绪。在长老教会教堂的钟楼里，科蒂斯·哈特曼牧师正在黑暗中端坐着，等待上帝赐给他一道启示。而凯特·斯威夫特，那位学校教师，则刚刚跨出家门到雪中散步。

凯特·斯威夫特离家时已经过了十点，去散步完全是一个临时的冲动，不是事先计划好的。仿佛在冥冥之中，那个既是男人也是个男孩的人对她的想念，将她一把推到了冬天的大街上。伊丽莎白大婶到郡县政府处理贷款的财务事，要第二天才回来。女儿抱着一本书，在屋里客厅的一个叫作燃烧器的炉子旁边读着。读着读着，她突然一跃而起，从前门门旁的衣架上拿起一件外套，匆忙地走了出去。

以她三十岁的年龄，凯特·斯威夫特在温斯堡不被认为是一个漂亮的女人。她的面孔不够白皙，也不够红润，脸上布满了斑斑点点的雀斑，说明她的身体不是那么健康。可是她独自一人在这冬夜的街上走着的时候，显得可爱极了。她的腰挺得笔直，双肩方正，容貌就像仲夏夜晚朦胧的月光下，公园里的那座小小的女神塑像。

那天下午学校教师刚刚去看过大夫。大夫把她责备了一顿，警告她随时都有失去听觉的可能。在这风雪交加的夜里跑到屋子外面，实在是个愚蠢的举动，不仅愚蠢，而且还非常危险。

可是大夫说的话，在街上走着的女子已经忘了，就算记得，也不会转身往回走的。起初还觉着冷，走了五分钟后，就不那么在意了。走到门前那条街的尽头，经过饲料店前称干草的两个磅秤，来到图尼恩大道，再顺着图尼恩大道走到内德·温特的谷仓，然后继续往东走，沿着一条两旁盖满了小木屋的街道走到福音山，从福音山走到萨克路，然后从萨克路沿着斜坡走到通向水厂的水池的一片低洼的谷地，中间还经过艾克·斯密达的养鸡场。途中，最初驱使她出来的那大胆和兴奋的心情曾一度消逝过，后来又重新回到她的身上。

在凯特·斯威夫特的性格里有一些尖刻和令人生畏的特点，这是大家都感觉得到的。在学校的教室里，她严肃沉默，冷冰冰的，但奇怪得很，她和她的学生却保持着十分亲密的关系。有时——但这样的事情不常发生——不知她遇见了什么事情，她会突然高兴起来，这时课室里所有孩子们都能感觉到她的幸福。遇到那种时候，同学们好一阵子就不做作业了，只是靠着椅背坐着，端望着她。

老师习惯了将她的两只手放在身后反扣着，在课室里上上下下地走，说话的速度很快。至于在堂上她想教什么科目，那是次要的。一次，她给孩子们讲到查尔斯·兰姆的时候，编了一些关于这位早已作古了的作家的生平轶事。那些故事离奇怪诞得很，又都是作家的隐私，而她讲故事时的那神态，俨然就像她曾经与查尔斯·兰姆同在一间屋子里住过似的，好像他生命中的秘密她全都知道。她把那些孩子们弄得有些糊涂了，以为查尔斯·兰姆也在温斯堡住着呢。

还有一次，这位教师给孩子们讲起了贝芙尼托·萨利尼的故事，这一回大家听了全都笑了。她把他描述成一位多么可爱的勇敢的老艺术家！风风火火的，喜欢自我吹嘘。关于他，她还编造出了一些奇闻，其中有个故事是关于一个德国音乐教师的，那德国音乐教师就住在萨利尼在米兰城住的那间房子的楼上。那些男孩子听了，个个都捧腹大笑，红腮帮的胖墩苏格斯·莫马刺笑得发晕，从凳子上摔了下来。凯特·斯威夫特在旁边也和他笑在了一起。可是转瞬之间，她又变回原来冰冷严肃的样子。

在那个严寒的冬夜，当学校教师独自步行在白雪皑皑、了无人迹的大街的时候，她的生命正经历着一场危机。她的生活一直充满了冒险，就是现在也依然如此，不过在温斯堡，这是没有人猜测得到的。不管在课室里还是在马路上，每天都有悲怆、希望、欲望这几样东西在她的胸膛里面相互搏斗。在她平静的外表下面，她的内心经历过惊心动魄的大事件。温斯堡的人们都以为她是一个定了型的老处女，由于她说话尖刻，不让人，办起事来我行我素，断定她缺乏人之常有的七情六欲，更看不出她在他们生命中的影响。事实上，她是他们中间最富有激情的一个人。自从她结束了在外的旅游生涯回到温斯堡定居，在温斯堡从事教职，五年来她不止一次被一种力量驱使着，从家中出走，在街上一走就是大半个夜晚，在内心进行最激烈的搏斗。一次，在一个夜晚，天下起了雨，她在外面待了六个小时，回家后和伊丽莎白婶婶大吵一架。"幸好你不是男人，"母亲严厉地对她说，"我等你的父亲不止等过一次，不知道他在外面闯了什么祸。这种担惊受怕，我早已经受够了啦！我不想看到他不好的一面在你的身上重现，你可别埋怨我。"

此刻在凯特·斯威夫特的脑海里如火如荼燃烧着的，是关于乔治·维拉德的思绪。当他还是个学校的小男生时曾经写过一些作文，她在作文的字里行间觉察出天才的火花来。她想在那火花上面吹一口气。还在夏天的时候，一次她到《鹰报》编辑部的办公室，恰好那天男生不忙，她便把他从美茵街带了出来，一起走到农贸集市，两人在草地上坐着谈了一会。老师想让男孩清醒地认识到作为一名作家将会遇到的种种困难，那些困难的含义是什么。"你必须学会懂得生活。"她向他指出，热切的嗓音在轻轻地颤抖。她抓着乔治·维拉德的肩膀，把他的身体扳过来，要直视他的双眼。假使这时有个路人经过，一定会以为他们马上就要拥抱在一起的。"你如果想成为一个作家，一定不可以去玩弄字眼。"她向他解释，"如果你没有准备充足，倒不如干脆放弃写作的念头。现在应当是你真正开始生活的时候了。我不是要吓唬你，是想让你懂得，你要尝试的这件事有多么重要。你千万不要做一个文字小贩。你现在该学的，是要知道人们心里在想什么，而不是他们说什么。"

就在科蒂斯·哈特曼牧师坐在教堂的钟楼等着窥视她身体的那个大雪纷飞的夜晚的头天晚上，年轻的维拉德到女老师的家里向她借了一本书。那晚发生了一件事，让这个年轻的男生十分困惑不解。当时他用手臂夹着书正准备离开，凯特·斯威夫特又一次热情地叮嘱了他几句。夜色渐浓，房间里的灯泛着幽暗的光。他转身要走开时，她轻声喊了一声他的名字，冲动之下握住了他的手。报社记者在这段时期正迅急地发育成熟，长成为一个男人；他以一个男人的魅力，加上男孩子动人的英俊，在寂寞的女子心里搅起了波澜。一阵强烈的愿望——希望他能够懂得生命的重要，学会真实地、诚实地去诠释它——这期望席卷了她全身。她身体往前倾，嘴唇在他的脸颊上轻轻擦了一下。那一瞬间他也头一次意识到了她身体的美丽姣好。两人都感到有点尴尬，教师为了掩饰自己的情感，又换回那副严峻、威风的面孔。"有什么用呢？我要对你说的这些话，你至少还要再等十年，才能开始理解话里的意思。"

刮着雪暴的当晚，当牧师还在教堂里坐着等她的时候，凯特·斯威夫特来到《温斯堡鹰报》的编辑室，想和年轻人再次好好地谈一谈。她在雪地里走了长长的一段路，这时既觉得冷，又感到孤独疲倦。经过美茵街时，望见从印刷车间的窗户射到雪地上的灯光，不假思索地推开门，走了进去。她坐了整整一个小时，把她推到门外的雪暴中的那股冲动，此刻变成一席话语，在办公室的炉火旁滔滔地流淌。她像在课堂里和学生讲话时那样，兴致勃勃，带着鼓励和期待。这男孩曾经是她的学生，她认为他也许具备着领悟生命的天分，她渴望将生命的大门为他敞开。这热情来得这般热切，竟一下子燃烧成为身上的激情。她的手又一次扳住他的肩膀，把他的身体朝着她转过来。幽暗的灯下，她的眼睛闪着热情的光芒。她站起来笑了一下，笑声没有惯常的严峻，而是带着一点迟疑，有点说不出的奇怪的感觉。"我得走了，"她说，"如果在这里继续多待一分钟，我会忍不住要吻你的。"

编辑室里面起了一阵混乱。凯特·斯威夫特转身朝房门走去。她是一个教师，但也是一个女人。她望了乔治·维拉德一眼，霎时间，那千百次渴望被一个男人爱着的强烈渴望像一阵狂烈的风暴席卷了她的全身。灯光下，乔治·维拉德不再是一个少年，而是一个男人，一个做好了准备要扮演男人角色的男人。

是教师让乔治·维拉德把她拥抱在怀里的。温暖狭小的办公室里，空气变得沉重起来，她的身体也变得没了力气，软软地靠在门旁的一个矮柜台上，等待着。当他走近她身边，把手放在她肩上的时候，她立即转过头，听由自己的身体沉沉地倒在他的身体上。对于乔治·维拉德来说，那混乱立即加速了，开始时他紧紧抱着那女子，片刻之后，全身开始麻木僵硬起来。他的脸颊开始被两只小拳头捶打着。老师匆忙跑走后，把他一个人留在办公室不停地来回走，一边在恼火地咒骂着。

科蒂斯·哈特曼就是在这混乱之中出现的。他进门的时候，乔治·维拉德以为整个小镇子都变疯狂了。牧师在空中摇晃着淌着鲜血的拳头，大声宣称那几分钟前还在乔治的怀里拥抱着的女人是一名上帝派来的使者，在她身上携带着真理的信息。

乔治吹熄了窗户旁边的油灯，锁起印刷车间的门回家了。经过旅店办公室，经过正在做着养白鼬好梦的霍普·希金逊，回到楼上自己的房间。炉火早已经灭了，他只好在冰冷的房间脱下衣裳，准备就寝。上床的时候，床上的被单就好像干雪做成的一条毯子似的。

乔治·维拉德在床上辗转反侧，难以入睡。下午在床上躺过，那时他怀里抱着枕头，心里想着凯特·斯威夫特。牧师的话仍在耳畔回响着，他想，牧师准是突然患上精神病了。乔治的眼睛盯着房间内的四周。早先的那股反感——这种感觉对于那些疑惑中的男士是很自然的反应——已经过去了，他开始尝试着去理解刚才发生的一幕。可无论如何还是无法明白。把发生的事情在心里一遍遍地过了多次，时间就这么一个钟点又一个钟点过去了，他开始猜想，一定已经到了新的一天啦。到了四点钟，他把被子扯到脖子上，强迫自己入睡。就在他昏昏欲睡，已经合上眼睛的时候，他在黑暗中把手抬起，往四周摸索。"我漏掉了一个东西。我漏掉了凯特·斯威夫特想要告诉我的那个东西。"他迷迷糊糊地嘟哝了一句，便睡着了。那天夜晚，在整个温斯堡，他是最后入睡的一个人。

孤独

　　他是阿尔·罗宾逊太太的儿子。罗宾逊太太以前有一个
农场，在温斯堡东边两里地以外的图尼恩大道岔出去的一条
路旁。农场有一座屋子，屋子的外墙刷了一层棕色的油漆，
窗帘把朝街的窗户遮得严严实实的。屋前的土路上，常年可
以看见一群土鸡和两只珍珠鸡刨了深深的窝歇着。伊诺克小
时候就和母亲一起住在那间屋子里，后来长大了一些才去温
斯堡读中学。镇上的老居民都记得他是个常常带着笑容，不
爱说话的青年。到镇子去的时候他总是走在马路的中间，有
时手上还捧着一本书，边走边读。路上的马车被塞成了一条
长龙，车夫朝他大声叫喊，用粗言呵斥他，他才意识到走在
了路中央，赶紧让到路边，让堵塞的车流通过。

　　伊诺克是在他二十一岁那年到纽约去的，在那里做了
十五年的城里人。他先在一所艺术学校就读，培养他的艺术
才能，同时也在学习法语。那时的计划是要到巴黎去，在那
里的大师指导下完成学业，不过那个计划最后没有实现。

伊诺克的计划没有一个实现了的。当然，他确实画得不错，脑子里也藏着不少奇异而微妙的想象，那些想象要是给了一个画家，早就被油刷子画出来了，但他永远是个小孩，缺乏对人情世故的理解。他既然长不大，当然就不懂得理解别人，也无法让别人理解他。他骨子里头的那个幼稚的孩童总在不停地碰钉子，和现实中的金钱、性、个人主张发生冲突。一次他被一辆公共汽车撞了一下，被甩到一个铁做的路杆上。那次事故使他瘸了一条腿，也是让他一生中的计划难以实现的许许多多的原因之一。

伊诺克刚搬到纽约住的时候，交往的是些年轻人，被生活的琐事搅得晕头转向，那都是以后的事情了。他认识一群青年艺术家，男的女的都有，有时到了晚上他们就来他房间找他。一次他喝醉酒，被人带到了警察局，被那里的一个警官吓得够呛。还有一次他在屋前的人行道上遇到一个市井女子，想试着和她谈情说爱，两个人一道走了三条街，小伙子突然害怕起来，拔腿一溜烟跑掉了。那女人之前就已经喝了很多酒，她觉得伊诺克滑稽可笑，就靠在一栋房子的墙上大声笑起来。恰巧有个男人走过，也停下脚步跟着她一起笑。后来那两人是一起离开的，走远了还笑声不断，伊诺克悄悄回到自己的房间，既恼火又郁闷，气得浑身发抖。

年轻的伊诺克在纽约住的那间公寓正面对着华盛顿广场，房间的形状像一条廊道，长长的，很狭窄。记住这点是很重要的，因为伊诺克的故事与其说是关于一个人的故事，倒不如说它是关于一个房间的故事。

这个小房间就成了年轻的伊诺克和他那些朋友们晚上聚

会的地点。这群艺术家除了一点，其他并没有什么与众不同的地方，那唯一的区别就是他们爱发表议论。没有谁不知道那些爱发表议论的艺术家，自从世上有记载的古代历史直至今天，这样的艺术家一直存在，他们在屋子里面聚会，高谈阔论。他们讨论艺术的时候认真诚恳，充满了热情，甚至可以说充满了激情。对于他们来说，艺术的价值要比它实际的价值重要得多。

伊诺克·罗宾逊，这个从温斯堡郊外一个农庄出来的小青年，就处在这样的一群艺术家中间。这些人聚在一起，抽着香烟谈天说地，他则在房间的一隅待着，大部分时间都沉默着，一言不发。可是他那双大大的稚气的蓝眼睛并没有停止过望着四周。房间的墙壁挂着一些他的画作，都是粗糙和未完成的作品。他的朋友也讨论过那些作品。他们坐在椅子上，仰靠着椅子的后背，左右晃动着脑袋，不停地讲呀，讲呀，讲关于线条应该如何画，讲关于构图，讲关于价值；讲了很多很多话，那些话和大家讲过的话是一样的。

伊诺克也想讲，只是他不知道该怎样讲。他太激动了，话很难讲得连贯顺畅。有时试着讲两句，却总是结结巴巴的，嗓子也带着嘶哑奇怪的声音，自己都可以听得出来。结果他干脆就不说话了。他知道自己想说什么，但他也知道，他想说的，永远没法说出来。当他的一幅作品成为讨论对象的时候，他想这样大胆地吐露："你们没能理解这幅画的含义。"他想这样解释，"在你们看到的这幅画里，根本不存在你们看到的那些东西，也不存在你们所认为的那些东西。这幅画里画的是一些别的，你们根本没有见到，也不想见到

孤独

169

的东西。你们瞧瞧这幅画，就是门边被窗户射进来的阳光照着的这幅。你们也许没有注意到路旁的小黑点，那是一切的起源。那里有一簇节骨木，和俄亥俄的温斯堡我家门前路边长着的节骨木是一样的灌木丛。在那一丛节骨木里面还藏着一个东西。那是个女人，是的，一点不错。她从一匹马背上被甩了下来，马已经跑得不见踪影了。你们见到那个驾着马车的老头子吗？他满脸焦虑的样子，朝四周打量着。那是萨德·嘎巴克，他在路的那头有个农场。他正在运玉米，把玉米送到温斯堡镇子里的康斯托克磨坊。他知道在那些节骨木的枝叶里藏着东西，可是究竟藏着什么东西，他也不太清楚。

"知道吧，那是个女人，是的，那藏着的东西是个女人！一个女人，她多可爱呀！受了伤，在忍受折磨，但没有吭一声。没看清那是怎么回事吗？她静静地躺着，那样白皙，宁静，她的身体放射着美丽，那美丽弥漫在万物之中——在她背后的天空，在四面八方，在周围所有地方。当然，我没有尝试画那个女人。她太美了，不是一支笔可以画得出来的。你们讲构图呀什么的，多闷得慌啊！怎么不去看看天空，然后，就像我在温斯堡还是个小男孩子时那样，跑得远远的呢？"

类似这样的话，就是当伊诺克·罗宾逊还是个纽约市里的小青年的时候，颤抖着想对他公寓里的客人说的，可每次到最后他终究还是没能够说出来。后来他开始怀疑起自己来了，也许脑子并不那么聪明。他怕没能在作品里将他所感觉的东西表现出来。后来，多半出于他气恼的情绪，就不再邀请大家到他的公寓来了，后来还养成一个习惯，把门锁起来。他开始觉得到过他的公寓的人已经够多的了，他不再需要见人。他很富有想象力，很快就给自己创造出了一群人。他和这些人可以无拘无束地随意交谈，向他们解释一切，而和那些活生生的人他是无法这样做的。这时在他的公寓里开始居住着一群男女幽灵，他与他们同出入，轮到他讲话的时候，他也发表意见。伊诺克·罗宾逊以往见到过的每一个人都似乎将他们精髓的一部分留了下来，给了他一些可以任随他的想象去雕塑、去改变的东西，一些能够理解油画里躲藏在节骨木枝丛后面那受伤的女子的东西。

那个性格温和、蓝眼睛的俄亥俄青年就像所有的幼童那样，是一个完全以自我为中心的人。正如所有的幼童都不愿交朋友那样，他也不愿意交任何朋友。他最想结交的是和他想法一样的人，可以和他谈到一块的人，还有就是那些他觉得顺眼的，可以接连几小时听从他呵斥责骂的人，您知道的，就是那些佣仆。在那些人当中他永远是自信和大胆的。当然，那些人也可以说话，可以有他们自己的见解，不过最后发言的那个人总是他，讲得最好的一个人也是他。他就好像是个作家，脑子里忙极了，周旋在臆想的人物之中，俨然是个蓝眼睛的国王，住在纽约面朝华盛顿广场的一间月租六元的房间里。

后来他希望用手触抚得到的是有血有肉的人。时日飞逝，一去不复返，他的房间看上去显得空荡荡的。肉欲开始占据他的身体，内心的欲望愈来愈强烈。到了夜晚，身体内部发出一种奇怪的热，烧得他整夜不得入眠。他和艺术学校坐在他凳子旁边的姑娘结了婚，结婚之后，搬到了布鲁克林的一间公寓。他娶的女人生了两个孩子，他找了一份工作，替人做广告设计。

从那时起，伊诺克掀开了生命中新的一页。他开始玩一种新的游戏。有一段时间，他为自己在这社会上成为一名有贡献的公民感到自豪。他把事物的本质抛在一边，只玩现实这张牌子。到了秋天他参加投票选举，每天清早有一份晨报扔在他家前门的阳台上。傍晚下班回家的路上，他下了公共汽车以后跟在某个商人的脚跟后面，神态庄重，竭力装出一副显赫的样子。他觉得自己既然是一个纳税公民，对于政府和当局都应当有自己的见解。"对于州里的，市里的，还有其他的一些事情，我也有着影响啦。"他告诉自己，带着一副可笑的，几乎难以察觉的庄重。一次，他从费城回家，在火车上与一个陌生人搭起讪来，说及政府要把铁路收管起来是个明智的举措。那个人给了他一支雪茄。伊诺克确实认为如果政府采取了这样的做法会是一件好事，而且他讲话的时候相当激动。过后他把说过的话重新咀嚼一遍，还是津津乐道的。"我给了那家伙一些供他思考的东西。"到了他住的公寓大楼，在上楼梯的时候他喃喃地对自己说。

当然，伊诺克的婚姻到最后也没有维持下去。这是他自己给毁了的。起先，他觉得公寓的生活令人窒息，好像被囚禁在四面的墙壁里面。他对他妻子，甚至对他的孩子都开始产生一种情绪，那是一种他以前对来公寓看他的朋友有过的同样的情绪。他开始编些骗人的小故事，推说业务缠身，借着这个借口让地在夜晚的大街上自己自由自在闲逛。一等到有了机会后，马上把那间面朝华盛顿广场的公寓租了下来。后来温斯堡郊外农场的罗宾逊太太去世了，他从遗产代理的银行取了八千元，这笔钱立刻把他从男人规矩的生活中解放出来。他把钱交给妻子之后，告诉她自己无法再在公寓继续住下去。她听了以后哭起来，对他发脾气，威胁他，但他只是瞪了她一眼，转身做他的事去了。事实上他的妻子也并不是真的那么在意。她觉得伊诺克有轻微的精神病，多少有点怕他。当她知道他真的不会回家了，便领着两个孩子搬回到康州她幼时住过的一个村子。后来她改嫁了，新丈夫是一个买卖房地产的男人，日子还算过得惬意。

就这样，伊诺克住在纽约的一套公寓里，被一群想象中的小人簇拥着，每天和他们一起说话玩耍，像一个孩子般的快乐。那是一群古怪的人，伊诺克的那些小人。我猜那些人一定是以他见过的真人的模子捏造出来的，那些人不知是什么原因给他留下了一个好印象。其中有一个女人，她的手里拿着一把剑，还有一个留着白色长胡须的老人在四处闲逛着，他的后面还跟着一条狗。一个年轻姑娘的长丝袜总是耷拉下来，落在她鞋子的上面。那些肉眼见不着的人至少有那么两打，都是这个像小孩子似的伊诺克脑子里想象出来的，这些人和他一起，在这房间里住着。

伊诺克感到很幸福。他一进房间便锁起门，然后发号施令，抨击时政——他那自诩重要的派头简直可笑极了。他快活得很，也满足得很，要不是后来发生了一桩事件，他会在广告公司继续干下去的。当然，一定会发生一个意外事件的，要不他怎么会回到温斯堡来呢，我们也就不会认识他了。事件的起因是一个女人。当然会是那样的。他活得太开心了。在他的生命里，必定会有一个东西闯进来的。必定会有一个东西把他从那纽约的公寓推出去，使他成为一个默默无闻的人，让他在黄昏当夕阳徐徐沉落在威斯利·莫耶的马厩顶棚的时候，在俄亥俄一个小镇的街上来来回回地彳亍独行。

那件事是怎样发生的，有天晚上伊诺克把它的始源告诉给了乔治。他想讲给一个人听，选择了年轻的报社记者当他的听者，因为两人邂逅的那一刻，也正是年轻小伙子的情绪能够善解人意的时候。

青春的悲哀，青年人的悲哀，岁末小镇子里一个青年人成长的悲哀——这些悲哀把老人的话匣子打开了。这些悲哀深藏在乔治·维拉德的心底，并没有什么特别的深意，但它将伊诺克·罗宾逊吸引住了。

两人相遇在一起谈话的那个晚上，正下着十月那种淅淅沥沥的小雨。秋收的季节已经到了，照理说夜晚该是晴朗的，天空也该挂着一枚月亮，清新的空气沁人心脾，预示着早霜的降临，可偏偏却不是如此。雨下着，街灯下面一洼洼积水粼粼地闪着光。雨水在集市后面那片黑暗里面，从一片片黑色的枝叶上流下来，淌到地面。地上冒起的树根上面黏着湿叶子。温斯堡那些住家的后院，土豆藤已经干枯了，蜘蛛网似的趴在地上。男人们吃过了晚饭，原来打算要到镇子上的哪个店铺后面找人聊聊天，打发晚上的时光，现在也改变了主意。乔治·维拉德在雨里走着，倒是喜欢这场雨在下着。这是他的感觉。这点，他倒是和伊诺克·罗宾逊很相似的，那老人也常常到了夜里便离开他的房间，到街上独自到处游荡。两人确实有许多相似的地方，不同的是乔治·维拉德已经长成一个魁梧的年轻人，对他来说，抹眼泪和自悲自怜都不是一个男子汉该做的。他母亲病重已经一个月了，这也是他悲哀的原因之一，但不是主要的原因。这时他想的是他自己，而对于一个青年人来说，想到自己的时候就往往带来忧伤和悲哀。

伊诺克·罗宾逊和乔治·维拉德是在沃亚特马车店前的雨篷下面相遇的。温斯堡街上有条分岔出来的街道叫莫米路，马车店就在莫米路的路边。雨篷撑在商店的前面，遮住了人行道的一部分。两人一起从那里离开，穿过被雨水洗涤过的马路，走到海夫纳公寓的三楼，到了老人住的房间。年轻报社记者到那里，也算是出于他的自愿，是两人在聊了十分钟以后伊诺克·罗宾逊邀请他去的。小伙子心里有点害怕，但他这一辈子还从来没有这样的好奇过。人们都说这老头的脑子有点偏差，这样的话他听了不止上百次了，他觉得自己敢跟着他走，还是蛮勇敢，蛮有男子气的。从他们一开始说话的时候起，当时还在那条下着雨的大街上，老人的举止就有点怪异，想要讲他那个正对着华盛顿广场的房间，讲他在那个房间里的生活。"如果你认真听，就会明白的。"他很肯定的样子，"以前你在路上从我身边走过，我就注意过你，我觉得你是会明白的。那不是件难事。你唯一要做的，就是相信我说的话。你只要好好听，相信我说的，就行了。"

那晚老伊诺克在海夫曼公寓大楼的房间给乔治·维拉德

讲到故事最关键的一个情节的时候，已经过了晚上十一点。那是关于一个女人的故事，他就是因为这个故事才离开那个大都市，在温斯堡度过他穷困潦倒和孤独的余生的。伊诺克在窗口旁边的一张小行军床上坐着，一手撑着脑袋，乔治·维拉德坐在桌旁的一张椅子上。桌子上点着一盏煤油灯，房间里空荡荡的虽然没有什么家具，但十分干净，没有一点尘灰。老人讲述的时候，乔治·维拉德开始想从椅子里站起来，也坐到那张行军床上，把手搭在瘦小的老头肩头。在半明半暗之中，老人款款地讲着，年轻人坐在一旁聆听，心里充满了悲哀。

　　"她到公寓房间来的时候，已经好多年没人来过了，"伊诺尔·罗宾逊说，"她在楼房的过道碰到我，我们是那样认识的。我不知道她在她的房间里做什么。我从来没有进去过。我想她是个音乐家，拉小提琴的。她时不时地会到我的公寓来找我，敲我的门，我就去把门打开。她进来后就在我旁边坐下来，就那么坐着，往四周看看，一句话都不说。即使说，也是些无关紧要的话。"

　　老人从行军床上站起来，开始在房间里来回地踱起步子。他穿的外套在外面被雨水打湿了，水点滴在地板上，发出轻轻的滴答声。当他再回到行军床坐下时，乔治·维拉德也从椅子上站起来，走过去坐在了他的身边。

　　"我对她有种特别的感觉。她在那儿和我一起坐在房间里，可是她对于那个房间来说实在太大了，我觉得她把里面所有东西都赶跑了。我们聊的只是些琐碎的事情，但我没办法安安静静地坐着。我想用手指抚摸她，想吻她。她那么漂亮，手那样有力，而且她一直在看着我。"

老人颤抖着的声音突然沉默了下来，浑身像着凉了似的颤抖着。"我很害怕。"他轻声说，"我怕极了。她敲门的时候，我不想让她进来，可我没办法安静地坐着。'别，别，'我对自己说，但还是起身开了门。你知道，她已经完全长大了。她已经是个成熟的女人。我觉得在那个房间里，她比我还要大些。"

伊诺克·罗宾逊朝乔治·维拉德盯着，灯光下，那双带着孩子气的蓝眼睛闪着亮光。他的身体又颤抖了一下。"我想要她，但又一直不想要她。"他解释着，"后来，我开始把我那些小人，还有所有对我来说重要的东西都告诉了她。我想冷静点，想自持一点，可是做不到。那感觉就跟我在开门的时候一样。我有时恨不得叫她离开好了，再也不要回来。"

老人突然跳起来站在地上，激动的嗓音在颤抖。"一天晚上发生了一件事。我急着要让她了解我更多一点，知道在那个房间里我是一个多么了不起的人物，朝她发了脾气。我要她知道我的重要，对她说了一遍又一遍。她想走，我跑过去锁起了门，她到哪儿，我就跟到哪儿。我不停地讲呀，讲呀，突然间，什么都完了。她露出异样的眼神，我觉出她已经理解了。也许她一直都能理解。我气极了，根本无法忍受。你知道吗，我想让她理解我，可又不能让她理解我，因为如果她真的理解了的话，就什么都知道了，我就要沉到水底被淹没了。事情就是这样，我也无法解释。"

老人沉沉地在灯旁椅子上坐下，小伙子听着他的讲述，心里不由得充满了敬畏。"你走吧，孩子，"老人说，"别再和我待在这儿了。原来还以为告诉你是件好事，可根本不是。不想再说了，你走吧。"

乔治·维拉德摇摇头，语气突然带上几分权威。"别在这时候停下来啊，把故事的结尾告诉我，"他严厉地命令，"后来发生什么了？把剩下的故事都讲给我听。"

伊诺克从椅子上跃起，大步走到房间的窗户旁。乔治也跟着走了过去。两人肩并肩站在窗前，一个是个子魁梧、举止笨拙的小大人，另一个是个子矮小、满面皱纹的大小孩，窗外是温斯堡空无一人的大街。一个带着诚挚童音的嗓子继续着未讲完的故事。"我开始诅咒她，"他解释道，"用最脏、最下流的话来骂她。我叫她走开，再也别回来。嗨，我说了些不堪入耳的话。最初她还装着没听明白，我就不停地讲，不停地骂。我用脚跺着地板，对她大声喊，整间房子都响着我的咒骂声。我不想再看见她，我知道，她听了我说的一些话以后，我也不会再见到她。"

老人的声音中断了，他摇了摇头。"完了，一切全完了，"他说，语调平静而忧伤，"她从房门走出去，房间里面那些有生命的东西也跟着她一起走了。她把我所有的小人全带走了。他们都跟着她走出了那扇门。最后的结尾就是那样。"

乔治·维拉德转身离开了伊诺克·罗宾逊的房间。在他迈过门槛正要走出门外的时候，听到从黑暗里传来一个年迈的细声在窗旁哭诉着，抱怨着："我孤零零的，一个人在这里，"那声音说，"我的房间曾经温暖过，有过友谊，现在我只是孤零零的一个人。"

觉醒

贝尔·卡宾特长着丰满的嘴唇，浅灰色的眼睛，皮肤发着黧色。她个子高挑，身体强壮。有时想到不愉快的事情觉得不高兴，就恨不得自己是个男子汉，用拳头和别人打一架，争个高低。她在凯特·麦克修太太的女帽店工作，白天坐在店铺后面的窗户旁修饰各种帽子。她父亲叫亨利·卡宾特，在温斯堡的国家第一银行当收银员。父女俩住在七叶树街，在偏僻的街尾一间沉闷的老屋子里。屋子被一圈松树围着，树底下的地光秃秃的，一根草也没有。屋后的锡雨槽已经生锈了，从接头处脱落了下来，遇上刮风就被吹到工具棚的棚顶，发出砰砰的敲打声音，有时整晚都响个不停，叫人听见难受极了。

贝尔还小的时候，亨利·卡宾特对她管教十分严厉，严厉到几乎难以忍受的程度，不过待她长成大姑娘后，他就拿她没办法了。银行收银员生命中的每一天都排满了无数鸡毛蒜皮的小事：每天早晨他去银行前，先要到衣帽间穿上那件已被年岁磨旧了的黑色驼毛外套。晚上回家后，再换上另一件黑色的驼毛外套。每天晚上都把出外穿的衣服熨得齐齐整整的。为了熨压衣服，他还发明了一套专门压衣服的木板。他把上街穿的西装裤夹在两块木板中间，然后用大螺丝钉把木板紧紧箍起来。到了早上，先用湿布将木板抹湿，再把木板竖起来靠在饭厅的门背后。如果白天谁把他的木板挪动了一下，他就会气得说不出话来，而且他的气要憋一个星期才能消得下去。

那矮个子银行收银员是个欺软怕硬的坏货，害怕他的女儿。他知道他虐待她母亲的那段历史她是晓得的，她因此在心里记恨着他。有一天中午她回了一趟家，路上抓了一把泥巴，把泥巴带回屋里涂在压裤子的木板上。她回去上班的时候，浑身感到无比轻松和痛快。

贝尔·卡宾特偶尔和乔治·维拉德相约着在晚上出去散散步。其实她暗恋着的是另外一个男子，但这个别人不知道的秘密给她带来了许多烦恼。她心里爱着的人叫埃德·汉德比，是艾迪·格里菲斯酒吧的一名调酒师，她之所以把年轻的记者找来，不过是为了释放一下压抑在心中的情感罢了。毕竟——至少在她心里是这样觉得的——以自己的身份与一个调酒师在一起，不是那么般配，所以她才找了小伙子乔治·维拉德来，和他一起在树荫底下散步，让他吻她，用这样的方法满足她内心的渴望。她觉得自己让那小伙子不超越界限是没有问题的，可是在和埃德·汉德比的交往接触上，情况可能就不一样了。

调酒师汉德比是个三十岁的高个子男人，长着一副宽肩膀，住在格里菲斯酒店楼上的一个房间里。他有两个大拳头，但他的眼睛小得出奇，讲话的声音很轻，软绵绵的，好像特意要遮盖他那双拳头后面的力量。

调酒师在他二十五岁那年从印第安纳州的一位伯父那里继承了一个大农场。他把农场卖了，拿到八千元，跑到伊利湖边的桑达斯基花天酒地挥霍了一通，不出六个月就把钱花光了。消息传到了他家乡的小镇，没有谁不感到震惊的。他在桑达斯基所到之处四处撒钱，驾着马车穿街走巷，四处游荡，邀请一大群男男女女来参加他办的酒会。玩牌时下的都是大赌注，由他供养的那些情人光是买衣服就花了他成百上千元。有天晚上他在一个叫作香柏酒庄的别墅和人打架，像个野人似的发了狂，先用拳头把旅店洗手间里的一面镜子砸碎了，然后在舞厅里砸玻璃窗，摔凳子。他这样做，不为别的，只是因为他喜欢听玻璃在地板摔成碎片的声音，爱看那些来度假的客人眼里恐怖的神情。那些客人都是从桑达斯基来的，他们带着女友到这里的别墅来过夜。

表面看，埃德·汉德比和贝尔·卡宾特两人的恋爱不会有什么结果。充其量他俩单独在一起也就是那么一个晚上。那天晚上他从威斯利·迈尔的马厩雇了一套马车，带她出去兜了一个圈子。他心里已经认准了两人的性情相投，她就是他要得到的那种女人，他要让她心甘情愿地和他一起过日子，所以那晚就向她挑明了，说他要追求她。调酒师终于准备成家了，想要开始挣钱供养媳妇，可他的个性太直白简单，不知道该怎样告诉她才好。他的身体渴望着得到她，他用身体来表达内心的渴望。他将修帽师紧紧地搂在怀里，虽然她使劲挣扎，他还是吻了她，一直吻到她不再反抗为止。随后他带她回到镇子，让她下了马车。"下次和你在一起就不会放你走啦。你玩不了我。"他转身驾着马车离开时对她说。紧接着，他从马车上跳下来，用两只有力的手扳着她的肩。"下次你就永远属于我啦。"他说，"你还是现在就先想好，做好准备吧。咱俩在一起是缘分注定了的，你跑不掉，迟早会是我的。"

元月的一个晚上，那晚正好有一弯新月，乔治·维拉德——他是在埃德·汉德比眼里要得到贝尔·卡宾特的唯一的一个障碍物——去散了一次步。早些时候乔治去打台球，他，还有塞斯·里斯满以及镇上屠夫的儿子阿特·威尔森三人一起在兰森·苏贝克的台球室，塞斯·里斯满背靠墙站着，一言不发，只有乔治·维拉德在说话。台球室里面挤满了温斯堡镇子里其他一些年轻小伙子，在议论着女人。年轻的报社记者也加入了他们的议论。他觉得女孩子应当保护好自己，要是发生了什么事，把女孩子带出去玩的男孩是不应该承担什么责任的。说话的时候他看着四周，希望有人注意他。讲了五分钟之后，阿特·威尔森也开始说话了。那段时间阿特正在卡尔·普洛斯的酒吧学调酒的一套手艺，觉得自己在垒球、赛马、饮酒、以及交女人、调情等方面，都已经够得上是个权威。他讲到有天晚上，他和温斯堡的两个女人到了县政府小镇子上的一家娼馆。屠夫的儿子抽着雪茄，他把雪茄叼在嘴角，一边说话，一边不停地把口水吐在地上。"那里的女人还想让我害羞，让我觉得不好意思呢，她们试过了，一点用也没有，"他吹嘘着，"屋里有个女人想挑逗我，倒是我把她给弄懵了。她才刚刚张嘴，我就走了过去，一屁股坐在她腿上。我亲了她一口，满屋子的人都大笑起来。我可是给了她一个教训，叫她别再来烦我。"

乔治·维拉德从台球室出来走到街上。镇子上那几天温度突然降了下来，风从北边十八英里外的伊利湖刮过来，冷飕飕的。可是那天晚上风却停了，一弯新月也让夜晚显得分外可爱。乔治想也没想要去哪儿，要做什么，就从美茵街走了出去，在昏暗的路灯下沿着一条两旁盖满了小木屋的街往远处走。

在满天星斗的夜空下，他不再想台球室的那些伙伴了。天很黑，又是独自一人，走着走着，他开始大声地自言自语起来。刚开始他模仿一个醉汉，拖着两条腿，跟跟跄跄地从街的这头晃到那一头。然后又把自己想象成一个军人，穿着一双亮锃锃的齐膝高靴，腰间挎着一把军刀，每走一步，军刀在腰上碰得叮叮作响。既然是军人，便将自己想象成一名检阅官，在一长列以立正姿势站着的士兵面前走过。他要开始检查士兵的装备了。走到一棵大树的前面，他停下来开始训话。"你的背包不够规整。"他的语气严厉，"我还要说多少遍？所有一切都必须准备得规规整整，分毫不差。我们面临着艰巨的任务，没有规整的准备，就完成不了艰巨的任务。"

年轻人自言自语的声音像是在给自己催眠，在木板的走道上，他的步子开始摇晃起来，却还是继续讲着。"无论是军队，还是士兵，都要遵循一个法则，"他陷入沉思中，轻轻地低语，"这个法则应当是这样的：万事都必须从小事开始。然后再展开，包罗一切。不管是什么都必须规规整整，有条有理，包括工作，包括身上穿的衣服，甚至脑子里想着的事情。我也要照规则行事。我必须学习这个法则。要使自己与一个有法则的、伟大的、像星星在夜空闪耀着的那样的一个事物联系在一起。我必须从手上的每件小事悟出真理，必须遵循法则，只有那样，才懂得活着怎样去工作，去给予，去发光。"

乔治·维拉德走到靠近街灯的一排尖桩篱栅停下，身体不由自主地开始颤抖。脑海里出现的意念和形象全是陌生的，以前从来没有想过，不知道从哪里突然冒了出来。那一刻，好像说话的是另外一个人，他走路的时候，那个人在他耳旁讲话。对此他感到惊奇，高兴自己竟有这般的想象力。继续往前走的候，他激动地指出来这一点。"从兰森·苏贝克的台球室出来，竟然有这样的想象力！"他放轻了嗓音，"看来还是自己独处为好。如果我像阿特·威尔森那样说话，那些男孩子们肯定都听得懂，可是如果把我在这里所想的告诉他们，他们就未必听得懂了。"

温斯堡的当年，就和二十年前俄亥俄州其他的小镇子一样，也有一个临时工住一起的小屋村。那时还没有工厂，那些临时工都是在田里打短工的，或者是在铁路上干杂活的工人。他们每天工作十二个小时，工作一天只有一元的报酬。他们住的房子是搭起来的简陋小木屋，十分窄小，屋子后面带个小院子。条件稍微好一些的，在后院搭个牲畜棚子，养一两头牛，有的人还养几头猪。

在那个晴朗的元月夜晚，当乔治·维拉德的脑海里正翻腾着远大抱负的幻想时，他脚下走着的就正是这种屋村里的一条小街。小街的街灯昏暗，有的地方连人行道也没有，四周的景致在他正在燃烧着的想象上添了一勺油，让火苗烧得愈加旺盛了。他在过去的一年里一有闲暇就读书，此刻，那些古代中世纪的小城镇的故事竟那样栩栩如生，顿然出现在眼前，在他步履蹒跚往前走的时候，禁不住有个奇怪的感觉，好像他正走在前世曾经到过的一个地方。在路的拐角处，他不假思索地走进一条黝黑的小巷，那条小巷夹在人家后院中间，两旁排列着养着牲畜的简易棚子。

他在这条巷子里待了足有半个小时，闻着从拥挤的牲畜棚里发出的刺鼻味道，任凭各种千奇百怪的想法涌进脑海，在脑海里相互碰撞和游戏着。空气是那样清冽甜美，牲畜的粪便味道又那样臭不可闻，两者混在一起，刺激着他的脑子，唤醒了脑子里面兴奋的那一部分。那一间间点着了煤油灯的破旧小屋，炊烟从屋顶的烟囱袅袅升上清新的夜空，猪群发出嘟噜噜的叫声，身穿廉价棉布裙在厨房洗着碗盘的女人，男人走出门朝美茵街的店铺和酒吧走去的脚步声，以及狗吠声和小孩的哭喊声——眼前这一切，对于躲藏在夜幕里的他，是那样奇异地远离现实生活，就像是另外一个世界似的。

兴奋中的年轻人觉得脑海里浮现出的这一切有着那样沉重的分量，难以承受得下去，开始沿着巷子小心翼翼地朝前走。路上一条狗冲出来扑他，他只好用石子扔它把它赶走，后来从一间屋子里走出一个男人，把狗喝住了。当乔治走到一处空地时，他仰起头望着夜空，感觉自己有说不出的高大，刚才的经历已经让自己变成一个崭新的人。在一阵狂热激情中，他用力地将双手高高举向头顶上方的黑暗，嘴里仍然在低语着。感觉到的，只是一股想讲话的冲动，所以嘴里吐出的字语毫无所指，它们从唇边滑落，只不过它们有着深刻含义，代表着勇敢罢了。"死亡，"他喃喃自语道，"夜晚，大海，恐惧，可爱。"

　　从那片空地走出来，乔治又回到了街旁的走道上，走道的对面是一排小房子。他此时感到这条小街上住着的人们一定是他的弟兄姊妹，他是多么希望自己有勇气把他们从家里叫出来，和他们握手。"假如这里只有一个女人，那么，我就要抓着她的手，然后我和她一起跑，直到跑不动为止，"他想，"也许那样会让我好受一些。"想起女人，提醒了他一个事，他转身离开小街，朝贝尔·卡宾特家的方向走去。他觉得她一定能够理解他此时的情绪，再说，他和她的接触，以前一直想进入一种关系，他觉得现在时机成熟了。在此之前，和她在一起的时候，每次吻过她总觉得悻悻然，好像被人利用了似的，也说不清是为什么，但就是不喜欢那种感觉。现在呢，好像自信心增加了百倍，再没有谁可以利用他了。

　　乔治到贝尔·卡宾特家时，在他之前已经有过一个客人。埃德·汉德比到房子的门口，把贝尔叫到屋外，是要好好和她谈谈的。他本打算告诉这个女人让她和他一道走，嫁给他，可等她走出来，见她倚在门边，原来的自信一下子消失了，脸色也变得阴沉起来。"你离那个男孩远一点。"他心里想着乔治，对着她大吼一声，吼完了以后想不出别的话，转身准备离开。"我要见到你俩在一起，会打断你的骨头，也绝饶不了他。"他又补充了一句。调酒师原本是来求爱，而不是来威胁恐吓的，该做的却没有做到，不由得生起自己的气来了。

贝尔在她的恋人走了之后，回到屋里，急急地跑上二楼。她从楼上的窗户可以看见埃德·汉德比穿过马路走到邻居的门前，在一个马桩上坐了下来。幽暗的灯光里，那男人两只手抱着头，一动不动地坐着。见他那个模样，贝尔心里暗暗欢喜，随后听到乔治·维拉德来到门前的声音，急忙百般殷勤地去招呼他，匆忙找了一顶帽子戴在头上。她猜想当她和年轻的维拉德在街上走的时候，埃德·汉德比准会跟在后面，她想好好地折磨他一下。

在馨香的晚风中，贝尔·卡宾特和年轻记者在林荫下走了一个小时。乔治·维拉德的话充满了堂皇的辞令，不久前在幽暗小巷得到的那股力量还在身上振奋着，他的谈吐带着一股豪气，步伐昂然，两只手臂用力甩着。他想让贝尔·卡宾特知道，对于他以前的软弱他已察觉，他已经变了。"你可以发现我不再是过去的我，"他向她表明，两只手插在裤兜里，眼睛大胆地直视着她的双眼，"我也不知道怎样解释才好，但确实是这样的。你得把我当作一个男人，不然就不要和我在一起。只能是这样。"

一钩新月挂在夜空，一个女人和一个男孩在寂静的街上来来回回地走着。乔治把想说的话都说完以后，两人拐弯走进一条侧街，从那里往下走经过一座小桥，来到一条直通山顶的幽径。山坡的下面是水塔的水池，从那里拾级而上便是温斯堡集会的会场。山坡上长着密密的灌木丛和小树，林边有着不大的一片空地，上面长着一片深深的野草，在这季节里，那些野草秆子已经被冻成了硬邦邦的干枝。

乔治·维拉德跟在那女人的身后往山坡上爬，心脏开始急促地搏动，肩头也挺直了。忽然间他有了把握，今晚贝尔·卡宾特就要对他以身相许了。他有个感觉，那股在他身上产生出来的新力量，也在她身上起了作用，是那股力量促使她屈服的。这是一个男子汉气概的意识，想到这里，他简直要陶醉了。在这一路走着的时候，虽然他觉察出她似乎没有注意听他说话，这使他有点不快，不过既然她已经陪他走到这个地方，他的疑虑也就一扫而光。"不一样了，现在一切都变得不一样了。"他一边这样想，一边把她的双肩扳过来让她面朝着自己，直视着她，眼睛里闪烁着骄傲的光芒。

贝尔·卡宾特对他没有反抗。当乔治吻到她嘴唇时，她一下子倒在他怀里，眼睛的视线越过乔治的肩膀，落在后面那片黑暗的深处。这时在乔治·维拉德的脑海里，就像在刚才那条小巷经历过的那样，重又出现了一些词语。他将怀里的女人紧紧地抱着，朝着沉寂的夜轻轻说着这几个字："欲望，"他喃喃地，"欲望，还有夜晚，还有女人。"

对于那晚在山坡上发生在他身上的事，乔治·维拉德一点也不能理解。后来，当乔治·维拉德回到自己房间以后，心头有把无名怒火，想大声哭出来，简直就要疯了。他恨贝尔·卡宾特，而且他知道他一辈子都会恨她。在山坡的时候，他带着那女人走到灌木林间一块小开阔地，在她身旁跪下。就像刚才在临工住宅区附近的空地一样，他把双手举起，对身上得到的一股崭新力量表示感激之后，正等着那女人说话，埃德·汉德比从黑暗中出现了。

调酒师并没有打算要揍那个男孩，虽然他认为他正试图抢他的女人。他知道揍他是没有必要的，用不着用拳头，用他身体内部的力量就可以解决问题。他拽着乔治的肩膀，将他一把揪起，两眼同时盯着坐在草地上的贝尔·卡宾特。他用手臂猛然一甩，将年轻人跌跌撞撞地一下甩到灌木丛里，然后开始辱骂正从地上爬起来的女人。"你这没用的东西，"他粗野地说，"我差点就想不再和你来往，要不是那么想要你，早就不管你，随你去了。"

乔治在灌木丛的地上趴着，望着眼前发生的这一幕，竭力要把脑子里一团乱麻般的思绪理一理。他做好准备，要朝那个羞辱了他的人扑过去。与其这样不光彩地被他抢倒在地上，还不如被他狠狠地揍一顿。

年轻记者朝埃德·汉德比扑过去了三次，三次都被调酒师揪着肩膀，撂回灌木林子里。要不是后来乔治·维拉德的脑袋撞在了一条树根上，躺在地上无法动弹，那个年龄大点的男人看来是要无休止地练习他的武功的。埃德·汉德比抓住贝尔一只胳膊，押着她走了。

乔治听见那一对男女穿过灌木林走远的声音，当他悄悄走下山坡时，心里愤懑不堪。他恨自己，也恨命运——那个将这场羞辱带给他的命运。回想在小巷独处的那一个小时，他开始觉得有点困惑，停下来在一片黑暗里仔细聆听了一下，想再听到那个不久前才在他身旁发出的，给了他一股新的力量的声音。沿着回家的路走又经过那条小街，街道的两旁排满了简陋的木房子，但他不堪多看一眼，提腿就跑。他要尽快逃离这个住宅区，逃离这个此刻看上去如此龌龊污秽、如此平庸的地方。

"怪人"

　　从他坐着的木箱子那里，爱尔曼可以望得见《温斯堡鹰报》印刷车间的后门。在温斯堡有一个考利父子店，爱尔曼就是父子店的两个店主中那年轻的一个。父子店的后院有个简易工棚，工棚是粗木板条搭起来的，像一团乱草似的黏在铺子的背后，工棚的墙上有一扇布满尘灰泥垢的窗户，从窗户往外望，可以看见对门的《鹰报》印刷车间。爱尔曼坐在木箱子上，给脚上穿的鞋子换一根新鞋带，但系了半天，鞋带还是没有系好，只好把鞋子脱下来。他坐在箱子上，手拎着鞋，盯着袜子脚跟一个大破洞，一抬眼正巧望见乔治·维拉德站在《鹰报》印刷车间的后门。乔治是温斯堡镇子上唯一一个记者。"嗨，嗨，还要怎样！"小伙子跳起来站在地上，手里还拎着那只鞋子，悄悄地躲到窗口的旁边。

　　爱尔曼·考利的脸上泛起红潮，两只手开始打起抖来。在考利父子店里面，一个犹太推销员正在柜台旁边站着和他父亲谈话。在他想象中，那报社记者是一定能听见两人的对话的。想到这里，他万分不快，站在工棚的角落，手里还拎着一只鞋子，用穿着袜子的那只脚在地上狠狠地跺了一下。

考利父子店的前门不在美茵主街，而正对莫米街，从前门往过走几步就是沃特的马车店，那里有个供乡下农夫寄放马匹的马厩。店旁有条小巷，那条小巷从美茵街商铺后门经过，每天车水马龙，挤满了送货提货的马车，人们来来往往，到这里装货和卸货。不过，说起这间铺子，它却是难以形容的。威尔·安德逊有一次是这样形容它的：这间店铺什么都卖，也什么都不卖。在面朝莫米街的那扇窗户上，窗沿搁着一大坨黑黢黢的煤块，那煤块大得就像是个装苹果的篮子，摆在窗沿向行人表示，不管谁愿意买，都可以下订单。煤块旁边放着三个蜜蜂蜂巢，脏兮兮的，泛着陈年的褐色陈迹，放在包装的木箱子里。

那几个蜂巢在小店的窗台已经摆了六个月了。店里等待着客人购买的还有专门用来挂大衣的衣架，特制的吊带裤纽扣，刷屋顶用的油漆，专治风湿病的药水，代替咖啡的饮料，那饮料是可以就着蜂蜜喝的——所有这些货品都在耐心等待着有机会为公众服务。

在店铺里面，推销员不停地讲着，埃比尼泽·考利站在一旁听。埃比尼泽·考利身材瘦高，细脖子上长了一个粉瘤，粉瘤被他灰白的胡须遮住了一半。他的样子看上去好像起床后还没洗脸，穿着一件阿尔伯特王子式大衣，那件大衣还是他在婚礼上当结婚礼服穿过的。那时埃比尼泽以耕田为生，还没有开始做买卖，结婚以后每个星期天到镇子做礼拜的时候，穿的就是这件阿伯尔特王子外套。后来把农场卖了开始从商，这件大衣就几乎没怎么离身，穿久了，变成了暗褐色，斑斑点点的布满了污迹。不过，埃比尼泽只要穿上它就觉得自己衣着入时，又准备好了去迎接镇子上新的一天。

埃比尼泽做一个商人其实并没有什么快乐可言，就像以前他当一个农夫一样，那时候他也同样没有快乐可言。但他依然存在着。他的一家，包括他的女儿梅布尔和他的儿子，那两个孩子也都和他一起，住在铺子的楼上。他们日常开销很少，可以说是微之又微，但困扰着他的，并不是经济上的拮据。作为一个商人，他的苦恼在于每次铺子门前来一个推销员，手里拿着些货品要兜售给他，他就害怕。他站在柜台后面，对着推销员使劲地摇头。他怕的有两件事情：第一是怕自己太固执而拒绝买那些货品，以致错过了日后可以出售的机会；第二是怕自己不够坚持，心肠太软，把货品买了下来，日后又卖不出去。

那天早晨，就在爱尔曼·考利望见乔治·维拉德站在《鹰报》印刷车间后门，显然是在窃听别人谈话的时候，店里出现了一个场面，类似这种场面的出现每次都使年轻的考利怒不可遏。推销员不停地讲，埃比尼泽站在一旁听，可以看得出他心里犹豫着，拿不定主意。"你瞧瞧多简单吧。"推销员说。他要推销的是一种很小的平扁的铁片，可以用来做衣领的纽扣。他啪一下用一只手飞快地将衬衫领口的扣子解开，马上又把它重新扣上。接着，他用一种讨好哄骗的口气继续说下去："告诉你吧，人们对衣领纽扣不知已经摆弄过多少花样，换过了多少样式，现在已经到了头，不再会有新发明啦，你呢，你才是在这个新潮里可以赚钱的人！我可以让你拿到这个镇子的独家代理权。你留下十二打这样的纽扣，我就不去别家店铺啦。我就把这整个市场全给你。"

推销员的身体在柜台上面往前倾着，手指头戳着埃比尼泽的前胸。"这是一个机会，我要你抓住这个机会，"他敦促着，"我有一个朋友，是他把你介绍给我的。'瞧那个考利，'他说，'他是个有胆量的人。'"

推销员停顿了一下，等待对方的回答。他从衣兜里取出一个小本子，开始在小本子上写订货单。爱尔曼就是在这个时候冲进店里来的。他手上还拎着鞋子，从谈得正起劲的两人身边走过，直奔商店前门旁边的一个玻璃橱柜，然后从橱柜里面拿出一把廉价手枪，在手里使劲地摇晃。"你出去！"他尖声喊，"我们不要什么衣领纽扣！"他忽然想起一件事。"听着，我不是在威胁你，"他补充了一句，"我并没有说要开枪。也许我只是把手枪从柜子里拿出来看一看。不过你还是赶快滚开吧！没错，先生，我就要这么说。你赶紧拿上你的东西，滚开吧！"

年轻的店老板将声音提到了最高度，成了声嘶力竭的喊叫。他走到柜台的后面，然后一步步地朝着两人逼近。"我们不再做傻瓜了！"他大声喊，"在我们没有开始卖东西之前，我们再不买东西了！我们不能再这样古怪下去，让别人用眼睛瞪着我们，看我们的笑话。你给我滚出去！"

推销商走了。他将柜台台面的衣领纽扣样品拨到一起，放在一个黑色的皮口袋里，从铺子里跑出去了。他个子很小，长着两条罗圈腿，跑起来的样子很古怪。那个黑色的皮口袋在门口的地方被什么东西勾住，他踉跄了一下摔倒在地上。"疯子，纯粹是个疯子！"他从人行道上爬起来，喃喃地说了一句，急急忙忙地跑开了。

铺子里，爱尔曼·考利和他的父亲相互盯着对方。让年轻人发火的那个人已经跑走了，他开始觉得有点尴尬。"嗨，我确实是那么想的。已经好久了，我觉得我们和别人不一样。"他边说边走到展品柜，把手枪放回原处。找了一个木桶坐下，把手里拎着的鞋子穿好了，系紧了鞋带。他在等着，等着父亲哪怕是说一句理解他的话也好，可是没想到父亲一开口，本来已经平息怒火的儿子这时又火冒三丈起来。小伙子二话不说，从店里跑了出去。店老板看着儿子的背影，用他长长的脏指甲挠了挠头上灰白的头发，脸上又现出了方才遇见推销员时那犹疑不决、不知所措的神情。"你把我也洗洗，熨熨好了！"

爱尔曼从温斯堡镇子里出来，走在乡间小道上，这条乡间道路就在铁路的旁边，和铁路并行朝着一个方向走。他不知道他要去哪里，也不知道他要十什么。走到一处，小路突然朝右一个拐弯，然后在铁路的下方通过，他在那个深凹进去的通道里停下了脚步。店里引起他冲动的那股情绪这时找到了发泄的语言。"我不要做个怪物——一个让大家用眼睛瞪着瞧，看笑话的怪物！"他大声说，"我要和其他人一样。我要让那个乔治·维拉德瞧瞧。他看得出来的！我会让他瞧瞧！"

年轻小伙子站在路的中央，心里乱糟糟的，沮丧得很。他往后瞪了小镇子一眼。他其实并不认识记者乔治·维拉德，对那个在镇子里满街跑，到处搜寻新闻的高个子年轻人，他并没有什么特殊的喜恶。只是因为那记者站在《温斯堡鹰报》的办公室，站在报社的印刷车间，在这年轻商人的心目里他才有了一定的代表性，代表了某种东西。他觉得这个天天从考利父子店前面走过的，在马路上停下来和人打招呼的男孩心里一定在想着他，也许正在笑话他。乔治·维拉德是属于这个镇子的，他是这个镇子的代表人物，在他身上蕴藏了这个小镇的精神。至少爱尔曼是这样认为的。如果有人说乔治·维拉德也有不快乐的日子，如果说他也被隐秘的、难以解释的、无法形容的种种欲望折磨着，爱尔曼是绝对不相信的。乔治不是代表了众人的观点，而温斯堡的舆论不是已经给考利一家戴上一顶"古怪"的帽子吗？乔治不是在美茵街上边走边吹口哨，边走边放声大笑吗？温斯堡的舆论标准不就是微笑着我行我素，做自己的事吗，如果出击这个人，不也就等于也在出击温斯堡的舆论标准，他的更大的敌人吗？

爱尔曼·考利的个子比一般人要高得多，手臂长而有力。他的头发、眉毛以及在下巴刚刚开始长出来的茸茸的胡须颜色都非常浅，几乎是白色的。他的牙齿有点龅，从两片嘴唇中间露出来，眼睛是蓝色的，那蓝就像是温斯堡镇子里的小男孩在衣兜揣着的那种叫"农科生"的玻璃弹球的浅蓝色，淡得几乎就跟透明似的。爱尔曼在温斯堡已经住了一年，但还没交上一个朋友，他觉得命中注定他这一辈子是不会有朋友的，想到这点他就难过得很，很不开心。

高个子年轻人把手插在裤兜里，闷闷不乐地沿着小路无目的地往前走。天很冷，风一阵阵地刮着。过了一会儿，太阳出来了，路面开始也变软了，原来冰冻了的泥巴凸起来的部分开始融化，爱尔曼的鞋子上沾满了泥巴。他开始觉得脚在发冷。走了几里路后，他从小路拐出来，穿过一块田地走进一片树林子里头。这时他的情绪低落，身体也难受不堪，就在林子里拣了些干树枝，点起篝火，在篝火旁坐着，暖和自己的身体。

在火堆旁的一条树干上坐了两个钟头后，他站起来，小心翼翼地走出一丛密密的灌木林，来到一道栅栏旁边。望见在田野的那头一座四周被小棚屋围起来的房子，他的唇边浮起一丝微笑，挥了挥他长长的手臂，朝地里正在剥玉米的一个人打招呼。

在年轻商人最忧伤，心情最低落的时刻，他回到了他度过童年时代的农庄。在这农庄里面住着一个人，他感觉那个人是自己唯一可以倾诉衷肠的，把自己所有想法都说个明白的人。那个人的名字叫木卡，他的脑袋有点迟钝，以前是埃比尼泽的雇农，当埃比尼泽将农场卖给别人之后，他在农场留了下来。老头子就住在屋子后面那些没刷油漆的其中一间小棚屋里，白天就到地里转悠着，到处找点事干。

傻子木卡生活得很幸福。他对那些和他一起也住在小棚子里的牲口有着一种孩童般的虔诚，一点也不怀疑那些牲口的智力。他感到寂寞的时候，就和那些牛、猪，甚至在院子里乱跑的小鸡聊天，一聊可以聊很长时间。他原来那个农场主的"洗衣服"的口头禅，就是从他这里学来的。他只要兴奋起来，或有什么事让他吃了一惊，他就会幽幽地笑一下，嘴里叨叨地说一句，"你把我洗洗熨直了吧。哎，你把我洗一洗，打个浆，烫平了好了。"

　　傻老头放下手里剥玉米的活，走进树林子里去迎接爱尔曼。对于年轻人的突然出现，他既不感到惊讶，也没兴趣要知道为什么。他也觉得脚冷，走到火堆旁在树干上坐下了。他感激火带来的温暖，至于爱尔曼想要说什么，他显然是漠不关心的。

　　爱尔曼毫无保留，把所有心里话都倾吐出来了。他来来回回地走着，挥动着双手。"你不明白我的问题是什么，所以很自然，你也不会关心我的问题是什么。"他大声说，"可我呢，就不一样了。瞧瞧我的四周，一直都是些什么样的人。父亲是个怪人，母亲呢，也同样是个怪人。就连母亲那时穿的衣服也和别人的不一样。你瞧瞧，父亲穿着那件外套在镇子里走来走去，还以为自己穿戴得很体面呢！他为什么不去买件新大衣呢？也花不了多少钱。让我告诉你为什么吧！是因为父亲根本不懂。母亲活着的时候，她也同样不懂。梅贝尔和他们不一样。她懂，但只是不说而已。但我要说！我不愿再让别人瞪着眼睛看笑话！你瞧瞧，木卡，父亲在镇子里的那个小店铺——那不过是个古怪的杂货摊罢了，他买下来的那些杂货是永远也卖不出去的。可是他不懂这一点。他有时候也担心店里没生意，然后就再买点别的什么东西。他晚上坐在楼上的炉子旁边，说过一阵子生意就会来的。他才不担心呢。他是一个怪物。他知道的那点东西还不够让他担心的呢。"

　　情绪激动的年轻人这时更加激动起来。"他不懂，但我懂。"他大喊了一声，停下来对那个傻老汉的迟钝，毫无反应的面孔盯着。"我知道得太清楚，我再也没法忍受啦。我们住在这儿的时候是完全不一样的，我白天去干活，到了晚上就上床睡觉。用不着像现在这样要去见人，要动脑子。在镇子上，到晚上我要去邮局，要不就去车站，等火车进站。在那个地方没人要和我打招呼。到处都站着人，那些人聊天说笑，就是没有人要和我搭个茬。我呢，觉得自己怪怪的，和别人不一样，也不知道该怎样去和人搭话。我只好走开。我什么话也不说。我没办法说。"

年轻人再也忍不住他的怒火了。"我再也忍受不下去啦！"他大声喊，望着树上光秃的枝丫，"我生来就不是能忍受的。"

老汉在篝火旁的树干上坐着，爱尔曼看了一眼他愚钝的脸，更是气不打一处来。他用在来这里的路上横视身后的温斯堡那同样的目光朝老头子瞥了一眼。"你回去干你的活去吧！"他尖声叫道，"和你说这些又有什么用？"忽然，在他的脑际浮现出一个想法，他把声音放低了。"我也是个胆小鬼，是不是？"他咕哝了一句，"你知道我为什么离开家，徒步走到这里来？我得找人说说话呀，你是我唯一可以说话的人。你看，我找到了另一个怪人！没错，我从那里逃出来了。我不知道该怎样面对像乔治·维拉德那样的人。我就跑到这儿来找你啦。我应该去告诉他，我会这样做的。"

他又一次提高嗓门大声喊，两手舞着："我要去告诉他。我不再做个怪人。才不管别人怎样想呢。我没法忍受下去了。"

爱尔曼从树林跑出去，留下傻汉子一个人坐在火堆旁边的树干上。过了一会儿，老头子也站起身，爬过围篱回地里继续剥玉米去了。"你把我洗一洗，打打浆，熨了吧！"他大声地说，"唉，你把我洗了，熨了吧！"木卡突然起了点兴致。他沿着小路走到一片地里，地里有两头牛，正在一个草垛子旁边慢慢地咀嚼着干草。"爱尔曼刚才来过啦。"他对那两头牛说，"爱尔曼疯了。你们最好还是躲在草垛子后面，别让他看见你们。他会打伤人的，那爱尔曼能做得出来。"

那天夜晚，约八点钟的时候，爱尔曼·考利来到《温斯堡鹰报》办公室的前门，先往门内探了探脑袋。乔治正在办公室里坐着写东西。爱尔曼把帽子拉得低低的，盖住了眼眉，阴沉的脸上流露出坚决的神情。"你跟我到外面来。"说着，他走进办公室，带上了房门，但手还扶在门的把手上，像是在准备着不让别人进来。"你出来好了。我要和你说个话。"

乔治·维拉德和爱尔曼·考利穿过了温斯堡的美茵大街。那天夜里很冷，乔治穿着一件崭新的外套，浑身上下一副整齐利索的打扮。他的两手插在衣兜里，好奇的眼光落在同伴的身上。他早就想和这个年轻的店铺老板交个朋友的，想知道他脑子里想着什么，现在觉得机会来了，不禁暗暗地高兴。"他想要干什么呢？也许他觉得他有给报纸报道的新闻吧！一定不是什么地方着了火，没听到火警的铃声，也没见到有人在路上跑。"他心里想。

十一月寒冷的夜晚，温斯堡镇的美茵街上行人寥寥，偶尔几个行人走过，也都是匆忙地赶着要到哪间铺子里的火炉去取暖的。所有商店的窗户都蒙上了一层霜雾，一阵风刮过来，威灵大夫诊室楼梯口挂着的铝制广告牌被摇晃得叮当作响。和恩蔬果店门前的人行道上摆着一篮子苹果，旁边放着一个搁满了新笤帚的架子。爱尔曼·考利走到这儿停住了脚步，面朝乔治站着。他竭力想说一句话，但两只手像吊水桶似的，刚提起又放下了。他面部的各种表情开始在变化着。他像是马上就要大声呼喊。"唉，你还是回去吧！"他叫了起来，"别再和我在这儿待着了！我没什么要告诉你的。我压根就不想见你！"

神志有些昏迷的年轻店老板在温斯堡住宅区的街上一连走了三个小时。他气惜了，他恨自己连大声说出来他"不愿做一个怪人"这一点小事都做不到。失败的感觉使他感到痛苦，他想放声哭出来。他嘟嘟哝哝的，白白地对自己说了几个小时，占了一下午的时间，一走到年轻记者的面前，却又说不出话来了。他觉得自己的前途渺茫，看不到一丝希望。

这时他脑子里忽然冒出一个主意来，在包围他的一片黑暗之中，他开始看到了一线曙光。他回到已经熄了灯的考利父子店，悄悄地走了进去。小店已经开张一年多了，一直在望眼欲穿地盼望着顾客的到来，却总是冷冷清清，无人光顾。他走到屋子后面，伸手在炉子旁边的木桶里面探了一下。木桶里面装着一些木屑，木屑的底下藏着一个小铁盒子，里面放着考利父子店的现金。每天晚上，埃比尼泽到了关店门的时候，总是先将小盒子放进木桶里才上楼去睡觉。"他们绝对猜不到那样一个随随便便的地方的。"他想着打劫的强盗，对自己说。

爱尔曼从盒子里取出了两张十元的钞票，共有二十元。盒子里放着一小捆扎起来的现金，大概有四百元，都是卖农场的时候剩下的。随后他将铁盒子放回在木屑的下面，轻轻从前门出去，重新走回大街上。

那个他刚刚才想到的，可以一劳永逸解除他所有痛苦的主意，其实很简单。"我要离开这个地方，我要离开这个家出走。"他告诉自己。他知道有一班本地列车半夜会经过温斯堡，然后朝克利夫兰的方向开，在清晨抵达克利夫兰。他可以在这趟本地班车偷乘一个顺路车，到了克利夫兰以后就消失在人海里。等到了那里，他可以去找一个商铺的工作，那时他就可以和店里的其他工友交个朋友，反正在那些地方谁也不会去注意他，他就可以随意说话和谈笑啦。到那时他就不再是一个怪人，他将会有自己的朋友。生活对于他也会开始有温暖，有意义，就像生活对别人一样。

这个举止腼腆的高个子青年在街上跨着大步走着，他开始为自己刚才竟然发脾气，竟然有点害怕乔治·维拉德感到好笑。他决定在离开小镇之前再去找一次那个年轻报社记者，把他叫出来谈一谈。他要告诉他一些事，或许还可以向他挑战，赢个高低；可以通过他来向整个温斯堡挑战。

这新的满满的自信使爱尔曼一下子精神振作起来，他走到新维拉德旅店，使劲捶响了大门。一个睡眼惺忪的男孩在办公室里的简易床上睡着。他是个不拿薪水的服务生，旅店提供他每日三餐，另外给他"夜班值勤员"这样一个令人自豪的头衔。爱尔曼在男孩的面前做出大胆强硬的样子。"你去把他叫醒，"他用命令的口吻说，"告诉他，让他下来直接到火车站。我要乘本地班车走，必须见他一面。叫他穿上衣服快下来。我没多少时间等他。"

午夜的那趟本地班车已经完成了在温斯堡的工作，列车员正将一节节车厢连接起来，左右摇晃着提灯，准备着继续往东的行程。乔治·维拉德身上还是穿着那件新外套，揉着眼睛，万分好奇地朝着火车站跑来。"喂，我来啦！你想要什么？你有事要告诉我吗？"他问。

爱尔曼憋足了劲想解释一下。他舔了舔舌头，湿润了一下嘴唇，朝火车的方向看了一眼。列车已经开始铿铿地响起来，马上就要启动了。"嗨，你瞧，"他刚开口，又失去控制，不知道说什么好了，"你把我洗一洗，熨了吧。你把我洗了，浆了，熨了吧。"他话不成句地咕哝着。

黑暗中，爱尔曼在火车站台上气愤地手脚乱舞。火车在身旁嘎吱嘎吱的，已经在准备发动，信号灯在他的眼前左右摇晃，对着天空闪光。他从衣兜掏出两张十元的钞票，一把塞进乔治·维拉德的手里。"拿着！"他大声喊，"我不要这钱！把它交给我父亲！是我偷出来的。"狂怒之中，他一个急转身，两条长手臂开始朝空中抢出去，就好像有人把他抓住，他要拼命从那人的手掌里挣脱开来似的。他伸出了拳头，朝着乔治·维拉德的胸口、脖子、嘴巴，一拳又一拳狠狠地打去。年轻记者被打得在站台的地上直打滚，他被雨点般有力的拳头打晕了，神志似清醒不清醒的，也不知道到底发生了什么事情。当火车终于开始启动的时候，爱尔曼跳上正在移动着的火车，爬到车厢的顶部，从一节车厢跨到另一节车厢，然后跳下来到一节平板车厢，趴在地板上回头望着，竭力要在黑暗中看清楚被他打倒在地上的那个人。他的胸膛里充满着骄傲。"我给他一点颜色看了！"他大声喊，"我想这回我给他一点颜色看了！我不是一个怪物！我猜这下子我让他知道了，我不是一个怪物！"

沉默的谎言

雷·皮尔逊和哈尔·温特斯是两个当长工的雇农，都在温斯堡北边三里路外的一个农场干活，每到礼拜六下午他们就和乡下其他雇农一道到镇子里去逛逛街，溜达溜达。

雷是一个不善言辞，很有点神经质的人，五十岁左右，蓄着一把棕色的大胡子，两个肩膀被常年辛苦的农活磨得削了下去。他的性格和哈尔·温特斯的性格正好相反，可以说是没有一点相同的地方。

总的来说，雷是个做事认真的人。他有一个小个子的老伴，他那老伴不仅尖酸刻薄，嗓门也十分尖锐。这对夫妇有着半打长着细瘦小腿的孩子，这一家人住在一间简陋破旧的小木屋里，那木屋就在雷的雇主威尔斯的农庄后面，在一条小溪的溪畔。

他的农友哈尔·温特斯是一个年轻的小伙子。小伙子哈尔和镇子上德高望重的涅特·温特斯一家没有任何亲戚血缘关系。他父亲温格彼得·温特斯是温斯堡镇子里大家公认的一个下流恶棍，在六里路外的同盟村有个锯木场。老头有三个儿子，哈尔是其中的一个。

在俄亥俄州北部，也就是温斯堡坐落的那一带地区，人们都不会忘记老温格彼得是怎样死的，因为他的死实在太奇诡悲惨了。那天夜里，他在镇子上喝醉了酒，驾着马车沿着铁轨朝同盟村的家走。镇子里肉铺的屠夫亨利·博腾堡也住那头，在出镇子的地方就已经将他拦了下来，告诉他这样走下去会撞上迎面开来的火车，但温格彼得用马鞭朝他狠抽了一下，还是继续驾着马车朝前走。后来火车撞上他和那两匹马的时候，有一个农夫和他的妻子正好驾着马车回家，就走在旁边的一条路上，亲眼目击了那场事故。据他们说，老温格彼得站在马车的座椅上，朝着迎面开来的火车狂喊咒骂。当两匹马在他不停的鞭笞下疯狂地奔跑，朝着不可避免的死亡跑去的时候，他却开怀地放声大笑，尖声嘶喊。像乔治·维拉德和塞斯·里斯满这年龄的男孩，对于那个事故都记忆犹新，因为虽说镇上的人都讲老头子直接进了地狱，少了这个祸种是件好事，但每个人都敢确定，在那最后一刻，他很清楚自己在做什么，因此对于他那愚蠢的勇气倒是抱有几分敬佩。多数男孩都情愿轰轰烈烈地死去，觉得那样总比做一个食品店的店员，一辈子都过着毫无色彩的生活要强。他们那样想，也并不是一点道理没有的。

不过，这里要讲的，不是关于温格彼得·温特斯的故事，也不是关于他的儿子，那个在威尔斯农场干活的、雷的农友的故事。这是关于雷的故事。虽是这么说，在这里还是有必要先介绍一下年轻的哈尔，您才能领会这个故事的要点。

哈尔是个坏小子。每个人都这么说。温特斯家有三个儿子：约翰、哈尔、爱德华。三个儿子都长得像老温特斯：大块头，虎背熊腰，到处寻事打架，追逐女人——概而言之，这几个人都是地地道道的坏痞子，从头到脚没有一点好的地方。

在这三个人当中，哈尔是最恶劣的一个，总在闯祸。一次，他从他父亲的锯木场偷了一车木板，运到温斯堡去卖。他用卖来的钱给自己买了一身样式花哨的廉价西装，然后把自己灌得酩酊大醉。他父亲怒气冲天跑到镇子里来找他的时候，两人在美茵大街上遇见，拳打脚踢地打了一架，最后一起被抓起来，送进了监狱。

他到威尔斯农场来干活，是因为有个乡村女教师就住在农场附近，他迷上了人家。他才刚刚二十二岁，但温斯堡镇子里人们说的"坑女人"的事，他已经做过两三次了。凡是听到他对那学校女教师在患单相思的人，都认定了最后肯定不会有好结局。"他只会给她带来麻烦，等着瞧吧。"街头巷尾，人们说的都是这句话。

十月末的一天，这两个人，雷和哈尔，一道在地里干活。那天的活儿是剥玉米，剥着剥着，偶尔其中一人说了句什么，两人一同笑起来，笑完后又回到沉默。雷是性格比较敏感的一个人，做事也比较仔细，他的手上皲裂了好多处，生疼着。他将两只手放进大衣的兜里，朝田野尽头望去。他正感到一阵忧伤和迷茫，乡村的美丽更是深深地触动了他。倘若您也熟悉秋天的温斯堡乡村，曾经见过在那些起伏的丘陵上层林尽染一片金黄和绛红，那么您也就一定可以理解他那一刻的感受。他记起了从前，那还是很久很久以前，那时他还是个小青年，和他父亲住在一起。他父亲那时是温斯堡的一个面包师傅。他记得也是在这样的季节，他一个人到处游荡，到林子里拾板栗，打野兔，或者什么事也不做，抽着一根烟斗到处闲逛。他现在的婚姻就是一次闲逛的结果。他逗引一个来他父亲的面包店买面包的女孩子，约她和他一起出去玩，结果事情就发生了。他想起了那天下午，想起了那个下午如何影响了他的一生，一个要抗议的冲动突然涌了上来。他忘了哈尔就在身旁，喃喃地嘟囔了起来。"被嘉德坑了！是的，命运玩弄了我，把我坑了！"

哈尔·温特斯好像知道他正在想什么似的，接上了话茬。"嗨，到底值不值得呀？那些结婚啊什么的，你觉得怎么样？"他问了一句，笑了起来。他接着想再笑笑，可不觉地也认真了起来。他说话的口气突然变得严肃起来。"作为一个男人，真的有必要这样做吗？"他问，"他非要像匹马那样，给套上一条缰绳，一辈子被人牵着走吗？"

哈尔还没等听到回答便跳起站在地上，开始在玉米地垄子里来回地走。过了一会儿他更激动了，弯腰拾起一根黄玉米，使劲朝篱笆的方向扔过去。"我给妮儿·龚特尔找了麻烦啦。"他说，"我只是在这儿告诉你知道，你可别在外面胡说八道。"

雷·皮尔逊站起身来望着他。他比哈尔几乎要矮一尺，年轻小伙子走过来将手放在年长者的肩上时，两人简直可以拍个经典照片了：在一片空旷的田野上，两人站着，身后静静地立着一排排玉米秆，远方有金黄和绛红的山坡起伏着。这两个原来互不关心的雇农，忽然感觉到了对方的生命。哈尔也感觉到了这一点，从他的笑声里就可以知道。"嗨，老爸，"他说话的时候有点腼腆，"来吧，给我点建议。我给妮儿·龚特尔找麻烦了。也许你以前也给自己找过同样的麻烦呢。我到底该怎样做？我知道大家会怎么说的，不过你呢？你的看法是咋样的呢？我该结婚，该成家吗？是不是该一头钻进马套里面，像一匹老马那样，干到走不动为止？雷，你是知道我的。没有人可以打败我，但我可以打败我自己。我该往前走呢，还是该告诉妮儿见鬼去呢？快吧，告诉我，你是怎么想的。雷，不管你说什么，我都听你的。"

雷无法回答他的问题。他甩开哈尔的手，转过身径直朝马厩的方向走去。他是个性情敏感的男人，泪水在他的眼眶里面打转。他知道得很清楚，对于哈尔·温特斯，这个老温格彼得的儿子，他只有一个忠告，这忠告得自他自身的经验，也是他认识的所有人都赞同的。但是，尽管他知道他该说什么，就算是要了他的命，他也不会说出来。

那天下午大概四点半的光景，雷还在马厩里磨磨叽叽地干着活，他的妻子从溪畔那条小路走过来找他。雷和哈尔谈过话之后一直在马厩附近干活，没有再回玉米地去。他把晚上的活也干完了，见到哈尔已经打扮整齐，从农舍出来上了公路，又要到镇上闹腾一夜。他跟在妻子的身后，低垂着眼睛望着路面，沿着小道慢吞吞地往家走，脑子里还在思考着。他自己也说不清楚是怎么回事。每次他只要一抬眼，望见在渐渐消逝的晚霞中乡村的美景，就想做一件从来没做过的事情：要么就大声呼喊，要么就尖声大叫，或是用拳头打他妻子一下，或是做些别的以前根本想象不出的、可怕的举动。他在小路上走着，一边使劲挠着头，竭力在想这到底是咋回事。仔细瞧瞧妻子的背后，她看上去倒是蛮正常的，和平时没有什么两样。

她只不过是要让他到镇子上买点食品就是了。她才把话说完，就开始抱怨起来。"你总是拖拖拉拉的，"她说，"我要你动作快一点！家里空空的，连晚饭都没有，你快给我到镇子上去，马上回来！"

雷走进他自己的屋子，从门后的挂钩上取下外套。外套口袋的周围已经磨破了，领口上油腻腻的。妻子走进卧室，出来的时候一只手里拿着一块脏布，另一只手里拿着三个一元的银币。屋里，从一个房间传来小孩的尖声哭叫，火炉旁睡着的狗站起来，打了个哈欠。妻子接着埋怨说，"那些孩子要哭啊哭的，没个完！你干吗总是这样磨磨蹭蹭的！"她问道。

雷从屋里走出来，爬过篱笆走到地里。天已经渐渐黑了，在他面前展开的那片景致，此时分外可爱。四周一片山丘全浸染在霞色之中，就连篱笆拐角处的那些小灌木丛也变得美丽生动起来。在雷·皮尔逊的眼里，这整个世界似乎突然被赋予了生命的意义，就好像他和哈尔在那片玉米地里站着，眼睛朝对方凝视着，突然意识到了生命力的存在一样。

对于雷，温斯堡这一带乡间秋夜的景色实在是太浓，实在是太美了。也只能这样解释。美得他无法承受。突然，他竟全然忘记了自己是个少言寡语的老雇农，将那件破旧的外套一扔，抛在地上，开始往田野的那头跑。他一边跑一边大声叫喊，抗议他的命运，抗议所有命运，抗议让生命变得丑陋的一切。"没有人承诺过任何东西，"他朝着四围开阔的空间大声喊，"我从来没有向我的米妮承诺过什么，哈尔也没有给妮儿任何承诺。我知道他没有。她和他一起到林子里去，是她自己愿意去的。他所想要的，她也想要。为什么要我付出代价呢？为什么要哈尔付出代价呢？为什么要有一个人付出代价呢？我不要哈尔变得疲惫不堪，一副老态！我要把这话告诉他。我不能让这事继续下去。得在哈尔到镇子之前把他拦住，把这话告诉他。"

雷跑着，他跑起来动作有点笨拙，被绊倒了一次，摔倒在地上。"我得把哈尔拦住，告诉他。"他不停地对自己说。他跑得上气不接下气，但还是越跑越快。跑的路上，又回忆起多年没想起的往事——在他结婚之前，他本来计划好了要到西部去的，到俄勒冈州的波特兰，投靠在那里的伯父。他想起他以前并没有想做一个雇农，而是打算到了西部，到海上做一名船员。要不就去牧场找个事做，骑着马到西部的小镇子，放声高喊，开怀大笑，用野性的喊声唤醒屋子里熟睡着的人。跑着跑着，他又想起了他的那些孩子，想象中，似乎感觉得到他衣服的一角正被他们的小手紧紧地攥着。他回忆往事时，都联想到了哈尔，自然他觉得他的孩子也正攥着哈尔的衣角。"他们都是命运偶然的产物罢了，哈尔，"他大声喊道，"他们不是我的，也不是你的。我和他们一点关系也没有。"

正当雷不停地跑着的时候，黑暗已经开始笼罩起了四周的田野。他气喘得厉害，呼吸变得急促起来。跑到公路边上的篱笆那儿，才终于追上了哈尔·温特斯。他嘴里叼着一根烟斗，衣冠齐整，正在路上迈着大步走着。雷见到哈尔，却一句话也说不出来了。他既说不出他想到的事，也说不出他想说的话。

雷·皮尔逊失去了勇气。实际上，这，就是有关他的故事的末尾了。他跑到篱笆的时候天已完全黑了下来，他把手放在篱笆的木条上，呆呆地站着，两只眼睛往前凝视。哈尔·温特斯跨了一大步，越过了一条水沟，走到雷的身边，把手放在衣袋里笑了笑。他像是已经完全忘却了在玉米地里发生的那一幕。当他伸出那只有力的手揪住雷的外衣领子，使劲摇晃着雷的时候，他就好像抓住了一只不听话的狗在使劲摇晃着。

"你是来告诉我的吧，哦？"他说，"嗨，你什么都不用说了！我不是一个胆小鬼，我已经打定了主意啦！"他又笑了一下，一个大跨步跳回到水沟的对面。"妮儿也不是个傻子，"他说，"她并没有叫我娶她。是我要娶她的。我也要成家，有自己的老婆孩子。"

雷·皮尔逊也跟着笑了。他想笑自己，也想笑整个世界。

暮色遮掩了通往温斯堡的公路，哈尔·温特斯的身影消失在一片暮色中。雷转过身，慢慢地走着穿过田野，一直走到他把旧外套扔在地上的地方。当他走着的时候，一定是记起了那些夜晚，他和长着细瘦小腿的孩子们在溪畔的破旧小屋里一起度过的快乐时光，因为他在嘟哝着这两句话：

"这样也好。不管我和他说什么，都不过是个谎言罢了。"
他轻声说着，随之，他的身影也消失在了笼罩着田野的夜色
之中。

饮酒

汤姆·福斯特是从辛辛那提市搬到温斯堡来的，刚来的时候还是个毛头少年，对什么事都感到新奇。他姥姥从小在这镇子附近的一个农场长大，那时的温斯堡不过是个小村子罢了，只有十来户人家，屋子都盖在图尼恩公路旁杂货店的附近，姥姥小的时候上学就到这镇子来。

自从这老妇人离开这边区的村落，她经历了何等沧桑的一生，她是一个多么坚强的小老太太啊！她跟着当机修工的丈夫走过许多地方，在丈夫去世之前到过堪萨斯市和加拿大，还去过纽约。后来她搬去和女儿住在一起，女儿嫁的也是一个机修工，住在肯塔基的温顿，就在辛辛那提那河的对岸。

汤姆·福斯特姥姥的艰难岁月就是从那时开始的。先是他的女婿，在一次罢工中他被警察打死了，后来女儿成了一个残废，也去世了。姥姥原来还有点微薄的积蓄，可是因为女儿的病，还有两个葬礼的花销，全给花得一干二净。她成了一个老女佣，整日疲惫不堪，和外孙住在辛辛那提一条边街上的一个废品杂物收购店的楼上。她在一幢办公楼里擦地板打扫清洁，另外还给一家餐馆洗盘子。她的两只手全都变了形，当她拿起一个拖把或抓住一根笤帚的时候，那两只手就像是树上爬着的老藤，弯弯曲曲的，又枯又干。

老妇人一有机会马上就回温斯堡来了。那是一个夜晚，她在下班回家的路上拾到一个钱包，里面有三十七元。就是这笔钱给他们开了一扇门的。那次旅途对于男孩是一个伟大的冒险。那晚姥姥回到家时都已经过了七点，她一双枯老的手紧紧捏着钱包，激动得几乎说不出话来。她坚持一定要在当晚就离开辛辛那提，说如果等到第二天早晨，那钱包的主人一定会找到他们，给他们带来麻烦。那时汤姆才十六岁，只好跟着老太太一步步吃力地走到火车站。他们所有的家当都包在了一条破毯子里面，打成一个包袱斜挎在他的背后。姥姥在他的身旁，一路催促着他往前走。她的牙齿已经掉光了，两片嘴唇因为紧张而扭曲着，每当汤姆实在累得不行，要在过马路的十字路口把包裹放下来，她就将包裹一把扛起来，要是他不拦着，她准会把包裹扛在她的肩上。就在他们上了火车，火车离开了那座城市的时候，她像个小姑娘似的，高兴得不得了，她讲话的那模样是男孩从来没有见过的。

那整个晚上，火车吭哧吭哧地走着，火车上，老太太给汤姆讲着关于温斯堡的故事。她说汤姆准会喜欢在庄稼地里干活，也一定会喜欢在林子里打野味。她不能相信在她离开以后的五十年里，那镇子已由一个小村庄变成了一个繁华的小城镇，所以当火车到达温斯堡的时候，她老大不情愿的，不愿意下火车。"这可和我想的不一样。你对这儿的生活也许会不习惯的。"她说。火车往前开走了，只剩下他俩，站在温斯堡火车站行李托运局长艾伯特·朗沃思的面前，茫然不知所措，不知道要去哪里。

不过，后来汤姆还是过得蛮好的。他就是那样的一个人，不管到哪里都可以过得下去。银行家的夫人怀特太太雇用了他的外祖母，让她在厨房干些杂活，而他呢，就在银行家用泥砖新盖起的马厩那里找到了一份马童的差事。

在温斯堡镇子里，要请一个家佣是不容易的。雇她做家务的太太原先请了一个女仆，可她坚持要在吃饭的时候和主人全家同桌共餐。对于那样的女佣，怀特太太厌倦透了，所以一见有机会，马上将这城里来的老太太雇了下来。她在马厩的阁楼上为汤姆安置了一个房间。"他可以割院子里的草，不用管马的时候，可以帮着跑跑腿，办点事。"她向她的丈夫解释道。

汤姆·福斯特的个头长得比他的实际年龄要小，一头竖起的黑发，硬硬的，愈发显得他脑袋的硕大。他说话的声音是您可以想象得到的最最柔和的声音，他本人也那样的温柔，那样的安静，竟至于他融进了这小镇的生活，成了这小镇子里的一员，都没有引起任何人的注意。

至于汤姆·福斯特的那份温柔是从哪里来的，确实是个令人觉得奇怪的问题。还在辛辛那提的时候，他居住的地区四处都有黑帮的粗野壮汉在街上巡游闲荡，他从开始懂事的时候起，就和那些人混在一起。有段时间他在电讯公司当送报员，他负责送电报的一带是个布满窑馆妓院的红灯区。窑馆里面的女人都认识汤姆·福斯特，每个人都喜欢他。那些黑帮里面的粗汉子也没有谁不喜欢他的。

他从来不发表他自己的意见，可能就是因为这个原因他才躲过了许多麻烦。在生活的这堵巨墙的下面，他以一种奇怪的方式站在影子里。他生来就是站在影子里的。在那些充满淫欲的屋子里面，他亲眼见过各种各样的男男女女，对于他们随意放荡的爱情，他不知见过多少，至于男孩子之间的殴斗打架，更旁观过不知多少次，也听他们讲过偷东西和喝醉酒的故事。奇怪的是，他从来没有为这一切所打动，也不曾受过那些人的影响。

不过，汤姆也偷窃过一次，那还是在他住在城里的时候，当时他姥姥正在生病，自己也没有工作。当家里连一点吃的食物也没有的时候，他走进一条小街上的马鞍店，从店里的银柜偷了一元七角五分钱。

马鞍店的老板是个蓄着长山羊胡须的老头子。刚开始时，他见男孩在店里四处悄悄躲藏着，并没有多加猜测，就在他走出马路和一个马夫搭讪时，汤姆将钱柜拉开，取出钱以后就走了。被发现以后，他的外祖母主动提出每月到马鞍店里打扫清洁两次，才将这桩事情了结。对于这件事的发生，男孩既感到羞愧，也挺高兴。"感觉到羞耻没什么不好，可以让我学到新的东西。"他对姥姥说。外祖母听他说的话，似懂非懂，不过在她来说并没有什么关系，因为外祖母太爱他了。

汤姆在银行家的马厩里住了一年，一年后就把那份工作丢了。他喂马的时候不太细心，办起事来又常常让银行家太太不高兴。叫他割院子里的草，他忘得一干二净；让他到店里买东西或到邮局办事，他有去无回。他在外面跟着一群大人或小孩，和他们一待就是整个下午，东走走，西站站，听别人闲话聊天，偶尔有人问他一句话，他也答上半句。他就像以前在城里的窑子里，在午夜的大街和那些四处乱跑的喧闹男孩一起的时候那样，他就具有这样的能力，既可以融入周围的生活，又可以与那种生活保持一定的距离。

汤姆丢了工作以后，就没有和姥姥住在一起了，不过到了晚上，他姥姥常常会来看他。他在老路福斯鲁夫斯·怀廷的小木屋里租赁了靠后的一个房间。木屋在美茵街旁一条叫作杜安的街上，老人将它用作他的律师事务所已经多年了。他年事已高，体弱健忘，对他的工作已经完全不能胜任，只是他对自己的无能浑然不知。他喜欢汤姆，就让他租住那间卧室，一个月只交一元的房租。到了傍晚，律师回了家，整个屋子就都是男孩子的了，他常常在火炉旁边的地板上躺着想事情，一待就是几个小时。晚上姥姥来了，坐在律师的椅子上抽一管烟，汤姆就静静地在一旁，就像他和其他所有人在一起的时候那样。

老妇人说起话来，情绪很容易激动。有时她对银行家家里的事情看不惯，一发牢骚就是几个小时。她从自己的薪水里面拿出钱来买了一条墩布，不时地拖一下律师办公室的地板。把屋子打扫得纤尘不染，气味也都清新干净了以后，她就点燃一只泥烟斗，和汤姆一起抽一管烟。"等你要死的时候，我也一起去死。"她对躺在椅子旁边地板上的汤姆说。

汤姆喜欢温斯堡的这种日子。他干的都是些零碎的杂活，譬如给人家的厨房炉灶劈劈柴火，或是在前院推推除草机，剪个草啦什么的。到了五月末六月初，就到地里摘草莓。他有大把时间到处闲逛，他也喜欢到处闲逛。银行家怀特先生给了他一件旧了不要了的外套，他穿起来稍嫌大了一点，外祖母把它改小了。他还有一件大衣，也是从同一个地方来的，大衣的领边和袖口上还裹着带毛的兽皮。虽然有些地方皮毛已经被磨光了，大衣还很暖和，到了冬天汤姆就裹着它睡觉。汤姆觉得这样过日子也蛮不错，到了温斯堡以后能这样，他觉得已经够幸福的，心满意足啦。

说到幸福，哪怕是最最不起眼的一点小事都可以让汤姆·福斯特感到幸福。这，我猜便是让大家都喜欢他的原因吧。每到周五下午，艾尔的蔬果店就开始烧上了咖啡，为礼拜六惯常的客流高峰做准备，浓浓的咖啡香味随风飘到美茵街的下半条街。汤姆·福斯特就准会在这个时候出现，他在蔬果店的后面找个小箱子坐着，可以动也不动地坐上个把小时，让带着辛辣的浓香沁透心脾，沁透他的全身，让他微醉在幸福之中。"我喜欢，"他温柔地说，"它让我想到距离很远的东西，就像是陌生的人，或者是陌生的地方什么的。"

有天晚上汤姆·福斯特喝醉了。事情很蹊跷，因为他从来不曾醉过，确切一点说，他这辈子还从未沾过一滴能让人醉倒的饮料。可那天他突发奇想，也要醉那么一回，既然是这样想的，就径直把自己放醉了。

当他还住在辛辛那提时，汤姆就已经见到过许多事情：丑恶，犯罪，荒淫——这些，他都见过。事实上，对于这些事，他比温斯堡里任何人知道的都更多。其中，和男女性爱有关的事是最可怕的一种，在他心里留下了一个极深的印象。他觉得倒不如将性这个东西在生命中彻底忘掉好了，尤其当他见到寒冷的冬夜里站在污秽的屋子前面的那些女人，见到停下脚步和她们搭讪的那些男人的眼光的时候。有一次，邻街一个女人想勾引他，他跟着她走进了一个房间。他永远也忘不了那房间里面污浊的臭味，也忘不了那女人眼睛里放出的贪婪的眼神。那次经历让他恶心，在他的心灵里留下了一道可怕的伤痕。在那之前他一直以为女人都是纯真无邪的，就像他外祖母一样，可是有过一次在那个房间里的经历以后，他根本不要再想起女人这两个字。他的性格是那样温和，对任何东西都不会去憎恨，而他既然无法理解，也就干脆把她们彻底忘却算了。

对于忘却，汤姆是做到了的，但那只是在来温斯堡之前。在温斯堡住了两年，内心潜藏着的东西开始萌动起来了。身旁四周的青年都在谈恋爱，而他本人也是一个青年。不知道从什么时候起，他也开始爱上了海伦·怀特，他雇主的女儿。他发现自己到了夜晚就会想她。

当然，对于汤姆来说，这是一个问题，但他有自己的解决办法。每当在他的脑际浮现起海伦·怀特的身影时，他让自己尽情地去想她，同时把注意力放在应该如何想她的上面。他在内心进行着一场搏斗，一场无声的，虽然是小小的但也是坚决的搏斗，搏斗的目的是要将他的欲望限制在他认为应有的渠道内。总的来说，在这场搏斗中他是一名得胜者。

随后就发生了那桩喝醉了酒的事件。那是在一个春天的晚上，那天夜里汤姆就像森林里一只单纯的麋鹿误吃了毒草，谁也拦不住他。那个事情的发生、经过以及结束都在同一天晚上，不过，可以向您担保，汤姆喝醉了酒，并没有对温斯堡镇子上任何一个人有不好的影响。

当然，那样的夜晚，本来就是要让一个性情敏感的青年喝醉酒的夜晚。镇子上住宅区街道两旁树木全披上了嫩绿的新叶，家家户户屋后的院子里，男人都在蔬菜园子里忙着。空气中似乎有一声轻语，一个等待似的缄默，在人们的血液中颤抖着，鼓动着。

那天晚上，汤姆是在夜幕刚刚降临的时候离开他在杜安街的房间的。起先他静悄悄地走过一条又一条街，竭力想找出可以表达思绪的词句。他想说海伦·怀特是在空气中跳跃着的一朵火焰，而他是一棵光秃秃的小树，一片叶子也没有，突兀地刺向天空。然后他又说她是一股强劲可怕的飓风，从狂风暴雨的海洋，从黑暗的深邃处吹来，而他是一只小小的船儿，被一个渔人遗弃在大海的岸边。

那些意象很得男孩的喜爱，他一边慢慢走，一边反复推敲琢磨着。走上美茵街，在瓦克尔烟草店门前路边的石头上坐下来。在那儿听人聊了一会天，觉得没有什么意思，过了一个小时就走了，也没人注意他的离开。然后他决定要去喝个一醉方休，便走到威利酒吧，买了一瓶威士忌。他把酒瓶放进衣兜，径自走出了镇子。他要独自好好想想，同时也把那瓶威士忌喝下去。

汤姆喝醉酒的地方就在温斯堡北边约一里路以外的路边，在长着新草的一片草坪边上。他面前是一条白色的公路，背后是一个正在鲜花盛开的苹果园。他将酒瓶拿出来，喝了一口，躺在草地上。他想起温斯堡的那些清晨，银行家怀特屋旁的车道上，被晨雾润湿了的小石子在晨曦里闪耀着光芒。又想起下雨的那些夜晚，他躺在马厩里，听着雨点落在棚顶的声音，闻着干草的香味和马匹的温暖气息。他又记起几天前，温斯堡刚刚下过一场暴风雨，然后思绪又转回到和外祖母从辛辛那提来这里的时候，在火车上度过的那个夜晚，他静静地在车厢里坐着，感觉得到那火车引擎的巨大力量在深夜里拖动着火车。他现在还清楚地记得当时那种奇异的感受。

只一会儿工夫汤姆就喝醉了。他每想起一件事，就把瓶子拿出来喝一口，后来开始感到头晕，就从地上站起来，沿路朝着与温斯堡相反的方向走。从温斯堡出来的那条公路是通向伊利湖的，公路要经过一座桥，喝醉了的男孩朝着桥的方向走去。到了桥头坐下来，想再喝一口，把酒瓶塞拧开后觉得一阵恶心，马上又将塞子塞回酒瓶了。他的头前磕后摆地摇晃，只好在桥头的石头上坐着叹了口气。这时他感觉脑袋就像个风车，四处乱转，然后一下子朝着天上飞去，他的两只手和两条腿也在无力地摆动着。

汤姆是在晚上十一点钟才回到镇里的。乔治·维拉德见他到处游荡，把他带到了《鹰报》的印刷车间。后来他怕这喝醉了的小伙子把地板弄脏，又赶紧扶他出去到后面的巷子。

汤姆·福斯特使记者感到莫名其妙。这个喝醉了酒的小伙子讲着海伦·怀特，说和她一起去了海滩，和她在一起做爱。乔治当晚才刚见到海伦·怀特和她的父亲在街上散步，他想汤姆一定是脑子糊涂了。他原来心里就藏着的对海伦·怀特的好感，那把火现在一下子被点燃，他开始对汤姆生起气来。"住嘴，"他说，"我不会让海伦·怀特的名声给你糟蹋了的。我决不会让这样的事情发生的！"他使劲摇晃着汤姆的肩膀，竭力想让他明白。"你住嘴！"他又重说一遍。

就这样，这两个年轻人很偶然地碰在了一起，在印刷车间待了三个小时。汤姆稍稍酒醒过来一点以后，乔治把他带出去散了一会儿步。两人走到小镇外的乡村，在一片树林边上的一条树干上坐了下来。宁静的夜里仿佛有什么东西把他们两人拉得彼此靠近了，当醉了的男孩脑子开始清醒以后，两人开始聊了起来。

"醉一次是好的，"汤姆·福斯特说，"教我学到了新的东西。我以后就不再喝酒了。这次醉了以后，我会考虑事情清醒一点。你知道是怎么回事的。"

乔治·维拉德并不知道是怎么回事。不过，由海伦·怀特的话题引起的不快现在已经过去了，他觉得自己与这个面孔苍白、浑身颤抖着的小伙子有种说不出来的，从内心感到的贴近，这种感觉是以前从来未有过的。出于一种母爱般的关心，他坚持要让汤姆起来在地上走一走。他们重又回到了印刷车间，两人坐在黑暗的静寂之中。

报社记者很想把汤姆·福斯特喝醉酒的目的抛在脑后，不再去想，但是没有能够即刻做到。当汤姆再次提起海伦·怀特的名字时，乔治忍不住气恼起来，开始责备他。"别说了，"他的口气很严峻，"你从来没和她在一起过。你为什么说你和她在一起过呢？是什么让你不停地说这件事的？你听到没有，别再说了！"

汤姆感到一阵委屈。他无法和乔治·维拉德争辩，他生性就不是喜欢争辩的人，只好站起来走开。耐不住乔治·维拉德的坚持，他把一只手放在比他年长一点的小伙子的肩上，向他解释。

"唉，"他说话的声音十分轻柔，"我也不知道是怎么回事。我只知道感觉很幸福。你可以懂得我当时的感觉的。海伦·怀特让我感到幸福。这个夜晚让我感到幸福。我想让自己痛苦，受点折磨。我觉得我该那样做。我想忍受痛苦，因为每个人都在忍受着痛苦，都在做他们不该做的事。我也想过很多其他可以做的事，但它们都不合适。它们都会伤害了别人。"

汤姆·福斯特提高了嗓音，他几乎感到有点兴奋了，这还是他有生以来头一回。"那个感觉就好像是在做爱，那就是我想说的意思。"他解释着说，"你难道看不出来吗？我刚才做的事就是要让自己受折磨，让周围的一切变得陌生。这就是我喝醉酒的原因。我也很高兴，因为它教会了我一些东西，是的，就是这，这就是我要喝酒的原因。你明白吗？我想学一点新的东西，就是这么回事。这就是我喝醉酒的原因。"

死亡

在赫夫纳横街，那个通往利弗大夫诊所的楼梯口处只有豆大的昏暗灯光。诊所在巴黎干货店的楼上，楼梯上端吊着一盏灯，旁边是脏兮兮的一管烟囱，用一个托架固定在墙上。吊灯上面盖着一块锡铁皮做的灯罩，布满了尘灰，锈成了褐色。爬楼梯的人踏着前人的足迹走，阶梯的软木耐不住众人的踩踏，在上面留下了凹进去的痕迹。

爬到楼梯最上一级，往右一拐，就来到了大夫的诊所门口。左边是一道长长的、堆满了垃圾的走廊，在垃圾堆里有旧椅子、木匠用的锯木架子、梯子、空箱子，都在暗中等待着，随时要把哪个过路人小腿的皮肉撕破、擦伤。垃圾都是从巴黎干货店里清出来的，每当一个柜子或者架子不再有用了，店员就把那些旧东西扛上楼梯，扔到这堆垃圾里。

利弗大夫的诊室相当大，大得像一个马厩，中央有一个炉子，炉膛又大又圆，炉子底盘的四周堆着一些木屑，几块木板钉在地板上把木屑隔开来，不至于撒得到处都是。门旁边放着一张大桌子，那桌子以前是赫力克衣店的家具，用来展示客人定制的衣服样品的。桌上杂七杂八地放着好些书、瓶子，还有各种手术用的器械。桌子的边上有几只苹果，都是约翰·西班牙搁在那儿的。约翰是植树场的工人，也是利弗大夫的朋友，他每次进门的时候，总要从衣兜掏出几个苹果悄悄地放在桌上。

利弗大夫是个中年人，个子很高，举止颇为笨拙。后来才有的一脸灰白的络腮胡子那时还未长出，只在唇上蓄着一撇棕色的山羊胡子。晚年温文尔雅的风度，那时也没有显示出来，他那时常被烦扰的问题是他的手脚应该放在什么地方。

伊丽莎白·维拉德结婚多年以后，儿子乔治·维拉德已经是个十二三岁的小男孩，在夏日的午后，她有时也踩着那条已经被人踩旧了的楼梯，到利弗大夫的诊室来。她到了这个岁数，天生的高个子已经开始有些佝偻了，拖拉着身子在周围走动。她来看大夫，治病不过是个借口罢了，起码有五六次的来访都不是为着身体的健康而来的。当然，她和大夫也谈到了健康的问题，但是两人聊得更多的，是她的生活，他们两人的生活，他们在温斯堡的生活里体会到、感受到的一切。

在那宽敞而又空荡的诊室里，一个男人和一个女人坐着，相互对望着。这两个人在许多地方都很相似。从外表看，他们没有相似之处，眼睛的颜色，鼻子的长短，就连生活的背景都不一样，可在他们的体内，有些东西却是一样的，有着同样的渴望，而且那些东西在旁观者的记忆中，大概也会留下相同的印象。后来，在大夫年迈之年，他娶了一个年轻的妻子，常与妻子提起与那久病的女人在一起相处的时光；以前不懂得向伊丽莎白表达的感受，后来也知道该怎样向妻子表达。老了以后，他几乎成为了一个诗人，对事物的理解常常是带有诗性的。"在那段时间里，我在生活中开始感觉到了祈祷的必要，所以我给自己创造了许多神，向他们祈祷，"他说，"我在祈祷的时候不用语言，也没有跪下，只是坐在椅子上，一动不动地坐着。热天的傍晚，或是寒冬腊月的那些阴郁的日子里，那些神就来造访我的诊室。我原还以为没有别人知道那些造访，后来才了解，伊丽莎白这个女人是知道的，而且她也崇拜着同样的神。我有那么一个感觉，好像她来我的诊室，就是因为她知道那些神也会在那里。反正，到了诊所，她也不再是孤独一个人了，至少这是让她高兴的。这种经历很难解释，不过我猜这样的事情不管是在男人或女人的生活里，不管在什么地方都有的。"

那些夏日的午后，当伊丽莎白和大夫坐在诊室里面，聊着各自的经历的时候，他们也说到了其他人的经历。谈话中，大夫有时会蹦出几个睿智的警句。说完了他觉得好笑，咯咯地轻声笑几声。偶尔，在一阵沉默之后，说话人只用一个字，或一个提示，便概括了生命中的一段经历，把一个希望变成一个渴望，或是一个梦境，那梦境本来已经枯死了一半，在这一刻又重新恢复了生命。大多数时候，说话都是那女人，她在说话时，眼睛从不看身旁的男人。

旅店的老板娘每来看一次大夫，她的谈吐都较以前更随意自如了一些。只要和他在一起，和他一道坐那么一两个小时，她下楼梯到美茵街的时候就觉得整个人变得焕然一新，精神又振作起来，又有力气去对付那些枯燥沉闷的日子了。这时她走路几乎带着一点少女时代那跨着大步、欢快的风姿，可是，一等回到她的房间，在窗旁的椅子坐下，等到夜幕降临，旅店餐厅的女佣将放着晚餐的托盘端上来时，她却又让晚餐在一旁搁凉了，碰也不碰。她的思绪回到了她的少女时代，那时她满怀激情，寻求冒险。她记得当冒险还是一件可望而又可及的那些日子里，拥抱她的那些男人的臂膀。在她的记忆里，有一个男人的印象是最清晰的。那个男人在那段时间里是她的情人，每当他们处在激情中的时候，他就狂热地重复着这几个字眼："你是我亲爱的！你是我亲爱的！你是我最最可爱的！"这几句话，他朝着她大声地喊了百多次了，她觉得它们是最能表达出她这一生想要追求的。

　　在那粗陋而陈旧的旅店里，旅店老板娘坐在她房间的椅子上，身子前后摇晃着，双手捂着脸轻声哭了起来。在她的耳边，回响起她唯一的一位朋友利弗大夫的话："爱情就像是一缕清风，在幽暗的夜里吹拂着树下的青草，"他曾经这么说过，"你千万不要去给爱情下明确的定义，它不过是生命中的一个神圣的偶遇罢了。如果你想试着让它变得明确，变得清澈，想对它有把握；如果你想生活在大树的下面，以为那里有晚风轻柔地吹拂，你将很快得到充满失望的炎热漫长的白昼；在那被热情烧红，被亲吻柔软了的双唇上，也将只留下从过往的马车上落下的尘灰。"

　　在伊丽莎白·维拉德的脑海里没有一点关于她母亲的记

忆——母亲在她仅仅五岁的时候就去世了。她小的时候无人照管，童年是在一个极其放任自流的状态下度过的。父亲是个喜欢独处的人，可是旅店的琐事却不能够允许他安静地一个人独处。此外，他一直都在病着——他病快快地活着，也同样病快快地死去。每天清晨起床的时候，他的脸上都带着愉快的笑容，可到了上午十点，内心的欢乐就已经全都消失了。每当有顾客抱怨餐厅的服务，或者早晨叠床单的女工结婚辞职，他就在地板上狠狠地跺脚，嘴里骂粗言诅咒。夜晚就寝的时候，想到女儿将在这样一个人来人往的旅店环境里成长，就悲哀得不可自持。后来，姑娘长大了，开始在夜里和男孩子到外面逛街，他想好好和她谈谈，可每次尝试都不成功。他往往忘了要对女儿说的话，整个晚上都在抱怨和唠叨他自己的事情。

从她还是一个少女的时候开始，到后来已经成为一个年轻女子，她都想要在生活中成为一个名副其实的冒险家。她十八岁时就已经被生活的旋涡深深地卷了进去，已经不再是个处女；不过，虽然在嫁给汤姆·维拉德之前她已经有过半打情人，却从来不是仅仅让欲望才引上冒险的道路的。她像世上所有的女人一样，想得到的是一个真正的爱人。她永远在充满激情地、盲目地寻找在命运中躲藏着的奇迹。那个步伐敏捷，高个子的漂亮姑娘和小伙子在树下散步的时候，永远在朝黑暗伸出她的一只手，竭力要握住另一只手。她竭力要从那些和她一起冒险的男人的嘴巴里找出来一句对于她来说是真实的话语。

后来伊丽莎白之所以嫁给汤姆·维拉德，是因为他就在近旁，而且那时她也起了结婚的念头，想要嫁人。汤姆·维拉德是父亲旅店里的一个店员。有一段时间，她就像许多年轻的姑娘想的那样，还以为结了婚，生活就改观了。如果那时心里对嫁给汤姆有一丝怀疑，她会马上把那念头掸拂掉。那时候她的父亲正病重垂危，而且她刚刚结束了一场毫无意义的恋爱，正处在迷茫之中。在温斯堡，同龄的姑娘都已经婚嫁，嫁给她早就认识的那些小伙子，那些蔬果店的店员，或是农场的年轻雇农。晚上，她们和丈夫走在美茵大街上，她从她们的身边走过，见她们幸福地微笑着。她心里开始揣想，婚姻里面一定隐藏着许多难以言说的深意。那些年轻的妻子和她说话的时候，声音既轻柔，又腼腆。"有了一个只属于你自己的男人以后，一切都变得不一样了。"她们说。

在结婚的前一夜，那迷茫惶惑的姑娘与她父亲谈了一次话。后来她回忆起的时候猜想，会不会就是与病重的父亲单独一起的那几个小时，最后让她做出结婚的决定的。父亲回顾了自己的一生，提醒女儿不要坠入一个类似的泥坑里。他谈到汤姆·维拉德的时候语气刻薄，伊丽莎白要为那年轻店员辩解。病人激动起来，挣扎着要下床，当她阻止父亲下床走动的时候，他开始抱怨起来。"我总是不能做我想做的事。"他说，"我虽然一直在勤奋地工作，还是没让旅店挣钱。就是现在我也还欠着银行的钱。我走了后你就知道了。"

病人的嗓音因为认真而变得紧张。他起不了床，只好伸出手，将女儿的头拉过来，靠在自己的脸旁边。"有一条出路，"他轻声说，"别嫁给汤姆·维拉德，不要嫁给温斯堡这里任何一个人。在我的木箱子里面有一个铁盒，里面有八百元。把那钱拿上，离开这个地方。"

病人的声音再次变得不耐烦起来。"你要答应我！"他的语气很坚决，"如果你保证不了不嫁他，至少你要答应我，你不告诉汤姆·维拉德这八百元。这钱是我的，如果我把钱给你，我有权利提这个要求。把它藏起来吧。我是个失职的父亲，这笔钱是我的一个补赎。也许它将来会成为你的一扇门，一扇对你来说很重要的大门。快啊，告诉你，我已经快不行了，你要答应我。"

伊丽莎白，这个疲惫瘦削的四十一岁的女人，在利弗大夫诊室的炉子旁边一张椅子上坐着，眼睛盯着地板。大夫坐在靠窗一张小桌子旁，两只手摆弄着桌上的一支铅笔。伊丽莎白在述说她婚后的生活。渐渐地，她变了一个局外人的口吻，忘了她的丈夫，说起他时，只把他当成一个配角，一个给故事加上的点缀。"我后来还是结了婚，但结果一点也不如意，"她话语中带着苦涩，"我才刚刚跳进婚姻里，马上就害怕了。也许我在结婚之前就知道得太多，或者是和他在一起的头一个晚上发现了太多原来不知道的东西。我也记不大清楚了。

"我太愚蠢了。父亲把钱交给我，想阻止我结婚，我没有听他的。我想到的，只是那些结了婚的女孩的话，我也想结婚。其实我想要的并不是汤姆，而是婚姻。父亲入睡之后，我靠在窗台上，想起我自己的一生。我不想做一个坏女人。当时镇子里到处传着有关我的流言蜚语，我还担心汤姆会改变主意呢。"

　　女人讲得激动，声音也开始颤抖了。利弗大夫没有察觉到，自己已经开始爱上了她。在他面前，这时出现了一个奇怪的幻觉，好像那女人讲话的同时，她的身体在变化着，变得年轻挺直，身体也强壮了起来。当他在脑子里甩不掉这个幻觉时，他给了它一个职业性的解释。"嗯，这样的谈话，不论是对她的身体还是精神，都是有好处的。"他喃喃地说。

　　女人开始讲起一件往事，那是在她结婚几个月以后的一个下午发生的。"当时已经到了傍晚时分，我驾着马车独自出去走走，透透新鲜空气，"她说，"我在迈尔的马厩那里寄放了一匹灰色的小马，还有一辆马车。汤姆还在旅店刷漆，装修旅店里的房间。他当时很需要钱，我很犹豫，苦苦思索是否要把父亲留给我的八百元告诉他。我下不了决心把钱给他。我还没有那样喜欢他。那时他的手上脸上总是沾着油漆，身上也有一股油漆的味道。他总是不停地在装修那间旧旅店，要把它装潢得看上去新一点，漂亮一点。"

　　女人的情绪激动起来，她的腰在椅子上坐直了，用手飞快地做了一个手势——那是一个通常只有女孩子才做的手势。"那是个阴天，眼看着马上就要下一场暴雨，"她说，"那些乌云使树木和青草显得格外绿，绿得刺疼了我的双眼。我先上了图尼恩大道，然后拐进旁边一条小路。那匹马驹在起伏的山丘上奔驰。我那时很没有耐心，因为我的脑子里不断地涌出各种思绪，我想从我的思绪里面逃出去。我开始使劲地抽打那匹马。这时天上的乌云凝固住，开始下雨了。我那时只想飞快地跑，一直不停地跑下去。我只想逃离这个小镇，逃离我的衣服，逃离我的婚姻，逃离我的身体，逃离所有的一切。我使劲让那马驹子快跑，差一点就把它跑死了。等它最后再也跑不动了的时候，我从马车上跳了下来，放开双腿，朝黑暗的深处跑去，直到我摔了一跤，伤了腰的一侧。我想逃离那所有的一切，但我也想在跑的时候有一个方向，我可以朝着那个方向跑。亲爱的，我说的这些，你能明白么？"

伊丽莎白从椅子上一跃而起，开始在诊室来来回回地走。在利弗大夫看来，她那走路的姿态是没有人可以比拟的。她走起来有着一个甩动的节奏，那节奏感让他感到陶醉。伊丽莎白朝他走近，跪在他椅子边的地上，他把她抱在怀里，开始热烈地吻她。"我是一路哭着回家的。"她继续叙说着赶着马车狂奔的故事，但大夫没有再去注意听。"你亲爱的！你可爱的亲爱的！啊，你可爱的亲爱的！"他喃喃地低语，想象中，在他怀里的不是一个四十一岁的疲惫的女人，而是一个天真可爱的小姑娘，有一道神奇的金蝉脱壳的魔力，将她从一个憔悴女人的身体外壳下解脱了出来。

利弗大夫把女人抱在怀里的那次见面，是他们的最后一次见面。大夫再见到她的时候，已经是她死了以后了。就在那个夏日的午后，在利弗大夫的诊室里，正当他要成为她的情人的时候，忽然发生了一桩极为怪诞的小小的意外，匆匆结束了他的爱情。正当那男人和女人紧紧拥抱在一起的时候，传来了一阵沉重的脚步声，有人正在爬上通往大夫诊室的楼梯。两人唰的一下，马上起身颤抖地站着，仔细听楼梯上的声音。那脚步声原来是巴黎干货店的一个店员的，他啪的一下，将一个空箱子扔在走廊的垃圾堆里，然后踏着沉重的步子走下了楼梯。伊丽莎白几乎是跟在他的后面立即离开的。在她向她唯一的朋友倾诉时产生的那种东西，这时已经骤然间死去了。伊丽莎白和利弗大夫一样，都歇斯底里般地恼怒，再没有把谈话继续下去的兴趣。她沿着马路往回走的时候，血管里的热血还在沸腾着，可是一离开了美茵街，见到新维拉德旅店的灯盏，又禁不住地全身颤抖，腿也开始发软，那一瞬间，她还以为会晕倒在大街上。

病妇在她生命最后几个月里渴求着死亡。她已经踏上了死亡之路，在这路上她饥渴地探寻着。她把死亡人格化了，有时它是个强壮的小伙子，长着黑头发，在山坡上奔跑；有时是一个宁静严肃的人，饱经沧桑，生活在他的脸上留下了深深的皱纹。她在房间里的床上把手从被子下面伸出来，伸向漆黑的空间。在她，死亡像是一个有生命的人，正将他的手递给她。"你耐心一点，我的爱，"她轻声地说，"你要保持你的青春和美丽，你要耐心等待。"

那天夜晚，当疾病终于给了她致命的一击，使她告诉儿子乔治·维拉德藏着的八百元的计划终于落空的那一刻，她从床上爬下来到卧室的中间，恳求死亡再给她一个小时的生命。"你等一等，亲爱的！我的儿子，儿子，儿子！"她恳求着，用尽了全身的力气，要去抵挡曾经那样热切渴望过的情人的臂膀。

伊丽莎白死在三月的一天。那年，她的儿子乔治才刚满十八岁，对于她离世的含义，还不能完全理解。只有时间可以让他懂得。在这之前，已经有一个月的时间了，他见到她卧病在床，面色苍白地一动不动，一句话也不说。后来，有天下午，大夫在廊道里把他拦住后说了几个字。

年轻人走回自己的房间，关上了门。腹部有种异样的空虚感觉。先是坐着，两眼瞪着地板，过了一会儿从椅子里跳起，走到外面散步。沿着火车站台，走过路两旁是民房的街道，经过一栋中学。脑海里回旋着的，全是关于他自己的事。对于死亡这个概念，在目前他仍很难体会，实际上，他有点恼火为什么母亲要死在那一天。他先前给银行家的女儿海伦·怀特捎去一张纸条，刚刚收到她的纸条，有了她的答复。"本来今晚可以去找她的，现在只好推迟了。"他半是愠恼地想。

伊丽莎白是礼拜五下午三时死的。那天早晨天很冷，下着雨，到下午太阳出来了。死之前她已经瘫痪了六天，既不能说话也动弹不得，只有神志依然清醒着，眼睛也还能转动。六天之中有三天她都在挣扎着，心里惦记着儿子，竭力要说哪怕是几句话，为他的前途留几句遗言。那一对恳切的目光那样令人感动，但凡见过的，多年后无不依然记得在弥留之际的病妇。就连对妻子从来都半带着厌恶的汤姆·维拉德也忘记了以往的怨恨，眼泪从面颊流下来，挂在他的小胡须上。胡须已经开始发白，他用染料染深了颜色，染料里有着油的成分，泪水流在了胡子上，被他用手一抹，形成了一道水雾般纤细的水汽。悲哀中的他，面孔就像是在冰冷彻骨的天气里待了很久的一只小狗一般。

母亲去世的那天，乔治一直到天黑才沿着美茵街走回

死亡

家。他先回自己的房间梳了梳头发，拍理了一下衣服，然后穿过走廊到母亲遗体停放的房间。房门旁边的梳妆台上燃着一根蜡烛，利弗大夫坐在床边一张椅子上。见他进来，大夫站起来往门外走。他伸出手像是要和小伙子握手，又笨拙地把手收了回去。这两个人都觉得有点不那么自然，房间里的空气也显得沉重，在这情形下，年长的一位匆匆地离开了。

死者的儿子在一张椅子里坐了下来，眼睛看着地板。他又一次开始考虑起自己的事情来，决定不顾一切，要改变自己的命运，离开温斯堡。"我要到一个大城市去。也许我可以在哪家报社找到一份工作。"他先这样想，继而记起他原来打算晚上要见面的姑娘，又开始有点愠恼这突然发生的事阻止了他的约会。

在这烛光昏暗、停置着一个死去的女人的房间里，年轻人遐想纷纭。正像他母亲曾经在脑海里揣摩死神的千姿百态，现在年轻小伙子也在脑海里揣摩着命运的千姿百态。他闭上双眼，想象海伦·怀特青春红润的嘴唇在他的唇上吻着。他的身体和双手开始颤抖。然后，像是突然发生了什么事，他猛地从椅子上跳起，僵直地站在地上。望着在被单下那个刚刚死去的女人的身体，想到刚才的意念，一阵深深疚愧使他不由地啜泣起来。他动了一个念头，转过头来往四周望了望，像是怕有人看见他似的。

乔治·维拉德这时有个摆脱不掉的疯狂念头，就是要掀开在母亲遗体上盖着的被单，看一看她的面容。自从脑子里产生这个念头以后，就被它可怕地控制了，开始认定在他面前床上躺着的并不是他的母亲，而是另外一个人。这个念头是那样真实，令人不可忍受。被单下的遗体长长的，面容显得年轻而优雅。在他奇异的想象之中，那面容那样可爱，对于他来说那可爱是无法形容的。他觉得他面前的这个身体是有生命的，随时随地，一个可爱的女人有可能从那床上跳起，面对着他——这感觉是那样强烈，他觉得自己无法去抵挡那个悬念。他一次又一次要把手伸出去，一次，他已经碰到盖着她的被单，并且掀起了一半，可是到了最后一刻还是没有勇气，他后来就像利弗大夫一样，也扭转身子，离开了房间。走到门外的走廊停了下来，他抖得太厉害了，只好用手扶着墙壁支撑身体。"那不是我母亲。在那里的不是我母亲。"他轻声对自己说，在一阵恐怖和疑惑中又颤抖起来。当伊丽莎白·斯威夫特大婶——她是来守灵的——从隔壁的一个房间走出来的时候，他将手放在她的手掌里，开始放声哭泣，头使劲地左右摇着，悲痛得难以自持。"我母亲死了。"他说。然后，没等那妇人说话，回头望了一眼他刚刚走出来的那间房门。仿佛冥冥中有什么在催促着他，小伙子禁不住冲动地喃喃了一句："亲爱的，亲爱的，啊可爱的亲爱的。"

至于那八百元，死者藏了多年，要交给乔治·维拉德到大城市开始新生活的那笔钱，还保存在那个铁盒子里面，在他母亲床脚的石灰墙后面藏着。那笔钱，是伊丽莎白结婚后一个星期藏在那里的，她用棍子将石灰墙敲开了一个洞，然后让她丈夫旅店里的一个工人将墙壁封了起来。"墙角被我的床脚挤坏了。"她这样对她丈夫解释。她无法放弃有一天要彻底得到解脱的梦想。那解脱，在她的一生中仅仅发生过两回，发生在她的两个情人——死神和利弗大夫——将她拥抱在他们怀里的那一刻。

少年老成

那是个秋末的傍晚，温斯堡的郡县农业集市将乡村所有人都吸引到镇子上来了。白天的天气十分晴朗，到了傍晚仍然温暖宜人。从镇子出来图尼恩大道上，一辆接一辆的马车沿着穿插在铺满落叶的草莓地中间的公路走着，扬起阵阵的尘嚣。孩子们蜷着身体睡在马车底板的干草上面，头发沾满了尘灰，小手黑乎乎，黏糊糊的。飞扬的尘土被沉落的夕阳染上金黄色的光芒，在原野上空滚滚而去。

温斯堡的美茵街上，商店和人行道到处都挤满了人。夜幕正在徐徐降临，马匹嘶啸，商铺的店员忙不迭地前后跑着，小孩子迷了路放开嗓门大声哭喊——在这个日子里，这座美国的小镇正倾城而出地纵情娱乐，享受一番。

乔治·维拉德从人潮中使劲挤出来，躲在利弗大夫诊室楼下梯口一个没人注意的地方，观望着过往的人流。他用兴奋的双眼端详着店铺的灯下一张张不同的面孔。一阵阵思绪涌入他的脑子里，但他不愿多想，在上面多逗留。他在楼梯上不耐烦地跺了跺脚，注意地望着四周。"嗨，她难道要和那人待一整天吗？等了她那么长时间，难道都白等了？"他喃喃地说。

乔治·维拉德，这个俄亥俄乡村的小伙子，正在迅速地长成为一个成熟的男子，脑子里开始产生许多新念头。整整一天了，在人头攒拥的集会人群里面，走到哪里，都有着一种孤寂的感觉。他准备离开温斯堡到一个大城市，最好能在那里的哪家报社找到一份工作。他觉得自己已经长大了。此时此刻他的情绪，是一种只有成熟的男子才懂得的，而对于未成熟的青年来说是个陌生的情绪。他觉得自己正在衰老，感到有点疲倦。往事在他的脑海里栩栩如生。他心里觉得，正是因为他对成熟有了新的体会才把他和其他人分别开来，使他成为一个半悲剧式的人物。在他母亲去世以后，他被一种情绪缠绕，想摆脱也摆脱不掉，他希望有人能够理解他的这个情绪。

每一个男孩都有这样的一个经历：他头一次回顾自己走过的路程。也许就在那一刻他跨过了一道门槛，由一个少年变为了一个成年人。年轻小伙子在家乡的街上走着，想着他的前途和怎样去创造一番事业。他的胸中既有雄心壮志，也有着悔恨和内疚。突然，好像发生了什么似的，他在一棵树下停下脚步等待一个声音叫他的名字。往事的幽魂悄悄地潜入他的意识里，身旁有些声音在耳语着，向他提醒生命的局限。他以前对自己充满了自信，对未来也满怀信心，但现在却开始不那么有把握了。如果他是一个富于想象力的男孩，那么他可以看到，现在一扇门突然被砸开，从这扇开着的门他第一次窥见外面的世界，望见有无数的人在列队行走着，在他之前从默默无闻的地方通过这扇门走出去，进入人世，活了一辈子，又回到了默默无闻的地方去。少年老成的悲哀朝青年人袭来。他深深地吸了口气，好像见到自己是一片树叶，在家乡的马路上被风吹得四处飘荡。他知道尽管他的同伴鼓励他，给他打气，他还是会在不确知的状态下活着，也在不确知的状态下死去，像一个被风随意吹着的物件，像注定要在阳光下枯萎的玉米。他的身体抖了一下，赶紧往周围看了看。他活过的十八个年头仿佛是一刹那的工夫，在人类历史的长河里，不过是微不足道的一滴水。他已经可以听到死神在召唤。他全身心所希望的，是走近另外一个人，用他的手来触抚他，被那个人的手触抚。如果他希望那个人是个女子，那是因为在他看来女人更温柔些，可以理解他。在他想得到的所有一切东西中，他最想得到的是理解。

　　想到少年老成，乔治·维拉德联想到了温斯堡银行家的女儿海伦·怀特。他一直来都意识到，在他长成一个成熟男人的同时，那女孩也在成长为一个成熟的女人。他十八岁那年夏天，一天晚上和她在一条乡村小路散步，在她面前忍不住把自己吹嘘了一下，因为他想在她的眼里显得高大些，重要些。不过，他现在想见她是为着别的原因。他要把最近新的打算告诉她。以前，当他一点也不懂什么叫做成熟的男人的时候，他希望她能把他作为成熟的男人来看。现在他相信自己的性格已经有了改变，想和她在一块，让她感觉出他的变化。

　　至于海伦·怀特，她也正处在一个成长变化的时期。乔治所经历的心历路程，她以她年轻女子的方式也同样经历过了。她已经不再是一个小姑娘，她渴望成为一个成熟的女子，饱具涵养，优雅美丽。她已经上了克利夫兰的一所大学，那天是特地回来参加当地的集会的。她也开始有了可供回顾的往事。白天，她和母亲邀请来的一个大学讲师坐在观望台上。那青年很迂腐，喜欢卖弄学问，从一开始起海伦就知道他不是她所想要的。他的衣装考究，又是外地人，海伦知道他的出现一定会惹人注目，在集会上，倒是乐于和他待在一起。白天玩得兴高采烈，可到了晚上就有点坐立不安了。她想叫那个讲师走开，离开她的视线。他们坐在观望台的时候，看到校友的眼光向他们投过来，她对身旁作陪的那样热情，弄得他开始起了兴趣了。"做学问的人是需要钱的，我应该娶一个有钱的女人做妻子。"他暗暗思忖。

正当乔治·维拉德在人群中无聊地闲逛，心情忧郁地想着海伦·怀特的时候，海伦·怀特也在想着乔治。她想起他们一起散步的那个夏日的夜晚，想和他再去散散步。她想到在城市住了几个月，出入在歌剧院里，漫步在灯光明亮的大街上，自己的变化也不小。她也想让他感到在她内心发生的变化。

他们在一起的那个夏夜，虽然在这两个青年男女的记忆里留下了深刻的印象，理智地回想一下，真是被愚蠢地浪费掉了。那时，他们沿着一条乡间小路走出了小镇，在一片嫩玉米地旁的围篱边上停了下来。乔治脱了外套，夹在他的腋下。"唉，我在温斯堡已经住了那么长时间了——是的——我还没离开呢，但我已经长大了，"他说，"我最近读了不少书，一直在思考。我要在这一生取得点成就。"

"哎，"他解释着，"其实那不是我想说的。也许我还是少说一点才好。"

他把手提起来放在姑娘的肩上。他自己也不知道想说的是什么。他的声音有点颤抖。两个人开始朝着返回镇子的方向走。在不知所措的无奈里，乔治给自己的话语加上了大言不惭的口气，"总有一天我会出人头地的，成为一个在温斯堡的历史上最有名气的人，"他郑重地宣布，"我也想让你做成一点事。我现在还不知道具体做什么事。这也许和我没有关系。总之，我想让你努力，让你脱俗出众，不同凡响，不同于其他所有女性。你是懂得我的意思的。我刚才说的，其实和我并没有关系，我只想你做一个美丽的女人。你知道我想的。"

小伙子的声音沙哑下来。静默中，两个人回到镇子，沿着马路走到海伦·怀特的家。在篱墙的门外，乔治竭力想说一句能够感动人的话。他记起心里排练过的演说词，可那些辞令似乎那样无足轻重，没有丝毫意义。"我以为——我以前曾经想过——我心里觉得你会嫁给塞斯·理查蒙的。我现在知道，你一定不会的。"这是他终于想到的一句话，说的时候，她正穿过篱墙的门，朝屋子的前门走去。

在这温暖的秋夜，乔治站在楼梯口，望着美茵街上喧闹的人潮，回忆起嫩玉米地旁的那次谈话，想到当时给自己营造的形象，有着说不出的惭愧。街上的人就像是关在牲口圈里的牛群，前后推搡着。独轮马车和四轮套车几乎塞满了狭窄的通道，乐队奏着乐曲，儿童在人行道上跑来跑去，时而从大人的胯下钻过。年轻小伙子笨拙地用手挽着姑娘，脸上泛着红光地走着。一家店铺楼上的舞会很快就要开始，琴师们拨弄着琴弦调音，破碎的声音嘎吱嘎吱的，从敞开的窗户传出来，飘浮在人们的喃喃轻语和乐队震耳的大号角声上。那些杂乱的声音使维拉德感到难受。到处是拥挤的感觉，到处是流动生命的意识，从四面八方朝他逼近。他想独自逃离这个地方，去思索。"她要是和那家伙在一起，就让她去好了，我为什么要在意呢？对于我来说，又有什么区别呢？"他悻悻地嘟哝了一句，沿着美茵街经过艾尔蔬果店走上一条小街。

乔治感到孤独，感到被拒绝的失望，几乎忍不住想哭出来，只凭着一份骄傲和尊严才坚持着甩开双臂快步朝前走。走到威斯利·摩尔的马厩，在黑影下停住了脚步，听着在马厩前面聚集着的一群人的谈话。他们正在议论下午集市的一场马赛，威斯利的公马托尼·提普在那场马赛中赢了。威斯利踏着碎步来回地走，得意洋洋地吹嘘着。他的手里拿着一根鞭子，不住地抡起鞭子使劲抽着地面，灯光下，一朵朵尘土从地上四绽开来。"去你们的，还是少说两句吧！"威斯利大喝了一声，"我根本就没有害怕，我早就知道会赢他们。我一点也没有怕。"

要是在往常，碰到骑师摩尔在自吹自擂，乔治·维拉德准会好奇得不得了，可现在听了觉得有点恼火，转过身，沿着小路匆匆走开了。"老话篓子，"他吐了一口唾沫，"他干嘛要吹牛呢？为啥不闭住他的嘴巴？"

乔治走到一块空地上，在他快步走着的时候不小心摔在了一个垃圾堆上面。垃圾堆里有只空木桶，上面有一根突出的钉子扯破了他的裤子。他骂了一句，坐在地上用一根大头针将撕破了的地方拼拢起来，起身继续往前走。"我要去海伦·怀特的家里。管她呢，我去就好了。我要直接走进去，告诉他们我要见她。我要直接走进去坐下。我就这样做。"他做出决定，然后爬过篱笆开始跑。

在银行家怀特的屋子里，海伦正心不在焉地坐在阳台上。大学讲师坐在她和她母亲的中间，他的言谈举止让她感到厌烦。他也是在俄亥俄一个小镇上土生土长的，却模仿起城里人的作态，不过是想在别人眼里显得像个大都市人罢了。"您给了我这个机会，使我了解到大部分女学生成长的背景，我感到十分荣幸，"他一本正经地说，"谢谢您，怀特夫人，谢谢您特地邀请我到这里度过这一天。"他转过身，对着海伦笑了一笑。"你现在还在恋恋不舍，要把你的前途和这个小镇子连在一起吗？"他问，"这里有让你感兴趣的人吗？"在女孩的耳里，他的声音既显得自以为是，又有一种令人感到累得不行的沉重。

海伦站起来走到屋里。在通向花园的后门停下了脚步，站着听身后的对话。她母亲开始说话了，"像海伦这样的女孩，这样的家庭教养，这地方是没有一个人可以配得上她的。"她说。

海伦沿着后门的阶梯下去，走到屋后的花园。她在黑暗中站着，身体闪过一阵颤抖。对她来说，似乎这个世上到处都是不思考，说着无意义的废话的人。一股热情忽然在她的胸内燃烧，她从花园小门跑出去，从银行家的谷仓拐角处转了一个弯，跑到旁边的小街上。"乔治！你在哪儿，乔治？"她激动紧张地大声喊。然后，她突然收住脚步，靠在一棵树上大声地笑了——巧得很，乔治正好这时从黢黑的小街出现，还在自言自语着。"我要直接去她的家里。我要直接走进去坐下。"他走近她身边的时候，还在严肃地说。他停下来，目光茫然地瞅了一眼。"来。"他说了一声，拉住了她的手。两个人低垂着头，在树荫下沿着马路往远处走。脚下，干枯的叶子发着窸窣的声响。此刻，找到了她，乔治却又不知道该说什么，该做什么好了。

　　在温斯堡集市会场的上方有一个半旧的看台。看台光秃秃的，没有刷过油漆，一条条木板早已扭曲变形了。集市会场建在温溪洼地凸起的一个小山顶上，站在看台上可以越过玉米地，眺望镇子的灯光映照在夜晚的天空。

　　乔治和海伦沿着小路走，过了蓄水池后爬一个坡就到了集市的会场。年轻小伙子在家乡小镇拥挤的街道上感到的孤独和隔阂，现在像是消失了，又像是更深沉了些。他心里感受到的，她在内心也感应到了。

　　人在年轻的时候，内心常有两种力量在相互角斗着。一种力量是热血的、不带思考的、带着动物本能的，它向另一股具备反思和记忆的力量挑战。现在乔治·维拉德的内心取胜了的，是年龄大些的、更老成的那股力量。海伦在他的身旁走着，被他的情绪感染，对他更加充满了敬意。到了观看台，他们在有顶棚遮盖的一处往上爬，找了一条像长凳样的座位坐了下来。

在美国中部小镇郊区年度集市刚结束的当天夜晚走进集市的会场——这是个值得记忆的经历，经历过的那种感觉是一辈子也忘不了的。四周都是些幽魂，这些幽魂不是来自阴间的，而是来自活生生的人。就在这里，在刚刚消逝的白天，人们曾经从镇子上和附近周围的乡村蜂拥而至。乡民们带着妻儿从上百个小农舍里出来，聚集在这用木板围着的高墙内。年轻女孩在欢笑，留着胡须的男人交流着各自生活的信息。这里充溢着生命的活力，那活力撩动你的心头，在空气中蠕动，可是，到了晚上的此刻，那生命一下子全部消失，完全不见了。无边的寂静几乎令人感到恐惧。一个人到了这时，他可以不惹人注目地、静静地站在一棵大树旁边，但在他的内心，对于以往的反思和回顾的倾向，在此刻会更加强烈了。他会喟叹生命的苍白和渺小，同时，如果这镇上的居民是他的老乡，他会那样深情地热爱生命，泪水会情不自禁地涌上他的眼眶。

在大观看台昏暗的顶棚下，乔治·维拉德在海伦·怀特身边坐了下来。在这一刻，他最深切感到的，是自己在生命的长河中，多么渺小，多么微不足道。不久前他才刚刚离开小镇，在那里，到处是流动着的嘈杂的人群，到处在进行着各式各样的活动。此刻已经没有了那时所感觉到的烦躁，是海伦的出现让他觉得耳目一新，让他觉得重新有了生气，仿佛有一双女性的手在携带着他，帮他在生命的这台机器上做着一些细微的调整。那些他从小就认识的、和他一同生活过的镇子上的人们——对于他们，在此刻，他开始以一种敬爱的心情去看待了。他一直都敬佩着海伦。他想爱她，也想被她爱，不过，在这个时候，他不想被她女性的成熟扰乱了自己的生活。幽暗之中，他握住了她的手，当她往他的身体靠过来的时候，将一只手放在了她的肩头。一阵风吹来，他一阵战栗。他竭力想抓住和理解自己此时此刻所想的和所感觉的。黑暗中，在高高的看台上，这两个与众不同的敏感的灵魂在紧紧地拥抱着，等待着。两个人心里想着同样一件事："我来到这寂寞的地方，和我在一起，还有另外一个人。"这，就是他们感受到的最根本的东西。

在温斯堡镇子里，人头攒拥的白日将它的喧闹一直延续到深秋的长夜。一辆辆农庄马车载着各自疲倦的乘客，在寂静的乡村小路上颠簸着奔跑。店铺的雇员将摆在人行道上的货物样品收回铺子内，锁上铺面的大门。剧院里面仍聚着一群人，他们正在观赏一出表演。从美茵街再往下走一点，几位调正了音位的提琴师正汗水淋漓，飞快地拉动着琴弦，不让舞台地板上蹦跳着的腿有一点松懈的机会。

在大观看台的黑暗里，海伦·怀特和乔治·维拉德仍然沉浸在无言的静默里。两人偶尔从出神之中醒来，转过身来，竭力要在昏暗的灯光下看清对方的眼睛。他们接了一下吻，不过那个冲动并没有持续很长时间。在集市会场往高处走一点的地方，有五六个人正在护理着几匹下午参加过比赛的马匹。那几个人点着了一堆篝火，在火上暖着一个烧水的铁壶，他们走动的时候，只看得见他们的腿在移动。一有风吹过，火堆上就吹起了一朵朵小火焰，狂欢乱舞起来。

乔治和海伦站起来，重新走回到黑暗里。他们沿着一条小径走过一片秆子还未被砍倒的玉米地。风在干枯了的玉米齿叶上絮絮低语。有那么一刹那，那个让他们沉思冥想的静默被打破了。他们走到水池山的山顶时，停在了一棵树下，乔治又一次将手放在女孩的肩头。她急切地抱紧了他，但两人又马上从那个冲动里面挣脱开了。他们停止了接吻，稍稍站后了半步。在这两个人之间，彼此的尊重是比什么都重要的。他们都有点不好意思，为了解除尴尬，干脆回到儿童时代的那无所顾忌的原始动物状态。他们笑着，开始拉扯着拽着对方。从某种程度上来说，他们已经被刚才经历过的情绪纯净和沉淀了，在这一刻，他们已经不再是一个男人或一个女人，不再是一个男孩或一个女孩，而是两个兴奋的小动物。

　　他们就是在这样的气氛中下山的。在黑暗中，他们俩互相逗着笑，像是在新世界里刚出生的两个漂亮的初生儿。朝山下跑的时候，乔治被海伦绊了一下，摔在地上，他喊一声在地上动了动，笑得浑身直打战，然后朝下一滚，往山底滚了下去。海伦一路跑着跟在他的后面。黑暗中，她停下了片刻。谁也不知道那一瞬间在那女孩的脑子里闪过什么想法，等两人到了山脚，她走到男孩的身边，挽起他的手臂，两人开始庄重地，默默地往回走。不知道是为什么——他们也无法解释——但是，他们想要的，在那个沉默的夜晚已经得到了。可以说他们是男孩或是男人，女孩或是女人，但那都不重要，重要的是，在那一刻，他们找到了一个东西，一个可以使现代男女在一个新时代过着成熟的生活的东西。

出发

清晨才四点，年轻的乔治·维拉德就已经起床了。这是早春四月，树叶才刚刚冒出新芽，温斯堡居民区街道的枫树上，花籽带着小小的翅膀，风一吹，毛茸茸的花籽漫天飞舞，在行人的脚下铺上了厚厚的一层地毯。

乔治提着一个棕色的皮袋，从楼上走下来到旅店的办公室。他的木箱子已经打点好了，只待出发。他从两点钟起就已经醒着，想着准备上路的行程，揣摩到达目的地以后将会遇见什么。办公室守更的男孩还在门旁的小行军床上熟睡，嘴巴张着，大声地打着呼噜。乔治从行军床的旁边轻轻地走过，来到空无一人的美茵街。清晨，东方已经泛起了红晕，长长的曙光爬上了天空，天空里有几粒星子仍在闪耀着。

在温斯堡顺着大道一直走到底，过了最后一间房子就到了一片宽阔的田地。那些田地的主人都是住在镇子里的农人，每天到了晚上他们就赶着吱吱呀呀的轻便马车，沿着图尼恩大道往家的方向走。地里种着草莓和其他一些小水果。

在炎热的夏季，一到傍晚这里的田野和马路就被一层尘灰笼罩着，如烟如雾，覆盖着这片宽阔的盆地。从这里往远处眺望，就好像是在大海上远眺一般。春天，土地是翠绿的，那景色又不太一样了。整块地成了一个又宽又大的桌球台面，在这个台面上，人看上去就像是一只小昆虫似的，不知疲倦地上下走动着。

乔治从少儿时代起，一直到他成年以后，都习惯独自在图尼恩大道上散步。冬天的夜晚他从那里走过，四面八方白茫茫一片，大地被白雪覆盖着，只有月亮在空中，低下头来俯视着他。秋日他从那里走过，风打身边吹过，那样的阴冷，那样的苍寂。仲夏的夜晚他从那里走过，空气中颤动着夏虫合唱的声音。在这四月的早晨，他想再到那里走一趟，在静谧中独自走走。走到镇子外两里地的地方，路在那里斜下去，斜坡旁边有一条小溪，他到那里掉转头，默默地往回走。回到美茵街时，商铺的雇员已经在清扫门前的人行道了。"喂，是你啊，乔治！要离开啦，觉得怎样呀？"他们问着。

往西去的火车在早上七点四十五分离开温斯堡。汤姆·李特是这节列车的机车长。列车到了克利夫兰以后，开往芝加哥终点站，在那里与一个中干线连接起来以后，再开往纽约。铁道行业内的人管汤姆的这个工作叫"开便车"，因为他每晚下班了都可以回家。到了春秋这两个季节，他每个礼拜天都到伊利湖去钓鱼。他长着一张红润的圆脸，细小的蓝眼睛，对住在他管的铁路线一带的人了如指掌，那熟悉的程度，比城里人认识同住一栋公寓大楼的邻居更为了解。

　　乔治从新维拉德旅店前的小滑坡走出来时正好七点。汤姆·维拉德提着儿子的包裹，儿子现在长得比父亲还要高了。

　　在车站的站台上，大家都来和年轻人握手道别。有十多个人在等候着列车的开动。然后大家聊起各家的家常，就连威尔·安德逊，他平常很懒，常常睡到上午九点，也早早地起了床。乔治有点尴尬了。格特鲁德·威尔莫特，那个在温斯堡邮局工作的五十来岁的瘦高个中年妇女，从火车站的站台走过来。以前她从来也没有留意过乔治，现在走过来，伸出手和他握别。短短几个字，她说出了大家所想的："祝你好运。"她干脆利索地说了一句，然后扭头走了。

　　火车进站时，乔治觉得心中释然起来，奔跑着匆忙地上了火车。海伦·怀特沿着美茵街一路小跑着来，想和他说两句告别的话，但他已经找到了一个座位，没看见她。火车开始启动时，汤姆·李特给乔治剪了车票，微笑了一下。他和乔治虽然很熟，也知道他要踏上冒险的旅途，却没有对他说什么。像乔治·维拉德这样的青年，他已经见到过上千个，都是离开家乡的小镇到大城市去的。对于他来说，这是件再平凡不过的事情。这是一节允许抽烟的车厢，车厢里一个乘客邀请汤姆一同到桑达斯基湖湾去钓鱼，他想接受这个邀请，和那人仔细讨论一下。

　　乔治将车厢前后打量了一下，确定没有人注意他以后，打开了钱包，开始数点身上带的钞票。他心里想的，是不要给人一个初出茅庐的印象。父亲差不多在最后临别时的那几句忠告，是告诉他到了大城市以后应该怎样言谈举止的。"你要精明一点，"汤姆·维拉德说，"放好你的钱。别睡着了。这是你的火车票。别让人家以为你是个毛头孩子。"

乔治数完钞票，朝窗外看了一眼，惊讶地发现火车还在温斯堡停着。

这个即将离开家乡小镇，准备寻找冒险，迎接命运挑战的青年陷入了沉思，但他想的并不是重大的或戏剧性的事件，譬如母亲的死亡，离开温斯堡，以及难以揣测的到了大城市以后的未来的生活——这些在他生活中严肃和重要的事件，都没有进入他的脑海。

他脑子里想的，都是些微不足道的小事——特基·斯莫莱特清早在他小镇的美茵街上用板车运木条，那个在他父亲的旅店住过一夜的、穿着漂亮得体的长裙的高个子妇人，温斯堡晚上点街灯的更夫布奇·威拉在夏季的夜晚手拿着火把，脚步匆匆地从街头走过，海伦·怀特站在温斯堡邮局窗户旁，往一个信封上贴着一枚邮票。

年轻人陷入遐思当中，思绪像风筝般地走远了。旁人看过去，也许不会觉得他是个特别聪明的人。随着在脑海里浮现起的点点滴滴的回忆，他闭着眼睛靠在火车的椅背上。这个姿势他保持了很长时间，等他醒来，再次从车厢的窗户朝外望，温斯堡小镇已经在视线之外了，他在那里过往的生活，也成了描绘他生命中梦想的一道背景。